신경림의

시인을
찾아서

2

신경림의
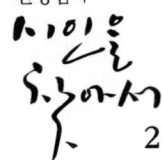
시인을
찾아서
2

2002년 9월 18일 1판 1쇄
2009년 3월 13일 1판 15쇄
2023년 12월 5일 2판 8쇄

지은이 신경림
펴낸이 신명철
펴낸곳 (주)우리교육
등록 제 313-2001-52호
주소 03993 서울특별시 마포구 월드컵북로 6길 46
전화 02-3142-6770
팩스 02-6488-9615
홈페이지 www.urikyoyuk.modoo.at

ⓒ 신경림, 2002
ISBN 978-89-8040-932-7 03810

이 도서의 국립중앙도서관 출판시도서목록(CIP)은 e-CIP 홈페이지(http://www.nl.go.kr/ecip)에서
이용하실 수 있습니다.(CIP 제어번호:CIP2010000460)

신경림의

시인을 찾아서

2

우리교육

'시인을 찾아서'의 첫 권을 낸 지 12년이 되었다. 그 사이 둘째 권도 내고, 다시 첫째 권과 둘째 권을 합친 합본도 내었으며 그 반응도 예상을 뛰어넘는 것이었지만, 나는 반드시 기뻤다고만은 말할 수 없다. 그 사이 우리 시의 환경이 더욱 열악해지면서, 시는 독자들로부터 외면을 당하고 시집은 시장에서 천덕꾸러기가 되어가고 있기 때문이다. 물론 여기에는 감정과 사상을 표현할 다양한 매체가 옛날에는 상상도 못했을 정도로 개발되어 있고 사람들이 접할 수 있는 엔터테인먼트가 사방에 널려 있는 데다, 시대는 속도와 결과에만 높은 가치를 두면서 질주하고 있다는 요인이 있다. 이런데도 시가 옛날처럼 제왕적 독점적 위치에서 독자와 만날 것을 기대하는 것은 아나크로니즘에 지나지 않겠지만, 이 광경을 시인들이 뒷짐 지고 보고만 있다는 것은 맞지 않는다는 생각은 아무래도 바꿀 수가 없다. 시가 이 시대가 추구하는 가치와 다르기 때문에 거꾸로 이 시대의 모순과 왜곡을 정확히 꿰뚫어 볼 수 있는 점도 있지 않을까 생각되기도 한다.

동어반복이 되겠으나 시가 독자들로부터 외면당하는 데는 부분적으로 시인에게 책임이 있다는 점은 간과되어서는 안 된다. 무책임한 말장난은 더 말할 것도 없겠으나, 가령 독자와의 소통을 아예 포기하고 아무런 열쇠도 주지 않은 채 내면이라는 골방으로 들어가 처박힌다면 독자가 어떻게 그 시를 좇아가며 사랑할 수 있겠는가. 또한 시를 곰곰이 읽고 시를 바르게 이해하게 하는 데는 관심도 없는, 도식적이고 관념적인 시 교육(문학 교육)도 그 책임에서 벗어나기 어렵다. 실제로 시험 문제 위주로 시를 공부한 학생이 시라면 넌더리를 내면서 멀어지는 예를 나는 여러 번 보았다. 이 글은 이런 점을 다소나마 극복해 보자는 데 목적이 있었다. 과연 이 의도가 얼마나 살았는지 자신할 수가 없지만 나는 이 일을 포기할 생각은 없다.

　세상이 아무리 바뀌어도, 가치관이 어떻게 달라지든, 사람들의 마음에서 아름답고 순수하고 참된 것을 찾는 뜻이 없어지지 않는 한 시는 존재를 이어갈 것이고, 세상의 중심에 서 있기도 계속할 것이다.

2010. 1. 14.

신경림

'시인을 찾아서' 첫 권을 내고 나서 나는 곧바로 생존 시인을 대상으로 다시 '시인을 찾아서'를 쓰고 싶었다. 독자들의 요구도 있었다. 작고 시인의 경우보다 더 활기 있는 글이 될 것 같기도 했다. 이렇게 해서 《우리교육》에 연재를 시작했는데, 막상 글을 쓰기 시작하자 제약이 많았다. 어려움도 이만저만이 아니었다. 변화하고 발전하는 대상인 데다 평가도 유동적일 수밖에 없는 만큼 어쩔 수 없는 일이었다. 취재도 쉽지 않아, 모처럼 약속을 해 놓은 시인이 갑자기 세상을 뜨는 일도 있었으며, 입원 등의 이유로 약속이 깨지는 일도 허다했다. 서정주 시인의 경우 약속은 해 놓고 끝내 취재를 할 수 없었으며, 조태일 시인은 어느 정도 취재가 되어 있었기 때문에 작고 시인으로나마 글을 쓸 수 있었다. 몇몇 시인은 연재가 끝난 뒤에 보충할 수밖에 없었다.

시인 선정에 있어서는 시의 완성도와 시인이 가지고 있는 이야기 양쪽에 다 같이 무게를 두었다. 완성도가 떨어지는 시를 독자들에게 재미있는 시라고 읽도록 권유할 수는 없었으며, 한편 이야기가 있는 시인의 시가 독자들이 다가가기 쉬웠기 때문이다. 뛰어난 몇 분의 시가 빠진 것은 이런 이유로 해서이다. 다시 기회가 있을 것으로 생각한다.

두 번째 '시인을 찾아서'를 쓰면서 나는 몇 가지 사실을 확인했다.

우선, 적어도 말의 고저나 강약이 크게 기능하지 못하는 우리말의 경우, 시의 리듬이란 자연스러움 외에 다른 것이 아니라는 점이었다. 요즈음 시에 리듬이 없다는 지적은 결국 시가 자연스럽지 못하다는 말이요, 그것은 시를 억지로 꾸미다 보니까 저질러지는 잘못이라는 얘기가 된다.

시가 감동을 주는 것은 그것이 삶에 깊이 뿌리박고 있기 때문으로, 삶과 동떨어진 시는 결코 감동을 주지 못한다는 사실도 깨달았다. 시에 있어서 아름다움이란 삶에 뿌리박은 데서 비로소 오는 것이란 생각도 하게 된 것이다. 물론 나는 사람과 시는 일치한다는 따위 케케묵은 주장을 할 생각은 없다. 그러나 역시 시는 진실과 가장 가까이 있을 때 울림이 크고 빛이 나는 것은 틀림이 없었다. 자신을 속이고 남에게 거짓말하고, 사기 치고 날조하고, 이것이 적어도 시에서는 통하지 않는다는 말이 될 터이다. 여기서 진실이란 기성의 가치로 재단하는 것일 수 없지만, 이것은 곧 시의 치열성이기도 할 것이다.

이 글을 쓰는 동안 일선의 국어 교사들을 여럿 만났다. 시인 선정, 시 선택에서 그들의 의견을 많이 참작했다. 감사를 드린다.

2002년 9월

차례

김 지 하
치열한 삶, 진정한 사고, 깊은 사색의 시인

황톳길에 선연한
핏자욱 핏자욱 따라
나는 간다 애비야
네가 죽었고
지금은 검고 해만 타는 곳
두 손엔 철삿줄
뜨거운 해가
땀과 눈물과 모밀밭을 태우는
총부리 칼날 아래 더위 속으로
나는 간다 애비야
네가 죽은 곳
부줏머리 갯가에 숭어가 뛸 때
가마니 속에서 네가 죽은 곳

......

— 〈황톳길〉 부분

1975년 3월 어느 날 아침, 김지하 시인은 성북동에 있는 처갓집에서 나오다가 체포되어 중앙정보부로 끌려갔다. 민청학련(전국민주청년학생총연맹) 사건의 주모자로 사형 언도를 받았다가 무기징역으로 감형, 다시 형 집행정지로 출옥한 지 채 한 달이 안 되어서였다. 표현의 자유를 극단적으로 제한하는 유신 체제와 대항해 싸우던 자유실천문인협의회는 162명의 이름으로 즉각 이에 항의하는 성명을 냈으나, 오히려 당시 집권당이던 공화당은 국외에서 유신헌법을 비방하는 행위를 처벌할 수 있게 하는 형법개정안을 변칙으로 통과시켰다. 국외에서의 김지하 구출 운동을 봉쇄하려는 것도 그 목적의 하나였다고 한다. 당국은 사르트르며 오에 겐자부로 등 세계적으로 저명한 문인들이 그의 구출 운동에 참여하고 있는 것이 은근히 부담스러웠을 것이다. 이미 국제적으로 명성을 얻고 있는 그가 얼마나 두렵고 증오스러웠던지 당국은 이어 그의 변론을 맡은 한승헌 변호사마저 반공법으로 구속했고, 항간에는 김지하만은 꼭 죽이고 말겠다고 박정희 대통령이 아침저녁으로 "닛뽄도日本刀"를 어루만지며 공공연히 벼르고 있다는 소문이 떠돌았다.
　　내가 김지하 시인의 〈타는 목마름으로〉, 〈빈 산〉, 〈1974년 1월〉 등을 읽은 것은 바로 이 무렵이다. 아마 《창작과비평》 그리고 《신동아》

에서였을 것이다. 나는 온몸이 떨렸고, 사무실에 나와 앉았지만 손이 굳어 펜을 잡을 수가 없어, 조태일 시인에게 전화를 걸어 이런 현상을 얘기했다. 그랬더니 즉각 그는 "나도 너무 흥분해서, 면도를 하다가 살갗을 베었어요." 수염이 빳빳하게 서서 영 면돗발을 받지 않더라는 것이다. 그날 밤 우리는 늦도록 술을 마시며 김지하 시인의 시를 읽고 또 읽었다. 다음은 그중의 한 편이다.

1974년 1월을 죽음이라 부르자
오후의 거리, 방송을 듣고 사라지던
네 눈 속의 빛을 죽음이라 부르자
좁고 추운 네 가슴에 얼어붙은 피가 터져
따스하게 이제 막 흐르기 시작하던
그 시간
다시 쳐 온 눈보라를 죽음이라 부르자
모두들 끌려가고 서투른 너 홀로 뒤에 남긴 채
먼 바다로 나만이 몸을 숨긴 날
낯선 술집 벽 흐린 거울 조각 속에서
어두운 시대의 예리한 비수를
등에 꽂은 초라한 한 사내의
겁먹은 얼굴
그 지친 주름살을 죽음이라 부르자
그토록 어렵게
사랑을 시작했던 날
찬바람 속에 너의 손을 처음으로 잡았던 날
두려움을 넘어

너의 얼굴을 처음으로 처음으로

바라보던 날 그 날

그 날 너와의 헤어짐을 죽음이라 부르자

바람 찬 저 거리에도

언젠가는 돌아올 봄날의 하늬 꽃샘을 뚫고

나올 꽃들의 잎새들의

언젠가는 터져 나올 그 함성을

못 믿는 이 마음을 죽음이라 부르자

아니면 믿어 의심치 않기에

두려워하는 두려워하는

저 모든 눈빛들을 죽음이라 부르자

아아 1974년 1월의 죽음을 두고

우리 그것을 배신이라 부르자

온몸을 흔들어

온몸을 흔들어

거절하자

네 손과

내 손에 남은 마지막

따뜻한 땀방울의 기억이

식을 때까지

― 〈1974년 1월〉 전문

　현실을 어둠과 혼돈으로 파악, 보다 나은 세계를 지향하고 있다는
점에서 이 시는 마야코프스키가 "시는 당대의 사회적 요구에 대하여

응답해야 할 책임을 지닌다"고 정의한 저항시요 참여시라 할 수 있다.

1974년 1월은 아무도 유신헌법을 비판할 수 없으며 비판했다는 사실을 퍼뜨려서도 안 되며, 이를 어길 시에는 15년 이하의 징역에 처한다는 마치 농담 같은 긴급조치가 공포되던 달이다. 모두들 잡혀가고 끌려가고 도망가고, 거리엔 공포와 패배와 절망만이 깔리고…… 당시의 상황을 이처럼 다이내믹하게 형상화한 시는 달리 없을 것이다. "죽음이라 부르자"가 몇 번 되풀이되지만 "온몸을 흔들어 / 온몸을 흔들어 / 거절하자 / 네 손과 / 내 손에 남은 마지막 / 따뜻한 땀방울의 기억이 / 식을 때까지"로써 이것은 투쟁과 저항 의지의 강도를 높이기 위한 수사로 반전되고 있다. 더 중요한 것은 어느 한 대목에도 이런 유의 시들이 항용 빠지기 쉬운 허위나 과장의 수사가 없다는 점이다. "온몸을 흔들어 / 거절하"고 찾으려는 것이 민주주의든 자유이든 평등이든 일단 이 세상에 있는 것으로 생각되지만, 수사에 허위나 과장이 없는 것은 이런 생각이 밖에서 들어온 것이 아니라 스스로 생성된 것이기 때문일 터이다. 말하자면 이 시는 어떤 기성 사상을 표현하기 위해서 머리로 쓴 시가 아니라 부딪치면서 느끼고 깨달은 생각을 몸으로 쓴 시라고 할 수 있을 것이다. 이 시를 읽고 내 몸이 떨리고 손이 굳었던 것은, 그리고 조태일 시인이 면도를 하다가 살갗을 베인 것은 바로 이 때문이었다.

또 있다. 이 시에는 일종의 주술성 같은 것이 있다. 마치 무당의 푸닥거리처럼 우리들을 불안에서 구제해 주기도 하고 우리들의 손발이 묶인 듯이 움직이지 못하게도 만든다. 정말로 좋은 시의 반응은 머리로 오는 것이 아니라 육체로 온다는 말을 이 시를 읽으며 실감했다.

이 시와 함께 1970년대 중반 이후부터 그가 형 집행정지로 석방되던 1980년 초까지 우리가 술자리에서 주술을 외듯 낭송하면서 절망

김지하 시인은 1970년대 전 기간 동안 신화요 전설이었다. 그의 시를 읽는 것조차 법은 금했지만 젊은이들은 그의 시 한 줄 외는 것을 큰 자랑으로 여겼으며, 그의 시는 몰래 복사되어 지하에서 지하로 퍼졌다.

을 견디고 동지애를 다진 시 〈타는 목마름으로〉도 그때 함께 읽었던
시이다.

> 신새벽 뒷골목에
> 네 이름을 쓴다 민주주의여
> 내 머리는 너를 잊은 지 오래
> 내 발길은 너를 잊은 지 너무도 너무도 오래
> 오직 한가닥 있어
> 타는 가슴속 목마름의 기억이
> 네 이름을 남 몰래 쓴다 민주주의여
>
> 아직 동트지 않은 뒷골목의 어딘가
> 발자국소리 호르락소리 문 두드리는 소리
> 외마디 길고 긴 누군가의 비명소리
> 신음소리 통곡소리 탄식소리 그 속에 내 가슴팍 속에
> 깊이깊이 새겨지는 네 이름 위에
> 네 이름의 외로운 눈부심 위에
> 살아오는 삶의 아픔
> 살아오는 저 푸르른 자유의 추억
> 되살아오는 끌려가던 벗들의 피 묻은 얼굴
>
> 떨리는 손 떨리는 가슴
> 떨리는 치떨리는 노여움으로 나무판자에
> 백묵으로 서툰 솜씨로
> 쓴다.

숨죽여 흐느끼며

네 이름을 남 몰래 쓴다.

타는 목마름으로

타는 목마름으로

민주주의여 만세

— 〈타는 목마름으로〉 전문

　폴 엘뤼아르의 〈자유〉를 연상시키는 급박한 호흡과 화려한 이미지의 변화로 우리 저항시의 한 전범이 되어 온 시다. 또한 시가 갖는 회화성과 음악성의 절묘한 배합도 이 시가 독자를 사로잡는 요소다. 유종호 교수도 〈벼랑과 노을 — 김지하의 서정시편〉 머리에 "시인 김지하는 살아 당대에 전설로 굳어진 사회 문화 현상의 주인공이다. 그의 전설은 국내에서보다 외국에서 회자되었고 작품 또한 외국에서 한결 접근 가능하였다. 솔제니친에서 비롯되는 박해받는 시인 작가들의 명단 속에서 그의 이름을 발견하는 것은 기묘한 긍지를 느껴 보는 일이기도 하였다. 김지하 전설이 무실한 것이 아님은 1975년의 로터스상 수상과 1981년도의 크라이스키 인권상 수상으로도 입증되었다. 알 만한 사람들은 알고 있었지만 정치 여건 탓으로 걸맞게 보도되지 못했던 옛일이다"(《유종호 전집 5 — 문학의 즐거움》)라고 쓰고 있지만, 실제로 그는 1970년대 전 기간 동안 신화요 전설이었다. 그의 시를 읽는 것조차 법은 금했지만 젊은이들은 그의 시 한 줄 외는 것을 큰 자랑으로 여겼으며, 그의 시는 몰래 복사되어 지하에서 지하로 퍼졌다.

　그의 수난과 명성은 장관, 장성 등 특권층의 부정부패를 판소리 가락을 통해 통렬하게 풍자한 담시 〈오적〉에서 비롯된다. 이 시가 발표

되자 당국은 그를 북괴의 선전 활동에 동조했다 해서 구속하는데, 이미 그는 1964년 대일 굴욕 외교를 반대하는 6·3 사태 때도 "민족적 민주주의 장례식"에 조사를 쓰고 서울대의 가두 진출을 책임진 일로 구속되었다가 4개월 만에 기소유예로 석방된 일이 있다. 이후 그는 〈비어〉, 〈구리 이순신〉 등 체제를 비판하는 담시며 희곡을 써서 발표하는 한편, 원주의 지학순 주교를 만나 농민회를 조직하는 등 변혁 운동을 주도하면서 여러 차례 수배, 투옥되다 마침내 박정희 대통령에 의해서 체제를 위협하는 가장 위험한 적으로 간주되어 사형을 언도받기에 이른다.

"너의 얼굴을 처음으로 처음으로 / 바라보던 날 그 날"(〈1974년 1월〉)의 이미지의 모티프가 되었을 아내 김영주도 도주 과정에서 만난 사이이다. 유신 체제가 선포되었을 때 그는 기관에 있는 지인의 귀띔으로 피신을 한다. 그때 찾아간 곳이 정릉에 사는 작가 박경리 선생 댁이다. 하나 박경리 선생은 두려워서가 아니라 여자만 둘이 있는 집에 총각을 들이기가 꺼림칙해서 그의 피신 요청을 거절한다. 그러자 박경리 선생의 무남독녀 김영주는 그런 경우가 있을 수 없다며 따라 나와 택시까지 잡아 주어 그를 감동시키고, 이것이 인연이 되어 이듬해 둘은 결혼을 하게 되는 것이다.

그의 이력은 당연히 그를 투사의 이미지로 우리 머릿속에 각인시킨다. 하지만 〈오적〉, 〈앵적가〉, 〈비어〉 등 담시를 제외하면 그의 시는 전투적이기보다 섬세하고 서정적이다. 앞에 인용한 시도 그 내용에도 불구하고 슬프고 아름답다. 그의 첫 시집《황토》의 시들을 보면 이런 경향은 더해서, 어쩌면 그는 삶 자체를 슬픈 것으로 인식, 새로운 세계에 대한 꿈과 의지도 여기서 비롯된 것이 아닌가 하는 느낌을 준다.

황톳길에 선연한

핏자욱 핏자욱 따라

나는 간다 애비야

네가 죽었고

지금은 검고 해만 타는 곳

두 손엔 철삿줄

뜨거운 해가

땀과 눈물과 모밀밭을 태우는

총부리 칼날 아래 더위 속으로

나는 간다 애비야

네가 죽은 곳

부줏머리 갯가에 숭어가 뛸 때

가마니 속에서 네가 죽은 곳

밤마다 오포산에 불이 오를 때

울타리 탱자도 서슬 푸른 솔니파리

뻗시디 뻗신 성장처럼 억세인

황토에 대낮 빛나던 그날

그날의 만세라도 부르랴

노래라도 부르랴

대에 대가 성긴 동그만 화당골

우물마다 십 년마다 피가 솟아도

아아 척박한 식민지에 태어나

총칼 아래 쓰러져간 나의 애비야

어이 죽순에 괴는 물방울

수정처럼 맑은 오월을 모르리 모르리마는

작은 꼬막마저 아사하는
길고 잔인한 여름
하늘도 없는 폭정의 뜨거운 여름이었다
끝끝내
조국의 모든 세월은 황톳길은
우리들의 희망은

— 〈황톳길〉 부분

간다
울지 마라 간다
흰 고개 검은 고개 목마른 고개 넘어
팍팍한 서울길
몸 팔러 간다

언제야 돌아오리란
언제야 웃음으로 화안히
꽃피어 돌아오리란
댕기 풀 안쓰러운 약속도 없이

간다
울지 마라 간다
모질고 모진 세상에 살아도

분꽃이 잊힐까 밀 냄새가 잊힐까
사뭇사뭇 못 잊을 것을
꿈꾸다 눈물 젖어 돌아올 것을
밤이면 별빛 따라 돌아올 것을

간다
울지 마라 간다
하늘도 시름겨운 목마른 고개 넘어
팍팍한 서울길
몸 팔러 간다.

― 〈서울길〉 전문

　이렇게 슬프고 아름다운 가락이 그의 시가 어떠한 이데올로기를
담고 있든, 그것이 경직되고 공허한 느낌을 주지 않고 또 밖으로부터
주어졌다는 느낌을 주지 않고, 스스로 태어났다는 느낌을 주는 동력
이 되고 있는지도 모르겠다. 이 점 김우창 교수가 시집《중심의 괴로
움》의 해설에서 "김지하의 삶과 시의 특징은 실존적 철저성이다. 그
가 어떤 이념적인 경향을 가진다 하더라도 그것은 밖으로부터 체계
로서 또는 기성 개념의 다발로서 넘겨받은 것이라기보다는 스스로의
사고 과정을 통해서 ― 또는 무엇보다도 그 자신의 삶을 통해서 그리
고 그의 생각을 실행하는 정치적 저항 행동 속에서 새로 생각되고 육
화된 것이다. 이러한 실존적 성격이 그의 시에 다른 어떤 종류의 이
념적 시에 비하여 볼 때 높은 진솔성을 부여한다"고 한 말과 크게 어
긋나는 것은 아닐 터이다.

어쨌든 그는 1980년 오랜 감옥살이에서 나온 뒤 대설大說이란 이름으로 판소리 형태의 장시 〈남南〉을 쓰는 등 정력적인 문학 활동을 재개하는데, 이 〈남〉은 〈오적〉, 〈앵적가〉 등과 함께 따로 읽고, 1986년에 나온 서정 시집 《애린》으로 건너뛰는 것도 그의 시를 읽는 한 독법일 것이다. '애린'의 실체에 대해서 시인은 "모든 죽어간 것, 죽어서도 살아 떠도는 것, 살아서도 죽어 고통받는 것, 그 모든 것에 대한 진혼곡이라고나 할까"(《애린》)라고 말하고 있지만, 그런 진혼곡의 성격은 〈황토〉를 비롯한 그의 초기 시에서도 쉽게 발견할 수 있는 정서이기 때문이다. 우리 서정시에 새로운 지평을 연 《애린》에서 그는 달라진 것이 아니라 깊어지고 넓어졌다고 보는 것이 옳을 것이다. 이를 전후해서 생명이 그의 중심 사상을 이루게 된다는 점에도 주목을 할 필요가 있으리라. 《애린 2》에서 빼어난 서정시 한 편을 읽고 가자.

> 대낮에
> 마당 복판에 갑자기
> 참새 한 마리 뚝 떨어져
> 머리 피투성이로 파닥이다 파닥이다
> 금세 죽어 숨진다
> 아내가 부삽으로 흙에 파묻고
> 장터 가려는 내 길 막고 서서
> 몸 부르르 떤다.
>
> ―〈그 소, 애린 32〉 전문

돌팔매에 맞았는지 혹은 새총에 맞았는지 대낮에 참새 한 마리가 머리가 피투성이가 되어 떨어져서 파닥이다가 죽는다. 그것을 시인의 아내는 부삽으로 떠다가 흙에 파묻고 장터에 가려는 시인의 길을 막는다. 불길하니 가지 말라고. 8행밖에 안 되는 이 짧은 시 속에는 많은 그림이 들어 있다. 오랜 감옥 생활에서 겨우 풀려나와 조심스레 바깥나들이를 하는 시인의 모습이 있고, 남편을 감옥에 보낸 채 오랜 세월 마음을 졸인 아내의 불안한 얼굴이 있다. 작은 생명 따위 하찮게 여기고 함부로 돌팔매질을 하는 체제의 폭력이 있고, 그 돌팔매에 죽어 가는 무수한 귀한 생명들이 있다. 나는 뒤늦게 이 시를 읽으면서 1991년 김지하 시인이 《조선일보》에 써서 말썽이 되었던 칼럼을 생각했다. 명지대생 강경대 군의 치사 사건으로 비롯된 공안 정국에 항의하는 대학생들의 분신 사태가 잇따르자 그는 참지 못하고 이를 질타하는 글을 썼던 것이다. 이에 운동권을 중심으로 "김지하 비판"이 봇물을 이루었지만, 후배를 아끼는 운동권 선배로서, 또 생명을 중시하는 시인으로서 이에 침묵하는 것이 과연 미덕이었을까. 가령 폭력이 없는 세상을 만들기 위해서 부득이한 폭력은 용납한다는 것이 혁명의 논리일 수는 있겠으나, 위의 시에서 나는 그런 폭력조차 용납해서는 안 된다는 정서를 읽은 것이다.

그는 최근 활발하게 시작 활동을 하고 있다. 한데 근작은 주먹을 부르쥐게 하고 손이 떨리게 하던, 혹은 면돗발이 안 받게 하던 초기의 그런 시는 아니다. 《애린》 또는 《중심의 괴로움》 등 서정성이 짙던 시대의 시와도 또 다르다. 더 깊고 더 넓다. 넉넉하고 부드럽고 따뜻하다. 들어가 보아도 좋고 멀리서 보아도 좋고 안 보고 지나가도 좋은 그런 시 세계를 보여 주고 있다는 느낌이다.

유홍준 교수는 김지하 시인의 난蘭을 논하는 자리에서 "오늘의 세

김지하 시인은 1969년 《시인》에 〈황톳길〉 등을 발표하며 등단했다. 아시아·아프리카 작가회의에서 수여하는 로터스 특별상[1975], 국제시인협회에서 수여하는 위대한 시인상, 브루노 크라이스키 인권상[1981], 정지용문학상[2002], 만해대상[2006], 영랑시문학상[2010] 등을 수상했다. 시집으로는 《황토》[1970], 《타는 목마름으로》[1982], 《애린》[1986], 《애린 2》[1986], 《검은 산 하얀 방》[1986], 《별밭을 우러르며》[1989], 《이 가문 날에 비구름》[1988], 《중심의 괴로움》[1994], 《화개》[2002], 《절, 그 언저리》[2003], 《유목과 은둔》[2004] 등이 있다. 1941년 전남 목포에서 태어남.

계는 천지인天地人 즉 인간, 사회, 자연의 대혼돈이 일어나고 있다고 진단을 내리면서 삼계三界를 아우르면서 혼돈을 타고 넘는 문화의 개벽만이 치유의 길이라는 주장을 해 왔다. 그것이 곧 카오스에 침잠하되 카오스를 빠져나오는 것이며 이것은 그동안 김지하가 추구해 온 예술과 사상의 핵"(〈사색과 시정 그리고 미와 율려律呂〉)이라고 진단한 바 있지만, 시를 통해서도 그는 독특한 사상 체계를 쌓아 가고 있다는 느낌을 준다.

> 부연이 알매 보고
> 어서 오십시오 하거라
> 천지가 건곤더러
> 너는 가라 말아라
> 아침에 해 돋고
> 저녁에 달 돋는다
>
> 내 몸 안에 캄캄한 허공
> 새파란 별 뜨듯
> 붉은 꽃봉오리 살풋 열리듯
>
> 아아
> "화개花開!"
>
> ―〈화개花開〉 전문

  그는 지금 일산 도심의 아파트에 살면서 가끔 난을 치고 시를 쓴다. 이제는 다 지나온 얘기니까 민청학련 때 지학순 주교를 끌고 들어간 얘기며 원주에서 장일순 선생 등과 함께 생명운동을 시작하던 얘기도 털어놓을 작정이다. 너무 뜻밖의 사람들이 많이 관련되어 있어 세상이 놀랄 거란다. 선친이 남로당을 했으며 그 선대에서는 동학을 했다는 사실도 이제는 숨길 필요가 없겠다 싶단다. 이러한 모든 사실들이 보다 나은 세상을 만들려는 노력은 결코 외부의 작용에 의해서가 아니라 우리들 안에서 스스로 싹트고 자랐다는 점을 밝혀 주었으면 하는 것이 그의 바람이다. 몇 년쯤 더 지난 뒤에는 제2의 고향이라 할 원주로 내려가 조그만 토막 속에서 흙냄새를 맡으며 살 계획이다.

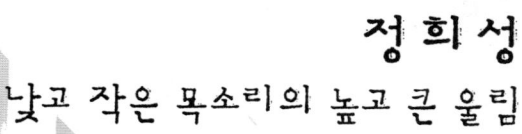

정희성
낮고 작은 목소리의 높고 큰 울림

흐르는 것이 물뿐이랴
우리가 저와 같아서
강변에 나가 삽을 씻으며
거기 슬픔도 퍼다 버린다
일이 끝나 저물어
스스로 깊어가는 강을 보며
쭈그려 앉아 담배나 피우고
나는 돌아갈 뿐이다
삽자루에 맡긴 한 생애가
이렇게 저물고, 저물어서
샛강바닥 썩은 물에
달이 뜨는구나

       ……

― 〈저문 강에 삽을 씻고〉 부분

정희성은 우리 시단에서 시를 적게 쓰는 시인으로 소문나 있다. 시력 30여 년(《동아일보》 신춘문예에 〈변신〉이 당선된 것이 1970년이다)에 시집이 겨우 세 권(이 글을 쓴 뒤 2010년 현재까지 두 권이 더 나왔다. 자세한 내용은 약력 참조)이다. 세 권이라고는 하지만 두 번째 시집 《저문 강에 삽을 씻고》에 첫 시집 《답청》의 시가 거의 재수록되어 있으니 두 권이나 마찬가지인 셈이다. 게다가 그의 시들은 거의가 짧다. 시의 제일가는 맛이 말의 압축에서 오는 것이라 할 때 그의 시들은 이 맛을 제대로 살리고 있다 할 수 있다.

　요즘 시들이 너무 장황하고 수다스러워 읽고 싶은 마음이 없다는 독자들한테 나는 여러 번 정희성의 시를 권한 일이 있다. 읽고 난 독자들은 한결같이 시다운 시, 맛깔스러운 시라는 찬사를 아끼지 않았다. 물론 시를 적게 쓰는 것과 말을 아끼는 것과는 같은 시정신의 소산일 터이다. 열 편 쓸 것을 한 편으로 압축하고, 열 마디 할 소리를 한 마디로 줄인다는 자세, 이것이 그가 시를 쓰는 기본적인 태도가 아닌가 싶다. 문단에 나오기가 무섭게 다섯 권 여섯 권의 시집을 쏟아 내는 우리 문학 풍토에서 정희성 시인의 태도는 사뭇 고전적이라 할 수 있다. 또한 이 고전적이라는 수식어는 그의 시에도 그대로 적용할 수 있을 터, 가령 〈청명〉이라는 시부터 읽어 보자.

황하도 맑아진다는 청명날

강머리에 나가 술을 마신다

봄도 오면 무엇하리

온 나라 저무느니

버드나무에 몸을 기대

머리칼 날려 강변에 서면

저물어 깊어가는 강물 위엔

아련하여라 술취한 눈에도

물 머금어 일렁이는 불빛

— 〈청명〉 전문

　제작 연대를 보니 1979년, 유신의 어둠이 극에 달했던 시절이다. 언제 봄이 올지 모르는 그 어둠 속에서 봄을 기다리는 답답하고 허망한 마음을 노래했다고 말할 수 있는 이 시는 가만히 뜯어보면 매우 단단한 구성을 가지고 있다.

　우선 통련 9행으로 되어 있지만 2·2·2·3행의 4연으로 끊어 읽으면 더 뜻이 명료해지는데, 다른 시인 같았으면 30, 40행으로 늘여 흥분하고 절규할 내용이 그 9행 안에 들어 있다. 청명은 설명할 것도 없이 24절기의 하나로 춘분과 곡우 사이, 양력 4월 5, 6일에 해당한다. 그 좋은 날 "강머리에 나가 술을 마신다"로 시작하면서 시 전체에 허망한 분위기를 깐다. 이어 "봄도 오면 무엇하리 / 온 나라 저무느니" 하고 어둡고 절망적인 상황을 노래한 다음 "물 머금어 일렁이는 불빛" 하면서 그래도 버리지 못하고 있는 희망을 피력한다. 이 시를 읽으며 간과해서는 안 될 것은 '황하', '강머리', '봄', '버드나무', '불빛'으로 옮겨 가는 이미지의 빠른 전개와 함께, 이 시가 기승전결의 절구체적 서술 구조를 가지고 있다는 점으로, 말하자면 첫 대목에서 시상을 일으키고 둘째 대목이 그것을 펼치고 셋째 대목에서 그것을 받아 돌린 다음 마지막 대목이 모두를 아우르며 끝맺고 있는 것이다. 한시, 특히 근체시近體詩의 영향이 그의 시 곳곳에서 찾아지는 바, 그의 시의 독특한 틀은 여기에서 비롯된다. 더 중요한 것은 이 틀은 그의 낮고 작은 목소리가 스스로 만들어 내고 있다는 점이요, 이 틀 속에 깃든 낮고 작은 목소리가 그 어떤 높고 큰 목소리의 시보다 더 높고 큰 울림으로 독자에게 다가온다는 점이다. 이 말은 다른 말로 그의 시의 내용과 형식이 일체를 이루고 있다는 말이기도 할 터이다. 한시의 영향은 형식뿐 아니라 내용에 있어서도 찾을 수 있다는 얘기도 된다.

"나라를 걱정하지 않는 것이 어찌 시겠느냐不憂國非詩也"란 말은 다산 정약용이 아들에게 주는 편지에서 한 말이지만 우리 한시는 옛부터 삶의 진실과 사회정의를 구하는 꿋꿋한 시정신을 가지고 있었다. 선비 정신으로 일컬어지기도 하는 이 시정신이 정희성의 시에서 군사독재와 부패한 절대 권력이 만들어 놓은 사회악과의 대결이라는 참여 정신으로 발전하고 있다고 말할 수 있을 것이다.

정희성의 시를 상투적으로 민중시로 분류하는 예도 드물지 않게 본다. 민중시를 넓은 의미로 민중의 보다 나은 삶에 기여하는 모든 시의 개념으로 파악한다면, 이 분류는 틀린 것이 아니다. 그러나 민중시는 소박함, 투박함 등의 뉘앙스가 더 짙고, 그렇다면 민중시라는 규정은 그의 시가 가지고 있는 이미지와 어긋난다. 오히려 단아한 표현과 세련된 언어 구사는 그의 시를 선비시 또는 지식인시로 부르고 싶은 유혹을 느끼게 한다. 정말 그의 시는 어느 한구석 기운 곳도 없고 어느 한구석 튀는 곳도 없이 단아하고, 갈고 닦은 것이 눈에 띌 만큼 동원된 말들은 반짝반짝 빛난다. 교양의 냄새가 물씬 나는 점, 이 또한 한시의 영향과 무관하지 않을 터이다.

> 흐르는 것이 물뿐이랴
> 우리가 저와 같아서
> 강변에 나가 삽을 씻으며
> 거기 슬픔도 퍼다 버린다
> 일이 끝나 저물어
> 스스로 깊어가는 강을 보며
> 쭈그려 앉아 담배나 피우고
> 나는 돌아갈 뿐이다
> 삽자루에 맡긴 한 생애가
> 이렇게 저물고, 저물어서
> 샛강바닥 썩은 물에
> 달이 뜨는구나
> 우리가 저와 같아서
> 흐르는 물에 삽을 씻고
> 먹을 것 없는 사람들의 마을로
> 다시 어두워 돌아가야 한다
>
> ―〈저문 강에 삽을 씻고〉 전문

정희성 시 가운데서는 가장 널리 알려져 있는 시로, "강변에 나가 삽을 씻고"니, "쭈그려 앉아 담배나 피우고"니, "삽자루에 맡긴 한 생

정희성 시인은 1970년《동아일보》신춘문예에 시〈변신〉이 당선되어 등단했다. 김수영문학상[1981], 시와시학상[1997]을 수상했으며《답청》[1974],《저문 강에 삽을 씻고》[1978],《한 그리움이 다른 그리움에게》[1991],《시를 찾아서》[2001],《돌아다보면 문득》[2008] 등의 시집을 냈다. 1945년 경남 창원에서 태어남.

애"니, 갈 데 없는 막노동자의 초상화이다. 그래서 이 시를 민중시의 전형으로 든 평자도 적지 않았던 것으로 기억되지만, 이는 시의 가장 중요한 장치에 메타포가 있다는 점을 간과한 데서 오는 잘못이다. 여기 막노동자처럼 나타나 있는 것은 실은 보편적 인간의 구상具象에 지나지 않는다. 가령 이 시에서 노동자의 초상을 들어낸다고 생각해 보자. 우리는 그 밑에서 원초적 인간의 운명이라는 추상과 맞닥뜨리게 될 것이다. 나는 이 시를 민중시의 전형으로보다는 한국시의 기교가 도달한 가장 높은 수준의 모범시로 더욱 높이 평가한다. 다만 기교를 뒷받침하고 있는 교양이 있어 기교가 기교로 보이지 않게끔 막아 주었을 뿐이다.

시와 시인이 일치하는 경우와 일치하지 않는 경우 어느 쪽이 더 많은지 알 수 없지만, 정희성의 경우 그 시를 보고 사람을 보면 "시(글)가 곧 그 사람이다"라는 격언이 결코 헛말이 아니라는 사실을 실감한다. 시처럼 그는 단정하고 단아하다. 목소리도 높지 않고 늘 조용조용 얘기하며 옷매무새도 단정하다. 술도 좋아하고 노는 것도 좋아해서 술자리나 노는 자리를 사양하지 않지만, 술이 취해서 헛소리를 하거나 술주정을 하는 일이 없다. 아니, 그가 술이 취한 것을 본 사람이 없다. 그는 더러 뒤에 그날은 술에 취해서 고생했다고 털어놓기도 하는데 행동이나 말에 있어 전혀 흐트러짐이 없었기 때문에 막상 그 자리에 함께 있던 사람은 그가 취한 것을 모르고 지나가기가 보통이다. 산을 좋아해 자주 산을 오르지만(나와 같은 산악회에 소속되어 있다) 그 때도 아무렇게나 차리고 나오지 않는다. 역시 등산복, 등산구를 제대로 갖춘 단아하고 단정한 차림이다. 그래서 간혹 '댄디'라고 놀림을 받기도 한다. 이렇게 설명하고 보면 그가 매우 유약한 사람처럼 보이지만, 그는 결코 유약하거나 만만한 사람이 아니다. 우선 그의 이력이 이 점을 잘 말해 준다.

정희성은 서울대 국문과를 나오고 대학원까지 마쳤다. 《저문 강에 삽을 씻고》에 붙인 그의 동창이자 언론인인 김종철의 발문에 따르면 "사회적인 지위도 높고 경제적인 여유도 즐길 수 있는 교수의 길을 버리고 국어 교사로 남겠다"는 각오로 논문을 쓰지 않고 스스로 고교 교사의 길을 택했다 한다. 이 사실을 나는 그의 대학 시절의 지도 교수인 정한모 시인의 입을 통해서도 확인했다. 1980년대 초엽 정희성도 동행한 어느 술자리에서 우연히 그와 마주쳤다. 잠시 합석한 그는 우리가 정희성이 대학에 남는 것을 가로막고 있다고 불평했다. 친구들이 부추겨 대학교수의 길을 포기하게 만들었다는 것이다. 그가 자리를 뜬 뒤에 정희성은 다들 잡혀 가고 죽고 하는데 혼자서 잘살겠다고 대학교수 공부 하는 것이 싫었다며 얼버무렸고, 우리는 그의 용기가 부럽기도 하고 그가 버린 그 자리가 아깝기도 하여 잠자코 있었다. 이는 보기에 따라 젊음의 객기일 수도 있다. 그러나 정신 속에 강철 같은 것을 지니지 않고는 감히 못할 행동이다.

그의 단정하고 단아한 외형 속에는 이런 강철이 들어 있고, 그렇기는 그의 단아하고 단정한 시도 마찬가지이다. 그렇다면 앞에서 얘기한 단아하고 단정한 틀 속의 낮고 작은 목소리가 그 어떤 높고 큰 목소리보다 더 높고 큰 목소리로 다가온다는 이유에 대해서 한마디 설명을 덧붙여야 할 것 같다. 매서움, 강철 같은 매서움이 그 안에 들어 있기 때문이라고.

> 한밤에 일어나
> 얼음을 끈다

정희성 시인의 낮고 작은 목소리는 그 어떤 높고 큰 목소리보다 더 높고 큰 목소리로 다가온다. 강철 같은 매서움이 그 안에 들어 있기 때문이다.

누구는 소용이 없는 일이라지만

보라, 얼음 밑에서 어떻게

물고기가 숨쉬고 있는가

나는 물고기가 눈을 감을 줄 모르는 것이 무섭다

증오에 대해서

나도 알 만큼은 안다

이곳에 살기 위해

온갖 굴욕과 어둠과 압제 속에서

싸우다 죽은 나의 친구는 왜 눈을 감지 못하는가

누구는 소용없는 일이라지만

봄이 오기 전에 나는

얼음을 꺼야 한다

누구는 소용없는 일이라지만

나는 자유를 위해

증오할 것을 증오한다

— 〈이곳에 살기 위하여〉 전문

"하늘이 나를 버렸을 때, 나는 불을 만들었다. / 동지가 되기 위한 불 / 겨울의 어둠 속으로 들어가기 위한 불, / 보다 더 나은 삶을 위한 불을"이라고 노래한 폴 엘뤼아르의 동명의 시를 연상시키는 이 시를 읽고 시 속에 감추어진 예리한 칼 또는 억센 강철을 느끼지 않는 사람은 없을 것이다.

그가 모범적인 고교 교사라는 사실은 다 알고 있지만 일선 소대장으로 근무하면서 여러 차례 사단본부 또는 군단본부로부터 표창을 받은 일이 있는 모범 장교였다는 사실을 아는 사람은 많지 않다. 제대 무렵에는 장기 복무를 권하는 여러 유혹이 있었을 정도였다. 하지만 그는 군대 시절의 얘기는 쓴 일도 없고 하지도 않으니까 그 이상 알 수가 없다. 했다면 소대장 노릇도 열심히 했으리라 짐작할 뿐이다. 실제로 나는 그가 얼마나 성실하고 정직한가는 수없이 겪어 왔다. 1980년대 초 한 출판사로부터 학생이나 일반인이 쉽게 시와 친해질 수 있는 입문서를 써 보지 않겠느냐는 주문을 받은 일이 있다. 학생을 현장에서 지도해 본 일이 있는 시인 겸 고교의 국어 교사와 공저를 했으면 좋겠다는 것이 출판사 측 의견이었다. 나는 파트너로 정희성을 택했다. 교과서에 나오는 시가 주축이 되는 전반부를 그가 쓰고 비교적 현대시가 많은 후반부를 내가 맡았는데, 나에 비해 그는 속도가 늦었다. 이유는 간단했다. 나는 내 생각만으로 다 쓰지만 그는 그가 쓴 것을 동료 국어 교사들에게 돌려 읽혀 잘못된 곳, 틀린 의견을 일일이 지적받아 고치고 또 고쳤기 때문이다. 뒤에 안 일이지만 그는 시를 써서도 동료 교사들에게 돌려 읽게 한다. 어색한 곳이 있다면 고치고 잘못된 생각이라 말하면 다시 생각하는 것 같았다. 성실하면서도 열려 있는 마음, 이것이 강철 같은 매서움과 함께 그의 시의 다른 한 축을 이루고 있다고 보아 틀리지 않을 것이다. 하지만 나는 이상하게도 일부 평자들이 느슨하게 맥이 빠져 있다고 비판하는 최근의 그의 시(《시를 찾아서》)에 마음이 더 끌린다.

괴로웠던 사나이
순수하다 못해 순진하다고 할밖에 없던
남주는 세상을 뜨고

서울 공기가 숨쉬기 답답하다고
안산으로 나가 살던 김명수는
더 깊이 들어가 채전이나 가꾼다는데
훌쩍 떠나
어디 가 절마당이라도 쓸고 싶은 나는
멀리는 못가고
베란다에 나가 담배나 피운다

　　― 〈동년일행同年一行〉 전문

　동갑내기 두 시인의 탈속적인 죽음과 삶에 자신의 범용한 소시민
적인 삶을 비교한 이 시는 자칫 일상 속의 함몰로 잘못 읽힐 수도 있
다. 그러나 이 시에는 《한 그리움이 다른 그리움에게》의 후기에서 밝
힌 "일상 속에서" 발견해 낸 "심상치 않은 인생의 기미"가 있다. 그리
고 날카롭게 선 칼날이나 쨍 소리가 날 것 같은 강철 대신 아련한 아
픔이 있다. 고달프고 가난한 길을 스스로 택한 옛일을 그는 지금 어
떻게 생각하고 있을까.

문상할 일이 있어 밀양 가는 길
기차가 마악 청도를 지나면서
창밖으로 펼쳐지는 감나무숲
잘 익은 감들이 노을젖어 한결 곱고
감나무 숲 속에는 몇 채의 집
집안에는 사람이 있는지
불빛이 흐릿한데, 스쳐 지나는

아아, 저 따뜻한 불빛 속에도 그늘이 있어
울 밖에 조등弔燈을 내다 걸었네

— 〈청도를 지나며〉 전문

  그의 시는 여전히 단정하고 단아하다. 다음은 최근작으로 요즈음
그가 어떤 심경으로 살고 있는가를 짐작케 하는 흥미 있는 시다.

세상이 달라졌다
저항은 영원히 우리들의 몫인 줄 알았는데
이제는 가진 자들이 저항을 하고 있다
세상이 많이 달라져서
저항은 어떤 사람들에게는 밥이 되었고
또 어떤 사람들에게는 권력이 되었지만
우리 같은 얼간이들은 저항마저 빼앗겼다
세상은 확실히 달라졌다
이제는 벗들도 말수가 적어졌고
개들이 뼈다귀를 물고 나무 그늘로 사라진
뜨거운 여름날의 한때처럼
세상은 한결 고요해졌다

— 〈세상이 달라졌다〉 전문

*정희성 시인은 2007년 3월 숭문고등학교에서 정년퇴직했으며, 2010년 현재 한국작가회의 고
  문으로 활동하고 있다.

김종길
유가적 전통의 아름다움

여자대학은 크림빛 건물이었다.
구두창에 붙는 진흙이 잘 떨어지지 않았다.
알맞게 숨이 차는 언덕길 끝은
파릇한 보리밭——
어디서 연식정구의 흰 공 퉁기는 소리가 나고 있었다.
뻐꾸기가 울기엔 아직 철이 일렀지만
언덕 위에선,
신입생들이 노고지리처럼 재잘거리고 있었다.

—〈춘니〉 전문

김종길 하면 귀에 설게 생각하는 독자가 적지 않을 것이다. 실제로 그는 시에 매달려 산 시인은 아니다. 게다가 시력 50년에 시집 한 권이 좀 넘을 분량의 시를 썼을 뿐이니(이때까지 출간된 시집은 모두 네 권이었으나, 중복되는 시가 많아 다른 시인들의 시집 한 권 분량이 조금 넘었다. 2000년 이후 두 권의 시집이 더 출간되었다. 자세한 내용은 약력 참조) 독자와 낯을 익힐 기회도 적었다. 더구나 학생 시절 엘리어트의 《황무지》를 번역했다거나 그 뒤 강단에 있으면서 영시 이론의 소개에 선구적 역할을 했다는 등의 경력은 그를 잘 아는 사람에게조차 시인으로보다 학자로 받아들이는 쪽에 서게 만든다. 그러면서도 일반적으로 '좋은 시'를 뽑을 때 아무도 그의 시를 빠뜨리지 못한다. 심지어 시 창작 교실 같은 데서는 흔히 그의 시가 텍스트로 사용되는데, 그의 시가 시창작의 에이비시를 다 갖추고 있지 않고서는 안 되는 일이다.

　이쯤에서 시선집 《천지현황天地玄黃》의 해설에서 이남호가 한 말에 귀 기울일 필요가 있을 것 같다. 그는 김종길 시인을 우리 현대시사에서 가장 뛰어난 이미지스트라고 규정, 명징한 이미지가 그의 시에서 제일가는 특성이라고 지적한 다음 "그는 시작에 있어 이미지의 중요성을 깊이 통찰하고, 장인의 정성과 솜씨로 이미지를 만들어 낸다. 그 이미지들은 처음 본 천연색 사진처럼 경이롭다."고 경탄하고 있다.

　1910년대 T. E. 흄, 에즈라 파운드 등에 의해서 행해졌던 이미지즘 운동에서, 명확한 이미지의 창출, 견고하고 분명한 내용, 집중의 중시 등이 주창되었던 점을 상기해 보자. 표현이 선명하고 내용이 분명한 시를 선호하는 우리 시에서는 지금도 이미지즘 운동에서 주창되었던 시작법이 유효하다 하겠는데 그렇다면 김종길 시인의 시가 '좋은 시'의 전범이 되는 이유가 자명해진다.

　이 시인이 이미지를 얼마나 중시하는가는 〈춘니春泥〉가 씌어지기까지'라는 자작시 해설만 보아도 알 수 있다.

　　나 자신 지금 이 작품에 대해서 이야기하느라고 들여다보니까 거기에는 뜻밖으로 여러 가지 감각 경험이 내포되어 있는 것 같다. 시각과 청각은 말할 것도 없고 "구두창에 붙는 진흙이 잘 떨어지지 않았다"에서는 촉각이, 그리고 "알맞게 숨이 차는 언덕길 끝은"에서는 근육 감각과 함께 후각도 얼마간 관련되어 있다. 단순한 구성 치고는 여러 가지 감각이 고루 동원된 느낌이다.

　이 고백에는 시각적 이미지는 말할 것도 없고 청각적 이미지, 촉각적 이미지, 후각·감각적 이미지까지 만들어 내려고 했다는(비록 의도적이지는 아닐지라도) 뉘앙스가 담겨져 있다. 〈춘니〉의 전문은 이렇다.

　　여자대학은 크림빛 건물이었다.
　　구두창에 붙는 진흙이 잘 떨어지지 않았다.
　　알맞게 숨이 차는 언덕길 끝은
　　파릇한 보리밭 ——

어디서 연식정구의 흰 공 튕기는 소리가 나고 있었다.
뻐꾸기가 울기엔 아직 철이 일렀지만
언덕 위에선,
신입생들이 노고지리처럼 재잘거리고 있었다.

　작자의 해설과 상관없이 나는 이 시를 처음 읽었을 때 한 폭의 수채화를 보는 것 같은 경쾌한 기분이 되었던 일을 기억하고 있다. 크림빛으로 새로 칠을 한 여자대학 건물, 그 건물을 향해서 난 언덕길은 질척거리고, 그 길의 끝은 막 살아나기 시작한 파릇한 보리밭, 어데선가 연식 정구공을 치는 경쾌한 라켓 소리가 들리고, 보리밭에서는 노고지리가 하늘로 솟아오르고, 노고지리처럼 재잘거리는 신입생들……. 그의 시가 시각 지향임을 말해 주는 시는 이 밖에도 얼마든지 있다.

　　여울을 건넌다.

　　풀잎에 아침이 켜드는
　　개학날 오르막길.

　　여울물 한 번
　　몸에 닿아보지도 못한
　　여름을 보내고,

　　모래밭처럼 찌던
　　시가를 벗어나,

김종길 시인이 태어난 안동군 지례리. 임하댐 건설로 수몰될 중요한 고택들을 산 중턱으로 옮겨 놓은 것이다. 김종길 시인의 언동에서 유학의 본고장인 안동의 이미지가 느껴지는 데 비해 시에는 고향 얘기가 드물다. 고향을 그리워하고 노래하는 감성이 철저하게 절제되어 있는 것이다.

질경꽃빛 구월의 기류를 건너면,

은피라미떼
은피라미떼처럼 반짝이는
아침 풀벌레 소리.

—〈여울〉 전문

   물론 이 시에서의 여울은 현재顯在하는 그것이 아니고 비유로서의
여울이다. "여울물 한 번 / 몸에 닿아보지도 못한 / 여름을 보내고"
방학이 끝났다. 개학 첫날, 시내는 여전히 모래밭처럼 쪘지만 학교에
오니 풀잎에는 이슬이 맺혀 있고 교사 뒤 하늘은 질경꽃빛으로 파랗
다. 반짝이는 것 같은 풀벌레 소리에서 작자는 문득 햇살에 비늘을
반짝이며 여울을 몰려다니는 은피라미떼를 연상했으리라. 이 대목에
서 풀벌레 소리라는 청각적 이미지는 자연스럽게 은피라미떼라는 시
각적 이미지로 바뀌고, 시의 제목은 '여울'이 된다. 이미지스트로서
그를 역연히 보여 주는 시라 하겠다.

   김종길 시인은 젊은 시절에 《20세기 영시선》을 번역 소개하고 그
뒤 영국과 미국의 대학 등지에서 공부하면서 엘리어트, 로버트 로웰
등 저명한 시인 비평가와 만나 시에 대한 의견을 주고받은 영문학자
이지만, 한학과 한시에도 조예가 깊고 서예에도 능하다는 것은 문단
에 널리 알려져 있는 사실이다. 같은 영문학자로서 한학에 관한 한
결코 남에게 양보가 없던 송욱 시인이 유일한 맞수로 김종길 시인을
들었던 일은 유명한 일화이다. 물론 김종길 시인의 한학에 대한 교양

이 학교에서 얻어진 것은 아니다. 그의 선친 문대(文大, 호는 法山)는 안동 일대에서 우리 시대의 마지막 유학자라는 칭호를 얻었을 정도의 이름 있는 학자요 시인이었다. 또 그는 약봉藥峰의 14대 손이다. 약봉은 임진왜란 때 진주성을 사수하다가 순직한 학봉鶴峰 김성일의 맏형으로 함께 퇴계의 문하생이었다. 김종길 시인의 한학에 대한 교양이 어디에서 연유하는가를 알게 하는 대목이다.

시인에게 고향은 어떠한 의미를 지니는 것일까? 시인 가운데는 스스로 고향이 없다고 말하는 사람도 없지 않다. 예컨대 우리 나라 시인 가운데도 이 나라 전부가 고향이지 따로 고향이 없다고 큰소리치는 경우도 더러 본다. 사실이 그럴까? 그러나 그렇지가 않아, 태어나고 자란 토지, 환경으로부터 크게 영향을 받는다는 것이 일반론이다. 프랑스의 시인 폴 엘뤼아르를 그 예로 들어도 좋을 것이다. 스페인 내란이 일어나 게르니카가 공습으로 파괴되었을 때는 '게르니카의 승리'를 써서 지원하고 2차 대전 후에는 멕시코 등 여러 나라를 다니며 민중의 평화와 자유를 위해 투쟁하면서 자신에게는 고국도 고향도 없다고 공언한 그도 필름을 역전시켜 그가 살던 고장, 만났던 사람을 샅샅이 뒤져 갈 때 음화陰畵로만 다가오던 그의 시에 채색이 가능하다는 것이다. 게다가 그의 어떤 시도 근본적으로 그가 출생한 생드니라는 고장과 그가 소년 시절을 보낸 파리의 환경으로부터 완전히 자유롭지는 못하다는 것이다. 장황하게 이런 얘기를 하는 것은 으레 고향 안동을 연상시킬 김종길 시인의 시에 뜻밖에 고향 얘기가 드물기 때문이다. 김종길 시인의 언동에서 유학의 본고장 안동의 이미지를 느낀다는 것이 주위 사람들이 흔히 하는 말임을 생각할 때 이는 좀 이상한 일이다.

이에 대해서는 재미난 지적이 있다. 김종길 시인의 시를 "점잖음의 미학"이라고 정의한 유종호가 시력 30년에(1970년대 말엽에 쓴 글임) 감탄 부호를 꼭 세 번 쓰고 있음을 찾아내어 "그가 10년에 한 번꼴로 오호 하고 소리친 셈이 된다. 시인의 절제가 얼마나 철저했는가를 보여 주는 한 증거가 되어 줄 것이다"(《점잖음의 미학》)라고 말하고 있는데, 이 지적은 함부로 고향을 그리워하고 노래하는 감정이 그의 시에서 철저하게 절제되었을 수도 있다는 생각을 하게 한다. 그렇다면 그의 시 곳곳에 그의 고향을 그리는 감정 또는 고향의 모습이 변형되어 숨어 있을 터, 이를 찾는 일 또한 그의 시를 읽는 다른 재미를 줄 것이다. 여기서 일단 그의 고향을 먼저 살핀다는 일이 무의미한 일은 아니리라.

그가 태어난 곳은 안동군 임동면 지례리. 읍에서 60리 떨어진 마을로 임하댐의 완공으로 완전히 수몰되었다. 앞으로는 강이 흐르고 강 건너는 산이 병풍처럼 둘렀고, 뒤에서 산이 크게 팔을 벌려 싸안은 마을, 궁벽하지만 절경이었음을 뒤바뀐 풍치로도 알 수 있다. 지례는 의성 김씨 집성촌으로 이곳에 들어와 터를 잡은 것은 17세기 중반이다. 수몰 뒤 종택 등 중요한 고택들은 고스란히 마을 뒤 선산이 있는 산 중턱으로 옮겨 자리를 잡고 지례예술촌으로 탈바꿈했다. 예술촌을 지키는 사람은 종손인 김원길, 역시 시인이다. 그러나 김종길 시인이 이 마을서 내내 살았던 것은 아니다. 초등학교가 없었기 때문에 (지금 터만 남은 학교는 뒤에 생겼다) 그가 학교 갈 나이가 되자 선친은 솔가하여 청송의 진보로 이사한 것이다. 김종길 시인이 대구 사범대학으로 진학하여 대구로 나오자 선친이 다시 솔가하여 고향 가까이로 이사했다가 끝내 지례로 돌아간 것을 보면 한학자이면서도 그는 자식의 신학문 공부에 꽤나 열성이었던 모양이다. 그토록 떠날 수 없었던 고향도 자식을 위해서는 떠났으니 말이다.

　　어두운 방안엔
　　빠알간 숯불이 피고,

　　외로이 늙으신 할머니가
　　애처로이 잦아드는 어린 목숨을 지키고 계시었다.

　　이윽고 눈 속을
　　아버지가 약을 가지고 돌아오시었다.

　　아 아버지가 눈을 헤치고 따오신
　　그 붉은 산수유 열매 ──

　　나는 한 마리 어린 짐생,
　　젊은 아버지의 서느런 옷자락에
　　열로 상기한 볼을 말없이 부비는 것이었다.

　　이따금 뒷문을 눈이 치고 있었다.
　　그날 밤이 어쩌면 성탄제의 밤이었을지도 모른다.

　　어느새 나도
　　그때의 아버지만큼 나이를 먹었다.

　　옛것이라곤 찾아볼 길 없는

김종길 시인은 1955년 《현대문학》에 〈성탄제〉를 발표하며 등단했다. 이육사 시문학상[2005], 청마문학상[2007]을 수상했으며, 시집으로는 《성탄제》[1969], 《하회에서》[1977], 《황사현상》[1986], 《달맞이꽃》[1997], 《해가 많이 짧아졌다》[2004], 《해거름 이삭줍기》[2008] 등이 있다. 1926년 경북 안동에서 태어남.

성탄제 가까운 도시에는
이제 반가운 그 옛날의 것이 내리는데,
서러운 서른 살 나의 이마에
불현듯 아버지의 서느런 옷자락을 느끼는 것은,

눈 속에 따오신 산수유 붉은 알알이
아직도 내 혈액 속에 녹아흐르는 까닭일까.

— 〈성탄제〉 전문

  지금 시인은 성탄제가 가까운 도시를 걷고 있다. 옛것이라고는 아
무것도 남아 있지 않은 도시, 거리에는 눈이 내리고, 그 눈이 이마에
와 닿으면서 문득 아버지의 서느런 옷자락이 느껴진다. 그러면서 생
각은 옛날로 돌아간다. 빠알갛게 숯불이 피던 어두운 방안 — 펄펄
끓는 이마를 만지던 청상과부로 외롭게 늙은 할머니의 야윈 손 — 밖
에는 눈보라가 치고 이윽고 문이 열리고 아버지가 들어오신다 — 그
손에 들린 붉은 산수유 열매 — 찬 눈보라로 서느런 아버지의 옷자
락…… 나를 낳아 주시고 또 구해 주신 아버지, 이 시에 그려진 아버
지상은 아름답고 거룩하다. '아버지의 은혜를 내 어이 다 갚겠느냐'
라는 메시지를 이 시는 전하고 있다. 이 점에서 이 시는 그의 몸에 밴
유가적 전통의 시적 승화로 보아도 좋을 것이다. 한편 이 시는 바탕
에 그가 나고 자란 고향을 밑그림으로 깔고 있다고 읽을 수도 있다.
빠알간 숯불, 외로이 늙으신 할머니, 눈을 헤치고 따 온 붉은 산수유
열매, 서느런 아버지의 옷자락은 바로 그 고향의 이미지이기도 하기
때문이다. 더 간과해서는 안 될 점은 이 시가 가지고 있는 상고주의

尚古主義적 지향이다. "옛것이라곤 찾아볼 길 없는 / 성탄제 가까운 도시"에 대한 실망과 좋았던 옛날에 대한 그리움의 대비가 이 시의 중요한 구도로 되고 있다고도 읽을 수 있다. "눈 속에 따오신 산수유 붉은 알알이 / 아직도 내 혈액 속에 녹아흐르는 까닭일까"의 결귀는 범속하지만, 이런 깨달음이 없었다면 이 시는 태어날 수가 없었으리라. 이 시에서도 김종길 시인은 빠알간 숯불, 아버지가 눈을 헤치고 따오신 붉은 산수유 열매, 젊은 아버지의 서느런 옷자락 등의 신선하고도 명확한 이미지를 창출함으로써 이미지스트로서의 모습을 과시하고 있지만, 유종호가 "김종길 씨의 시 속에 드러나 있는 점잖음이 유가적 전통의 일부임은 단언해도 좋을 것이다. 이 점잖음은 되풀이해 본다면 감정의 적절한 억제, 품위 있는 말씨와 정밀의 숭상, 어른스러운 관점과 과묵의 숭상, 정갈한 의관과 예의범절 지키기 등이라 할 수 있는데 이 모든 것이 유가적 덕목을 이루고 있음은 우리가 잘 아는 터이다. 그러니까 지난날의 유가적 덕목의 최량 부분이 김종길 씨의 시 속에 고이 보존되어 있는 셈이다"(《점잖음의 미학》)라고 한 말을 다시 음미해 볼 때 김종길 시는 더 분명하게 읽히리라.

　김종길 시인의 상고주의 지향이 더 두드러지게 드러나 있는 시가 〈하회에서〉이다. 어찌 보면 "눈 속에 따오신 산수유 붉은 알알이 / 아직도 내 혈액 속에 녹아흐르는 까닭일까"라는 주제를 새로운 재료와 색깔을 가지고 발전적으로 모자이크한 것으로 읽힐 수도 있는 이 시에서 시인은 좋았던 옛날을 회상하는 데 머무르지 않고 오늘 속에 이어지고 되살아나고 있는 옛날을 적극적, 긍정적으로 발견함으로써 유가적 덕목을 아름다움으로 승화시킨다. 적절하게 절제된 감정, 비시적 언어의 과감한 채용, 입체적으로 보이게끔 한 뛰어난 말의 조탁도 빠트리고 보면 안 된다.

냇물이 마을을 돌아 흐른다고 하회河回,
오늘도 그 냇물은 흐르고 있다.

세월도 냇물처럼 흘러만 갔는가?
아니다. 그것은 고가의 이끼 낀 기왓장에 쌓여
오늘은 장마 뒤 따가운 볕에 마르고 있다.

그것은 또 헐리운 집터에 심은
어린 뽕나무 환한 잎새 속에 자라고,
양진당 늙은 종손의 기침 소리 속에서 되살아난다.

서애 대감 구택 충효당 뒤뜰,
몇 그루 목과나무 푸른 열매 속에서,

문화재관리국 예산으로 진행중인
유물전시관 건축공사장에서
그것은 재구성된다.

— 〈하회에서〉 전문

김준태

빛고을에 빛을 더하는 새로운 서정

어릴 적엔 떨어지는 감꽃을 셌지
전쟁통엔 죽은 병사들의 머리를 세고
지금은 엄지에 침 발라 돈을 세지
그런데 먼 훗날엔 무엇을 셀까 몰라.

— 〈감꽃〉 전문

오월이 되면 먼저 광주를 떠올리는 것은 비단 나만이 아닐 터이지만, 이에 더하여 나는 김남주와 김준태라는 두 시인을 함께 생각하게 된다. 작고한 김남주 시인은 1980년 그 오월, 남민전 사건으로 무기징역 언도를 받고 광주 교도소에 수감되어 있었으며, 전남고에서 독일어를 가르치던 김준태 시인은 광주의 시위 현장을 보고는 《광주일보》에 〈아아 광주여! 우리나라의 십자가여!〉라는 시를 쓰고 수사기관에 끌려가 고초를 당하고 학교에서 떨려 난다. 둘은 해남의 땅끝 이웃한 마을을 함께 고향으로 가지고 있을 뿐더러 거의 같은 무렵에 광주에 나와 공부했다(김남주는 전남대 영문과, 김준태는 조선대 독문과). 두 살이 위인 김남주 시인은 시의 맛을 알게 된 것은 1970년 《창작과비평》 여름 호에 실린 김준태의 〈산중가山中歌〉를 읽고서였다면서 시를 쓰게 된 동기를 다음과 같이 털어놓아 둘이 같은 정서에 바탕을 두고 있음을 알게 한다.

　이 시(〈산중가〉)를 비롯해서 같은 호에 게재된 〈보리밥〉, 〈감꽃〉 등을 읽고 내가 먼저 떠올린 생각은 '야, 이런 시라면 나도 쓰겠는걸'이었다. 그의 시에서는 농촌에서 일하고 궁색하게 사는 농민들의 생활의 냄새가 물씬물씬 풍겨났다. 거기에는 내가 그때까지 배웠던 시인들만

이 사용한다는 특유의 어법도 상상력도 없었다. 생활인의 사는 꼬락서니를, 생활인이 일상적으로 이름하고 사용하는 말을 있는 그대로 적어 놓았을 뿐이었다. 적어도 시에 대한 나의 상식적인 판단으로는 그랬다. 그럼에도 불구하고 그 시들은 내가 교과서나 시화집 같은 데서 읽었던 이른바 명시류의 시에서는 맛본 적이 없는 재미와 감동을 안겨 주는 것이었다. 도대체 이런 재미와 감동은 어디에서 오는 것일까? 당시 문학에 문외한이던 나로서는 그 이유를 알 수 없었다. 지금이라면 다음과 같이 말할지도 모른다. "한 개인의 구체적인 삶을 통해 농민들이 처한 농촌 현실과 농민의 정서를 전형적으로 그려 놓았기 때문이다"라고.

나는 그해 겨울방학 때 고향에 가서 김준태의 시를 나의 어머니와 글자는 모르되 시조 따위를 읊을 줄 아는 나의 아버지에게 읽어 주었다. 읽을 줄도 쓸 줄도 모르거니와 평생 단 한 번도 손에 연필 토막을 잡아 본 적이 없고 지금도 숫자를 몰라 전화기의 다이얼을 돌릴 줄 모르는 어머니는 "영락없이 꼭 우리 사는 꼬락서니를 써 놨다이" 하면서 우습고 재미있다는 표정을 지었다.

— 김남주, 〈암울한 대학생활을 비춘 시적 충격〉, 《불씨 하나가 광야를 태우리라》

실제로 이 글은 김준태 시의 본질을 어떤 비평적인 글보다도 더 정확하게 짚어 낸 글이라 하겠는데, 내가 이들 둘을 오월, 광주의 이미지와 함께 생각하는 것은 김준태가 밖에서 〈아아 광주여! 우리나라의 십자가여!〉를 노래했을 때 김남주는 감옥 안에서 역시 광주의 학살을 다룬 〈학살 2〉를 썼기 때문이기도 하다. 광주의 오월을 노래한

기념비적인 이 두 편의 시를 비교해 가면서 함께 읽는 일은 여러모로
흥미 있는 일이다.

아아, 광주여 무등산이여
죽음과 죽음 사이에
피눈물을 흘리는
우리들의 영원한 청춘의 도시여

우리들의 아버지는 어디로 갔나
우리들의 어머니는 어디서 쓰러졌나
우리들의 아들은
어디에서 죽어 어디에 파묻혔나
우리들의 귀여운 딸은
또 어디에서 입을 벌린 채 누워있나
우리들의 혼백은 또 어디에서
찢어져 산산이 조각나 버렸나

하느님도 새떼들도
떠나가버린 광주여
그러나 사람다운 사람들만이
아침 저녁으로 살아남아
쓰러지고, 엎어지고, 다시 일어서는
우리들의 피투성이 도시여
죽음으로써 죽음을 물리치고
죽음으로써 삶을 찾으려 했던

아아 통곡뿐인 남도의
불사조여 불사조여 불사조여

해와 달이 곤두박질 치고
이 시대의 모든 산맥들이
엉터리로 우뚝 솟아 있을 때
그러나 그 누구도 찢을 수 없고
빼앗을 수 없는
아아, 자유의 깃발이여
살과 뼈로 응어리진 깃발이여

　　— 〈아아 광주여! 우리나라의 십자가여!〉 부분

오월 어느 날이었다
80년 오월 어느 날이었다
광주 80년 오월 어느 날 밤이었다

밤 12시 나는 보았다
경찰이 전투경찰로 교체되는 것을
밤 12시 나는 보았다
전투경찰이 군인으로 대체되는 것을
밤 12시 나는 보았다
미국 민간인들이 도시를 빠져나가는 것을
밤 12시 나는 보았다
도시로 들어오는 모든 차량들이 차단되는 것을

1980년 오월, 김남주 시인은 남민전 사건으로 무기징역을 언도 받았으며, 김준태 시인은 〈아아 광주여! 우리나라의 십자가여!〉를 쓰고 수사기관에 불려 갔다.

아 얼마나 음산한 밤 12시였던가
아 얼마나 계획적인 밤 12시였던가

오월 어느 날이었다
1980년 오월 어느 날이었다
광주 1980년 오월 어느 날 밤이었다
밤 12시 나는 보았다
총검으로 무장한 일단의 군인들을
밤 12시 나는 보았다
야만족의 침략과도 같은 일단의 군인들을
밤 12시 나는 보았다
야만족의 약탈과도 같은 일단의 군인들을
밤 12시 나는 보았다
악마의 화신과도 같은 일단의 군인들을

아 얼마나 무서운 밤 12시였던가
아 얼마나 노골적인 밤 12시였던가

— 김남주, 〈학살 2〉 부분

　같은 주제요 같은 정서에 바탕을 두고 있다고 하지만 이 두 편은
색깔이나 가락이 크게 달라, 앞의 것이 주정적이라면 뒤의 것은 하드
보일드체요 앞의 것이 밖을 향해 외치고 있다면 뒤의 것은 칼로 가슴
에 새기고 있다.

김준태 시인의 부친은 일제 말 징병으로 남양군도까지 끌려갔다가 귀환하여 여운형이 주도하는 건국준비위원회에 참여해 활동하다가 6·25 때 빨갱이로 몰려 처형당한다.

"제가 눈물이 많은 것은 아버지를 일찍 여의고 고아처럼 자라서인 것 같아요. 며칠 전 50년 만에 이장하여 아버지 어머니를 같이 모셨는데 어찌나 눈물이 나던지 혼났어요. 어머니도 일찍 돌아가셨지만, 어머니는 늘 내 한을 네가 풀어 다오, 이런 말씀을 하셨지요. 제가 역사에 일찍 관심을 갖게 된 데는 이런 내력이 있습니다."

아버지의 죽음에 대한 한에 연유하는 역사에 대한 관심은 마침내 그로 하여금 시 이외에 '광주 전남 현대사', '정사 5·18' 등을 쓰게 했으며, 그 자신 현실과 외떨어져 살지 못하게 했다. 〈아아 광주여! 우리나라의 십자가여!〉를 쓰고 학교에서 떨려 났다가 3년 만에 복직되어 영암 신북중학교의 교사가 되었을 때 그는 전교조(전국교직원노동조합)의 전신인 전교협(전국교사협의회)의 지부장으로 일했으며 그 덕에 광주과학고 교사로 부임해서는 3개월 동안이나 학교에서 수업 시간을 주지 않아 빈둥거리며 책상을 지키는 무수업 교사 노릇을 해야 했다.

〈산중가〉와 함께 김남주 시인에게 시의 맛을 알게 해 주었다는 〈감꽃〉은 김준태 시의 본질이 가장 잘 드러나 있는 시다.

> 어릴 적엔 떨어지는 감꽃을 셌지
> 전쟁통엔 죽은 병사들의 머리를 세고
> 지금은 엄지에 침 발라 돈을 세지
> 그런데 먼 훗날엔 무엇을 셀까 몰라.

　　단 네 줄이지만 이 시는 결코 짧은 내용의 시가 아니다. 첫 줄은 평
화롭고 행복했던 우리 농촌의 옛 삶을 상징적으로 표출하고 있으며,
둘째 줄은 그 농촌을 할퀴고 지나간 전쟁이라는 역사를 보여 준다.
셋째 줄은 자본주의의 물결에 세속화해 가고 있는 우리 사회와 자신
에 대한 자조와 냉소의 표현이요, 넷째 줄은 불확실한 미래에 대한
두려움과 불안의 표백表白이다. 역사의 현장으로서의 농촌을 밑그림
으로 하고 있는 이 시에서 우리는 김준태 시인의 개인사를 추출해 낼
수도 있을 것이다. 그것을 근거로 좋았던 옛 시절에 대한 그리움, 전
쟁에 대한 공포, 현재적 삶에 대한 실망, 미래에 대한 회의 등이 김준
태의 시적 패러다임을 형성하고 있다고 짐작할 수도 있을 것이다. 김
준태 시인은 스스로 자신의 시는 대체로 역사의 현장으로서 농촌을
다룬 것, 직접 겪은 오월을 주제로 한 것, 통일을 소재로 한 것, 그가
나서 자란 고향을 노래한 것, 더불어 사는 주위 사람들을 재현한 것
등으로 나눌 수 있다고 말하고 있는데, 그렇다면 그 여러 부분을 아
우르고 있는 〈감꽃〉에서 그의 시의 출발점을 볼 수도 있을 것이다.

　　　　산그늘 내린 밭귀퉁이에서 할머니와 참깨를 턴다
　　　　보아하니 할머니는 슬슬 막대기질을 하지만
　　　　어두워지기 전에 집으로 돌아가고 싶은 젊은 나는
　　　　한 번을 내리치는 데도 힘을 더한다
　　　　세상사世上事에는 흔히 맛보기가 어려운 쾌감이
　　　　참깨를 털어대는 일엔 희한하게 있는 것 같다
　　　　한 번을 내리쳐도 셀 수 없이

쏴아쏴아 쏟아지는 무수한 흰 알맹이들

도시에서 십 년을 가차이 살아본 나로선

기가 막히게 신나는 일인지라

휘파람을 불어가며 몇 다발이고 연이어 털어댄다.

사람도 아무 곳에나 한 번만 기분좋게 내리치면

참깨처럼 쏴아쏴아 쏟아지는 것들이

얼마든지 있을 거라고 생각하며 정신없이 털다가

"아가, 모가지까지 털어져선 안 되느니라"

할머니의 가엾어하는 꾸중을 듣기도 했다.

— 〈참깨를 털면서〉 전문

    첫 시집의 표제시이기도 해서였을 터이지만 김준태 시의 트레이드 마크처럼 되어 있는 이 시는 김남주 시인의 말마따나 일견 "생활인 (농민)의 사는 꼬락서니를, 생활인이 일상적으로 이름하고 사용하는 말을 있는 그대로 적어 놓았을 뿐"인 것처럼 보이기도 하지만, 가장 큰 미덕은 흙에 대한 친화, 흙을 바탕으로 살고 있는 농민에 대한 친화에 있다. 이 시가 주는 포근한 느낌과 질박한 맛은 거기에 연유하는 것으로, 이는 그가 생득적으로 가지고 있는 체질에서 오는 것이지 인위적으로 얻어지는 것도 아닐 것이다. 조작된 모자이크 시가 판을 치는 요즈음 그의 시가 새로운 맛으로 읽히는 것은 바로 이 까닭이다. "아가, 모가지까지 털어져선 안 되느니라"란 표현도 주목을 요한다. 그의 시에 배어 있는 저항의 몸짓이 부정과 허무의 그것이 아니라 긍정과 생성을 위한 그것임을 암시하는 대목이다.

    시인은 스스로 시적 패러다임을 몇 가지 내세우고 있지만 김훈이

김준태 시인은 1969년 《시인》에 〈참깨를 털면서〉 등의 추천으로 등단했다. 전남문학상[1986], 현산문학상을 수상했다. 《참깨를 털면서》[1977], 《나는 하나님을 보았다》[1981], 《국밥과 희망》[1984], 《불이냐 꽃이냐》[1986], 《넋통일》[1986], 《아아 광주여, 영원한 청춘의 도시여》[1988], 《칼과 흙》[1989], 《통일을 꿈꾸는 슬픈 색주가》[1991], 《꽃이 이제 지상과 하늘을》[1994], 《지평선에 서서》[1999], 《한 손에 붓을 잡고 한 손에 잔을 들고》[2000] 등의 시집을 냈다. 1948년 전남 해남에서 태어남.

시집《통일을 꿈꾸는 슬픈 색주가色酒家》의 해설에서 "김준태의 시들
은 다시 밭으로 돌아가고 있다"라고 지적한 것 이상으로 김준태의 시
를 제대로 요약하고 있는 말도 드물 것이다. 연작시 〈밭시〉를 수십
편 쓰기도 했지만 통일을 노래했건 역사를 노래했건 오월을 노래했
건 그의 시에서는 흙과 두엄이 뒤섞인 밭 냄새가 짙게 난다. 만주 벌
판을 가면서도 "아 솔방울도 톡톡 떨어지던 / 내 어린 시절의 고향 /
그때 맡았던 벼이삭 냄새"(〈봉오동 가는 길〉)를 맡으며, 물방울 하나를
보고도 "밟으면! 죽지 않고 / 땅에 스며들어 / 뿌리를 적신다"(〈물방
울〉)고 느끼고, 떨어지는 나뭇잎을 보면서는 "땅에 떨어져…… 갈 곳
을 몰라하는 / 벌레들의 뒷등을 덮어준다"(〈무제〉)고 생각하는 그 시
심이야말로 흙 냄새, 두엄 냄새, 밭 냄새가 아니고 무엇인가.

　　　누가 흘렸을까

　　　막내딸을 찾아가는
　　　다 쭈그러진 시골 할머니의
　　　구멍 난 보따리에서
　　　빠져 떨어졌을까

　　　역전 광장
　　　아스팔트 위에
　　　밟히며 뒹구는
　　　파아란 콩알 하나

　　　나는 그 엄청난 생명을 집어들어

도회지 밖으로 나가
강 건너 밭 이랑에
깊숙히 깊숙히 심어 주었다
그때 사방 팔방에서
저녁노을이 나를 바라보고 있었다

　　— 〈콩알 하나〉 전문

　이 시에서도 이 시인이 바라보고 있는 곳은 밭이요 흙이다. 그러나
우리가 이 시에서 읽을 수 있는 것은 그런 생각만이 아니다. 생명에
대한 경외심이나 존중, 어쩌면 이런 생각이 이 시의 보다 중심적인
생각으로 읽힐 수도 있다. 그의 시가 밭이나 흙을 늘 지향하고 있는
것도 실은 그곳이 생명의 바탕이라고 생각하고 있는 데서 오는 대목
도 있을 터이다. 오월 광주에 대한 그의 집착도 같은 맥락에서 접근
할 때, 그의 시가 가진, 또 인간이 가진 억셈과 부드러움도 이해될 것
이다.

　김준태 시인은 광주 시내에 살면서 두 대학(광주대학과 조선대학)에
서 겸임교수와 초빙교수로 학생들을 가르치고 두 신문에 칼럼을 쓰
고 있지만, 덩치가 큰 그의 몸에서 나는 것은 흙 냄새 밭 냄새이고,
그가 풍기는 분위기는 여전히 농군이다. 그러면서도 지금 그는 바쁘
다. 시를 쓰고 대학에 나가고 칼럼을 쓰고 하는 외에 조직에도 참여,
민족문학작가회의 광주전남지회 회장직도 맡고 있기 때문이다(민족
문학작가회의는 2007년 (사)한국작가회의로 개칭했으며, 2010년 현재 광주
전남지회 회장은 박혜강 작가이다). 일단 맡으면 적당히 넘기지 못하는

성격이다. 다른 유관 단체와 연대하여 사회 개혁 작업도 벌이고, 회원들의 복지도 챙기고, 독자 대중을 위한 강좌도 열어야 한다. 김남주 시인의 시비 건립 일로도 바쁘다. 처음에는 이한열, 조성만, 강경대 등 동지들과 함께 그가 잠들어 있는 망월동에 세울 계획이었지만, 역시 시비는 살아 있는 사람들 사이에서 살아 숨 쉬어야 한다는 생각에서 어린이 공원 안에 세우기로 잠정 결정을 했다(김남주 시비는 2000년 5월 20일 광주 중외공원에 세워졌다). 시는 노래여야 한다고 생각하는 그에게는 가령 김남주 시인의 다음 같은 시가 오래도록 또 널리 사람들 사이에서 읽혔으면 하는 것이 큰 바람이다.

> 이 두메는 날라와 더불어
> 꽃이 되자 하네 꽃이
> 피어 눈물로 고여 발등에서 갈라지는
> 녹두꽃이 되자 하네
>
> 이 산골은 날라와 더불어
> 새가 되자 하네 새가
> 아랫녘 윗녘에서 울어예는
> 파랑새가 되자 하네
>
> 이 들판은 날라와 더불어
> 불이 되자 하네 불이
> 타는 들녘 어둠을 사르는
> 들불이 되자 하네

되자 하네 되고자 하네
다시 한 번 이 고을은
반란이 되자 하네
청송녹죽 가슴으로 꽂히는
죽창이 되자 하네 죽창이

— 김남주, 〈노래〉 전문

이상국

소의 시에서 탈속脫俗의 시로

힘이 든다
소를 몰고 밭을 갈기란
비탈밭 중간 대목 쯤 이르러
다리를 벌리고 오줌을 쏼쏼 싸면서
소는 이렇게 말했다
세상이 바뀌면
내가 몰고 너희가 끌리라
그런 날 밤
콩섞인 여물을 주고 곤히 자는 밖에서
아무개야 아무개야 불러 나가보니
그가 날개를 달고 훨훨 날아가고 있었다

― 〈축우지변〉 전문

1999년 4월 창작과비평사에서 제정한 제1회 백석시문학상에 황지우 시인과 함께 이상국 시인이 공동 수상자로 선정되어 신문에 보도되었을 때 우연히 몇 고교 교사들과 만나는 자리가 있었는데, 황지우 시인은 모두들 잘 알고 있었으나 이상국 시인에 대해서 아는 사람은 아무도 없었다.

나는 좀 의아했지만 생각해 보니 당연한 일이다. 본디 시란 모든 사람을 독자로 가질 수가 없는 것이다. 선택된 소수만을 상대로 하는 외로운 작업, 어쩌면 여기에 시의 비밀이 숨어 있는지도 모른다. 심지어 일본에는 시집을 내어 1천 부 이상 팔리는 시인은 시인이 아니다라는 말까지 있다지 않은가(1999년 4월에 내한했던 일본의 시인 요시마즈 고조의 말). 그렇다면 예사로 5천, 1만의 독자를 가진 한국의 시인들은 분에 넘치는 호강을 하고 있는 셈인지도 모르고, 또 이 호강이 언젠가는 꺼질 거품인지도 모른다.

이런 생각은 좋은 시를 쓰면서도 알려지지 않은 시인, 알려짐으로써 우리 시의 외연을 더욱 확대할 수 있는 시인을 열심히 찾는 일이 내가 해야 할 가장 중요한 작업의 하나로 여겨지게 만든다.

앞에서 말했듯 이상국 시인은 널리 알려진 시인이 아니다. 그 점 본인도 알고 있는 듯, 백석시문학상의 수상자로 결정되었다는 통지를 받고는 기뻐하기에 앞서 의아해하더라는 것이다. 시집은 수상작인 《집은 아직 따뜻하다》를 비롯, 《동해별곡》, 《내일로 가는 소》, 《우리는 읍으로 간다》의 네 권. 나올 적마다 호평을 받았지만 문학 저널리즘의 각광을 받지 못한 것은 이른바 상품성을 가지고 있지 못했기 때문이다. 사람과 시가 똑같이 가진 시골뜨기성과 관계가 있다. 내가 아는 한 산문은 쓴 것이 없다. 50대 중반으로서, 고교를 나온 뒤 잠시 객지를 떠돌며 장사도 하고 재건 학교 등에서 직업 소년을 가르치기도 했지만, 서른에 고향 속초(태어난 곳은 양양)에서 농협에 들어가 구조조정 바람으로 퇴직하기까지 25년을 근속했다. 마흔두 살에 결혼, 시골에서는 대단한 만혼이다. 여기에는 이런 일화가 있다. 첫날 밤, 새색시가 한밤중에 잠이 깨어 보니 신랑은 간 데 없고 웬 대머리 사내가 옆에 누워 자고 있다. 놀라 소리를 치자 사내가 벌떡 일어서는데, 그것이 머리가 없는 신랑이더란다. 그때까지 이상국은 가발을 쓰고 있었지만, 결혼하기까지 그 사실을 새색시에게 숨겨 온 것이다. 비로소 신랑은 전후 사정을 고백했고, 대머리로 해서 고민해 온 그가 가엾어 새색시는 더욱 그를 사랑하게 되었다 한다. 말하자면 대머리가 그를 만혼이 되게 했다는 얘기다.

25년여 고향의 농협에 근무하면서 그는 한 번도 딴마음을 먹어 본 일이 없다. 비록 직접 농사를 짓는 것은 아니지만 농협에서 일하는 것도 농사짓는 사람들을 도와주는 것은 되었기 때문에 그로서는 가장 합당한 직업이었는지도 모른다. 아버지도 농사꾼이고 형도 농사꾼이지만 농민, 노동자를 내세운 시가 기세등등하던 시절에도 그는 한 번도 농민을 자처한 일이 없다. 농민들 곁에서 그들을 바라보는 사람으로 스스로 자리매김했다. 농민들에게 가전제품이나 팔고 저녁이면 다방에 앉아 아가씨들 넓적다리나 훔쳐보는 농민 시인, 농민 운동가가 허다한 판에서 그의 정직은 돋보였다.

농협 직원으로서도 그는 매우 성실한 일꾼이어서, 조합원과 관계되는 일이면 자기 일처럼 했다는 것이 주위 사람들의 전언이다. 송이버섯 등 조합원의 수익을 올리는 사업을 그가 앞장을 서서 성공시킨 일도 여러 번이다. 한때 농협의 엄청난 비리가 폭로되어 나라를 떠들썩하게 만들었지만, 그거야 다 잘난 사람, 높은 사람의 얘기, 아래 직원들은 그 본래의 취지대로 농민을 위해 열심히 일하는 사람들이었다는 사실을, 말하자면 그는 증명하고 있다.

그와 같은 양양 출신의 작가 이경자는 말한다. "갈 데 없는 강원도 촌사람이고, 어떻게나 설악산 대청봉처럼 의연한지, 서울에서 만나도 그 사람만 만나 얘기하면 꼭 고향 뒷산 아래서 농사꾼하고 얘기하고 있는 것 같다니까요."

그의 시에는 유달리 소를 소재로 한 시가 많다. 특히 초기 시는 더 그러해서, 두 번째 시집은 아예 표제가 '내일로 가는 소'이지만, 첫 시집 《동해별곡》만 보아도 〈축우지변畜牛之變〉, 〈소를 팔며〉, 〈주인에게〉, 〈근성〉이 모두 소를 소재로 하고 있고, 두 번째 시집 《내일로 가는 소》에는 표제가 되고 있는 시를 비롯 〈이 땅의 소가 되어〉, 〈우황〉, 〈소는 울고 있다〉, 〈날아가는 소〉 등의 소 시가 있다. 소가 이렇게 많이 등장하는 것은 소를 농민의 상징으로 삼고 있기 때문일 터로, 소를 소재로 한 시 몇 편을 읽으면서 들어가는 것이 그의 시 읽기의 합당한 순서일 것이다.

물론 소에서 농민을 보는 발상은 그렇게 새로운 것은 아닌 터로, 가령 월북한 시인 이병철은 힘을 가지고도 그 힘을 발휘하지 못하는 농민에 대한 안타까움을 "소야 뿔을 써라 뿔을" 하고 절규했고, 황순

원은 소설 〈황소들〉에서 당국의 농민 수탈을 견디지 못하고 궐기하는 농민들을 성난 황소들에 비유했다.

그러나 이상국의 시에서 소는 농민을 상징하는 데 그치지 않는다는 점에 주목해야 한다. 소를 통해서 그는 인간의 부조리와 황폐성을 말하고 나아가서 소에게서도 인간에게서와 똑같이 삶의 가치와 의미를 찾으려고 한다. 불교의 윤회 사상이나 애니미즘과도 무관하지 않을 것이다.

힘이 든다
소를 몰고 밭을 갈기란
비탈밭 중간 대목 쯤 이르러
다리를 벌리고 오줌을 솰솰 싸면서
소는 이렇게 말했다
세상이 바뀌면
내가 몰고 너희가 끌리라
그런 날 밤
콩섞인 여물을 주고 곤히 자는 밖에서
아무개야 아무개야 불러 나가보니
그가 날개를 달고 훨훨 날아가고 있었다

— 〈축우지변〉 전문

이 시에서 작중 화자가 소에게 보이고 있는 것은 연민이 아니고 두려움이다. "내가 몰고 너희가 끌리라" 이 대목에는 주술 같은 저주가 들어 있다. 물론 이를 "내가 다스리고 너희가 따르리라" 하여 통치자

이상국 시인은 1976년 《심상》에 〈겨울 추상화〉 등을 발표하면서 등단했으며 제1회 백석문학상 1999 등을 수상했다. 시집으로 《동해별곡》 1985, 《내일로 가는 소》 1989, 《우리는 읍으로 간다》 1992, 《집은 아직 따뜻하다》 1998, 《어느 농사꾼의 별에서》 2005 등이 있다. 1946년 강원도 양양에서 태어남.

에 대한 농민의 말로 바꿔 읽을 수도 있겠지만, 더 중요한 것은 작중 화자가 가진 살아 있는 것에 대한 경외감을 읽는 일이다. 윤회 사상에 따른 것이든 애니미즘이 되었든 이 경외감이야말로 "그가 날개를 달고 훨훨 날아가고 있었다"라는 동화적인 발상을 가능하게 하는 것이다.

> 가는구나.
> 반추의 슬픈 식욕을 씹으며 떠나가는
> 그대 발굽의 아우성.
> 첫새벽 어둠을 한 바리씩 실어 내
> 건초를 바꾸던 그대 조상은
> 죽어서도 영영 자갈밭을 가고,
> 보이는구나.
> 굽어서 아픈 논두렁 밭두렁을 돌아
> 저문 들로 다시 오는
> 그대 후생의 고삐가 보이는구나.
>
> ─ 〈소를 팔며〉 전문

외양간에서 나와 새 주인의 손에 끌려가는 소의 모습이 "반추의 슬픈 식욕을 씹으며 떠나가는 / 그대 발굽의 아우성"으로 표현되어 있다. "반추의 슬픈 식욕"이란 무엇일까? 팔려가면서도 위장에 저장해 두었던 음식을 꺼내 되씹는 모습이 슬퍼 보였다는 얘기일까? "그대 발굽의 아우성"에서는 가기 싫어 버티는 소의 슬픈 눈마저 보인다. 다음의 기술은 모든 소들의 운명에 관한 것, "건초"와 "자갈밭"의 메마르고 팍팍한 느낌의 촉각적 이미지에 주의할 필요가 있을 것이다. 떠나가는 소의 뒷모습에서 보이는 "굽어서 아픈 논두렁 밭두렁을 돌아 / 저문 들로 다시 오는", "후생의 고삐"는 다만 소만의 것일까. 이 시에서도 역시 소를 농민의 알레고리로만 읽는 것은 지나치게 단순한 독법이다. 살아 있는 것에 대한 경외감, 살아 있는 것을 홀대하는 데 대한 허망함 같은 감정이 밑그림으로 깔려 있음을 간과해서는 안 될 것이다.

한편 소 얘기는 한 군데도 나오지 않았는데도 이상하게 소를 연상시키는 시가 있다.

> 우리는 읍으로 간다
> 한때는 슬픈 식민지 백성으로
> 또는 인공의 인민이 되어서,
> 자유당 공화당 지나 세상이 자꾸 바뀌어도
> 읍에서 부르면 우리는 간다
>
> 할아버지 지게 지고 부역 가던 길
> 볏가마 실려나가고
> 아이들 공장으로 떠나던 그 길
> 머나먼 유엔 사무총장에게 메시지를 보내고
> 반나절이면
> 혁명과 쿠데타에도 도장 찍어주고 오던 길로
> 오라면 우리는 간다
>
> 읍에서 오라면 우리는 간다

걸핏하면 프래카드 앞세우고 가
그렇게 손 흔들어 주었음에도
세상 뒤숭숭하고
서울이 위험하면
오늘도 우리는 읍으로 간다

― 〈우리는 읍으로 간다〉 전문

오라면 오고 가라면 가고, 데모하라면 데모하고 만세 부르라면 만세 부르고, 도장 찍으라면 도장 찍고 누구에게 투표하라면 그 사람한테 투표하고……. 순하고 어리석은 백성(농민)에 대한 야유로 가득한 시다. 이 시에서 오라면 오고 가라면 가는 농민들에 대한 시각에는 측은지심만 있는 것이 아니다. 파랗게 타는 경멸과 증오가 있다. 이것이 냉철한 시니시즘으로 감춰져 있는 것이다. 이 시를 읽고 나면 쟁기를 지고 뚜벅뚜벅 밭을 갈다가 마침내 도살장으로 걸어 들어가는 소가 떠오른다. 그리고 그 미련한 소 위에 어리석은 농민의 모습이 오버랩 된다.

세 번째 시집 이후 그의 시는 많이 달라지고 있는 것 같다. "오래전부터 / 내가 소를 잊고 살듯"(〈별에게로 가는 길〉) 하고 시인 자신 고백하고 있지만, 소를 소재로 한 시도 눈에 띄게 줄어들고 있어, 억지로 찾는다면 〈쌀 속의 나라〉, 〈복골 가는 길〉 등에 조그맣게 나와 있을 뿐이다. 민영 시인이 《우리는 지금 읍으로 간다》의 해설에서 말하고 있듯 소 대신 시인의 고향인 강선리 사람들이 많이 등장하는데, 이는 시가 더 구체성을 얻어 가고 있는 데서 오는 것일 수도 있겠으나, 폭이 넓어지고 있다는 얘기도 될 것이다.

　한데 최근 그의 시는 또 달라지고 있다. 시의 배경은 여전히 농촌이고 소도구들도 똑같이 농촌적인 것들이지만 무언가 구질구질하고 너절한 것에서 벗어나려는 몸짓 같은 것이 보인다. 현실을 무시하자는 것이 아니고 더 높은 데서 더 큰 눈으로 보려는 자세인 것 같다. 그 결과 그의 시는 이제 옛날에 가지고 있던 답답함, 우리 옛 삼간초옥이 가지고 있던 갑갑함 같은 것을 벗어 버렸다. 시원시원한 시가 되었다는 얘기다.

　　　이 작두날처럼 푸른 새벽에
　　　누가 나의 이름을 불렀다
　　　개울물이 밤새 닦아놓은 하늘로
　　　일찍 깬 새들이
　　　어둠을 물고 날아간다

　　　산꼭대기까지
　　　물 길어 올리느라
　　　나무들은 몸이 흠뻑 젖었지만
　　　햇빛은 그 정수리에서 깨어난다

　　　이기고 지는 사람의 일로
　　　이 산 밖에
　　　삼겹살 같은 세상을 두고
　　　미천골 물푸레나무 숲에서
　　　나는 벌레처럼 잠들었던 모양이다

아들과 함께. '생명 — 옹기와 시의 만남'이란 주제로 속초시 문화회관에서 민족예술제가 있었다. 먹으로 옹기에 자작시를 넣고 있는 모습이다. 준희는 누나가 학원 안 갔다고(걸스카우트 행사 때문에 빠졌는데도) 덩달아 학원 빼먹고는 온종일 아빠를 따라다녔다.

이파리에서 떨어지는 이슬이었을까

또다른 벌레였을까

이 작두날처럼 푸른 새벽에

누가 나의 이름을 불렀다

— 〈미천골 물푸레나무 숲에서〉 전문

물푸레나무 숲에서 벌레처럼 잠이 들었다가 누가 이름을 불러 깨어 보니, 새벽은 작두날처럼 푸르고, 하늘은 개울물이 밤새 닦아 놓은 것처럼 맑고, 그 맑은 하늘로 일찍 깨어난 새들이 어둠을 물고 날아가고, 산꼭대기의 나무들은 물에 흠뻑 젖었고, 그 정수리에서 햇빛은 빛나더라……. 이 시를 평범한 산문으로 바꿔 놓으면 이렇게 될 것이다. 그러나 이 평범한 진술 속에는 삼겹살처럼 느끼하고 지저분한 세속을 거부하는 맑고 깨끗한 소리가 있다. "나의 이름을" 부르는 "누가"는 누구일까? 자연일까, 절대자일까? 그것은 중요하지가 않다. 분명한 것은 이 시에서 시인은 자연과 하나가 되고 있다는 점이다.

마지막으로 임규찬이 "속세간의 삶을 지양하는 듯하면서도 결코 세간의 삶을 내팽개칠 수 없는 세상사의 엄중한 한계를 오히려 산사에서 자연물과의 조용한 대화로 넉넉하게 다독"였다고《집은 아직 따뜻하다》의 해설에서 격찬한 〈선림원지禪林院址에 가서〉를 읽어 보자.

선림원지는 양양에 있는 신라 때의 선종 절터로서 삼층석탑, 석등, 홍각선사탑, 선림원지부도 등의 보물이 있는 곳이다.

선림으로 가는 길은 멀다
미천골 물소리 엄하다고
초입부터 허리 구부리고 선 나무들 따라
마음의 오랜 폐허를 지나가면
거기에 정말 선림이 있는지

영덕, 서림만 지나도 벌써 세상은 보이지 않는데
닭죽지 비틀어 쥐고 양양장 버스 기다리는
파마머리 촌부들은 선림 쪽에서 나오네
천년이 가고 다시 남은 세월이
몇번이나 세상을 뒤엎었음에도
흐르는 물에 발을 담근 농가 몇채는
아직 면산하고 용맹정진하는구나

좋다야, 이 아름다운 물감 같은 가을에
어지러운 나라와 마음 하나 나뭇가지에 걸어놓고
소처럼 선림에 눕다
절 이름에 깔려 죽은 말들의 혼인지 꽃들이 지천인데
경전이 무거웠던가 중동이 부러진 비석 하나가
불편한 몸으로 햇빛을 가려준다

어디로 가는지도 모르고
여기까지 오는데 마흔아홉 해가 걸렸구나
선승들도 그랬을 것이다
남설악이 다 들어가고도 남는 그리움 때문에
이 큰 잣나무 밑동에 기대어 서캐를 잡듯 마음을 죽이거나
저 물소리 서러워 용두질을 했을지도 모른다
그러나 슬픔엔들 등급이 없으랴

말이 많았구나 돌아가자
여기서 백날을 뒹군들 니 마음이 절간이라고
선림은 등을 떼밀며 문을 닫는데
깨어진 부도에서 떨어지는
뼛가루 같은 햇살이나 몇됫박 얻어 쓰고
나는 저 세간의 무림으로 돌아가네

— 〈선림원지에 가서〉 전문

양채영
풀꽃과 노새의 시인

향정리엔
헐쭘한 쑥부쟁이들이 나서
언덕마다 쑥부쟁이 냄새를 피우고
그 쑥부쟁이 냄새가 불러들인
쑥빛 하늘이 알맞게 떠 있다.
누군가 기다리는
황토 마당 구석엔
튼튼하고 실한
시루봉이 쑥 들어앉아
아들 낳고 딸 낳아
이젠 골짜기마다 빈 자리 없이
쑥부쟁이꽃을 피우고……

― 〈쑥부쟁이〉 전문

내 어려서의 꿈은 초등학교 교사였다. 강가의 작은 학교에서 종을 치고, 아이들과 함께 산과 들을 더듬어 풀꽃을 따고……. 담임교사의 강권으로 사범학교(실은 병설 중학)에서 고등학교로 옮기는 바람에 좌절되었지만, 이런 꿈을 꾸었다. 졸업은 못 했어도 사범학교를 다닌 탓으로 초등학교 교사 노릇을 하는 친구들이 많다. 나이가 들자 몇은 교장이 되고 또 몇은 장학사가 되었지만, 거의 평교사들이다. 내가 이들과 꾸준히 교분을 유지한 것은 교사가 되지 못한 아쉬움을 끝내 떨쳐 버리지 못했기 때문일 터이다.

그중에 툭하면 내가 찾아가 신세를 지던 친구가 있다. 예컨대 도망다녀야 할 일이 생기면 며칠이고 가서 묵새기고 돈도 갈취했다. 평생 시골 학교로만 돈 평교사로, 아들 장가들 때 중매쟁이가 상대방에게 교감이라 과장하는 바람에 크게 곤욕을 치렀다던 친구다. 지난달 지나는 길에, 나는 그가 재직하고 있는 것으로 알고 있던 강마을의 한 분교엘 들렀다. 막연히 예측했던 대로 그는 퇴직하고 없었다. 전부터 잘 알고 있는 근처의 집으로 찾아갔더니 그는 비닐하우스에서 채소를 다듬고 있었다.

"자꾸만 나가라는 것 같아서 명퇴라는 걸 하긴 했는데, 그놈의 몇 푼 얹어 주는 돈 받아먹을라고 한 것 같아서……"라며 그는 말끝을 흐렸다.

같이 채소를 다듬고 있던 그의 늙은 아내가 말했다.

"40년이나 학교 있다가 도둑놈 소리 듣고 나온 것이 분하지유 뭐."

"아이들한테 아무것도 안 받아먹었다면 거짓말이지. 학부형한테 술 얻어먹은 게 어디 한두 번인가. 명절 때 고기근이나 얻어먹은 것도 사실이고."

"십만 원짜리 옷 한 벌을 못해 입어 봤어유. 아닌 게 아니라 파마 두 만 원 더 하는 데서는 못 했다니까유."

"시골 살면 다 그렇지 뭐."

"다 도둑놈 만들어 놓고 아이들을 어떻게 가르치라는 건지."

"됐어, 그만해 둬. 남들보다야 잘살았지 뭐. 아이들 다 대학까지 보내구."

아내는 투덜대고 그는 말렸지만, 그의 말에서 억눌린 분노를 읽기란 어렵지 않았다. 몇 학교 특히 도시의 학교와 교사의 경우를 가지고 전 학교와 교사에게 적용, 모든 교사를 개혁의 대상으로 삼았던 데 대하여 분개하고 있는 것 같았다. 물론 그는 교육계가 개혁돼야 한다는 사실에는 반대하지 않았다.

"말이야 바른 말이지 학교처럼 썩은 데가 또 어디 있어. 교장 치고 돈 안 쓰고 된 사람 몇이나 되겠어. 그런 사람은 내버려 두고."

"이이두 돈만 갖다 바쳤으면 벌써 교감두 되구 교장두 됐을 거유."

어서 술상이나 보라는 재촉에 아내의 불평은 여기서 끝났는데, 불명예스러운 느낌으로 명예퇴직을 한 사람이 어디 그뿐이랴.

양채영 시인은 1957년 처음 교단에 선 이래 충주 관내에서 한 번도 벗어나지 못하고 큰 학교, 작은 학교, 분교를 만 42년 동안 돌다가 불명예스러운 명예퇴직을 했다. 그 편리하다는 아파트로 이사도 못

양채영 시인은 잘 썼건 못 썼건 풀꽃에 대해 그만큼 많은 시를 쓴 사람은 없을 것이라고 말한다. 답답하다가도 풀꽃을 보면 마음이 따듯해진다면서.

하고 호암지라는 호수에서 가까운 낡은 단독주택에서 20년 이상을 눌러살면서.

"세상을 헛살았구나 하는 생각이 안 드는 건 아니지만, 도시 학교로 나갔더라면 풀꽃을 보며 사는 즐거움은 또 없었겠지. 답답하다가도 풀꽃을 보면 마음이 따뜻해지거든."

아이들과 함께 산과 들을 헤메며 풀꽃을 따는 것이 꿈이었던 사람은 나만이 아니었던 모양이다.

"잘 썼건 못 썼건 나만큼 풀꽃에 대해서 많은 시를 쓴 사람은 없을 거야."

그것이 그의 유일한 자랑이다. 실제로 그처럼 풀꽃을 소재로 한 시를 많이 쓴 시인은 우리나라에 없다. 개망초, 달맞이꽃, 여뀌풀, 부채붓꽃, 장다리꽃, 토끼풀꽃, 쇠비름, 엉겅퀴, 자운영, 쑥부쟁이, 맨드라미, 백일홍, 오랑캐꽃, 패랭이꽃, 달개비꽃, 도라지꽃 등 그가 시로 쓴 풀꽃은 이루 다 헤아릴 수가 없다.

풀벌레가 달빛을 통해
땅덩이를 바라보고 있었다.
총탄은 홀로
이 들판을 울면서 지나갔다.
죽어 넘어진 달빛이
풀벌레 등에 얹히고,
노오란 방죽길이
메아리처럼
바람에 흔들리고 있었다.

— 〈달맞이꽃〉 전문

  달맞이꽃이 핀 방죽길엔 달빛이 환하고, 풀벌레가 울어 쌓는다. "노오란 방죽길이 / 메아리처럼 / 바람에 흔들리고 있었다"는 처연하다. "총탄은 홀로 / 이 들판을 울면서 지나갔다"는 들판과 달맞이꽃에서 전쟁의 이미지를 떠올렸기 때문에 나온 표현인 듯. 이 시에 달라붙어 있는 죽음의 이미지도 쉽게 찾아진다.

  민영 시인이 엉겅퀴를 "엉겅퀴야 엉겅퀴야 / 철원평야 엉겅퀴야 / 난리통에 서방잃고 / 홀로사는 엉겅퀴야"(《엉겅퀴꽃》) 하고 우리 현대사적 입장에서 파악하여, 전쟁에 남편을 잃은 여인에 비유한 대목을 연상시키기도 하는데, 양채영 시인은 엉겅퀴에 대해서는 이렇게 노래하고 있다.

봄눈 녹은 물에
마른 겨울풀 뿌리를
씻고 있으면
솜털마다 돋아나는
생기.
저 후미진
논두렁 밑 일어나는
아지랭이 속을
몰래 넘겨다 보는
실팍한 엉겅퀴꽃.

— 〈엉겅퀴꽃 초〉 전문

풀꽃을 의인화한 시다. 잎과 줄기에 나는 뻣뻣하고 억센 털에서 연상해 낸 것일까. "솜털마다 돋아나는 / 생기" 또는 "몰래 넘겨다 보는 / 실팍한"에서 엉겅퀴꽃은 건강한 성적 이미지로 나타나며, "아지랭이 속"에서 그것은 내밀화된다. 내밀화가 성적 이미지를 강렬화함은 물론이다.

여기서 다시 민영의 앞의 시의 뒤 대목과 비교하여 읽어 보면 양채영 시인의 〈달맞이꽃〉의 "전쟁"이 다른 사람의 그것과 왜 다른가를 알 수 있다.

> 갈퀴손에 호미잡고
> 머리위에 수건쓰고
> 콩밭머리 주저앉아
> 부르느니 님의이름
>
> 엉겅퀴야 엉겅퀴야
> 한탄강변 엉겅퀴야
> 나를두고 어디갔소
> 쑥국소리 목이메네
>
> ─ 민영, 〈엉겅퀴꽃〉 부분

민영이 〈엉겅퀴꽃〉에서 "갈퀴손에 호미잡고 / 머리위에 수건" 쓴 전쟁 미망인을 연상한 반면 양채영은 "몰래 넘겨다 보는 / 실팍한" 총각을 생각해 낸 것이다.

한편 양채영 시인의 시 가운데 내가 가장 좋아하는 시는 〈노새야〉

이다.

노새야.
새끼도 낳지 못하는
노새야.
아무도 없는
아스팔트길을
똥 한 번
제대로 누지 못하는
노새야.
털 빠진 가죽
등 허리로
힝 힝 우는
노새야.

노새야.
부모의
다른 얼굴 틈으로
뻘 뻘
땀만 흘리고 가는
노새야.
사람 없는
강가에서
억새풀이나
이가 시리도록

뜯어 먹어라
노새야.

    — 〈노새야〉 전문

  새끼도 낳지 못하는 노새, 아무도 보지 않는데도 아스팔트 길이 두려워 똥 한 번 제대로 누지 못하는 어리석은 노새, 털은 빠지고 등은 굽어 힝힝 하는 울음소리조차 볼품없는 노새, 뻘뻘 땀이나 흘리고 가는 노새……. 눈이 돌아갈 만큼 빠르게 변화하는 무한 경쟁의 세상을 따라가지 못하고 뒤로 처져 있거나 옆으로 빠져 있는, 갈데없는 우리들 모두의 모습이자 작자 자신의 자화상이다. 노새는 설명할 것도 없이 수나귀와 암말의 교접으로 태어나 생식력이 없지만 몸이 튼튼하고 아무거나 잘 먹어 부리기에 알맞은 짐승, 때로는 엉뚱하게 고집도 부린다.
  "사람 없는 / 강가에서 / 억새풀이나 / 이가 시리도록 / 뜯어 먹어라"의 체념과 자조의 한숨이 서려 있는 대목이 이 시의 핵심이다. 이 대목에서 무언가 버림받은 느낌의 억새풀이 노새의 소리를 강조하는 효과를 나타낸다. "힝 힝"이라는 의성어도 주목해 읽어야 할 듯, 이 의성어는 그가 독창적으로 만든 것이라고 말할 수는 없지만 이 시에 아주 잘 어울려, 못나고 어리석으면서도 순하고 착한 노새의 이미지를 만들어 내는 데 크게 공헌하고 있기 때문이다.
  "섬"을 주제로 한 시이면서도 〈노새야〉의 연작시로 읽히는 시가 있다.

    흙으로만 빚어진 섬아,

어디만큼 떠 있어다오.

아무도 살지 않는 섬아,

오래오래 기다려다오.

고뿔 감기도 없는 섬아,

하얀 종이 한 장,

향나무 연필 한 자루,

네 건강법을 적으러 갈 때까지

섬아, 섬아!

　　─〈섬아, 섬아!〉 전문

　흙으로만 빚어진 섬, 아무도 살지 않는 섬, 고뿔 감기 한 번 앓지 않는 섬……. 이 순박하고 깨끗하고 건강한 섬은 바로 노새의 변형으로, 노새나 섬은 다 같이 연민의 대상인 동시에 동경의 대상인 듯, 양채영 시인이 생각하는 이상적인 삶의 모습이 '노새'나 '섬'에 실려 있는 것도 주목해 읽어야 할 대목이다. "건강법을 적으러" 가기 위해서 "향나무 연필 한 자루"를 가지고 간다는 발상은 교직에 몸담지 않고는 생각해 낼 수 없는 것, "향나무 연필"의 건강과 질박이 또한 섬의 모습과 조화되고 있는 점도 간과해서는 안 될 것이다. "섬아, 섬아!"의 결구에서 "노새야, 노새야!"를 듣는 것은 결코 환청이 아닐 터이다. 하지만 양채영 시인의 시 세계가 한정되어 있다고 생각해선 안 된다.

　제철소의 쇳덩이 옆에

　짓밟힌 풀잎들은

양채영 시인은 1965년《문학춘추》와《시문학》으로 등단했으며, 시인들이 뽑는 시인상[2004], 한국 글사랑 문학대상[2004]을 수상했다.《노새야》[1974],《선 · 그 눈 》[1977],《은사시나무잎 흔들리는》[1984],《지상의 풀꽃》[1994],《한림으로 가는 길》[1996],《그리운 섬아》[1999],《그 푸르른 댓잎》[2000],《지상은 숲이 있어 깊고 푸르다》[2006],《개화》[2009] 등의 시집을 냈다. 1935년 경북 문경에서 태어남.

겁도 내지 않고
바람에 흔들린다.

쇳덩이가
녹슬고 있는 동안
풀잎들은
조그만 꽃잎들을 매달고
바다로 나아간다.

바다 속에는
눈부신 금화나
군함이 녹슬고 있다.
미역잎이나
불가사리도 산다.

제철소의 빈 자리
가끔 바닷바람들은
녹때 벗긴
해감내를 나눠먹으며
풀잎 끝에서 잔다.

이슬에 맺혀 있는
금화나
군함 얘기…….

— 〈제철소의 풀잎〉 전문

　제철소의 쇳덩이 옆에 짓밟히며 있는 풀잎들인 만큼 얼마나 초라하고 보잘것없으랴. 그래도 그 풀잎들은 조그만 꽃들을 매달고 있다. "바다로 나아간다"는 비유는 바다가 바로 그 풀잎들 가까이 있다는 뜻으로 읽으면 될 것이다. 이어 다음 대목에서 금화며 군함이 녹슬고 있고 미역잎이나 불가사리도 사는 바닷속과 풀잎들이 꽃들을 매달고 있는 제철소 마당이 대칭을 이룬다. 제철소 — 쇳덩이 — 풀잎과 바다 — 금화나 군함 — 미역잎이나 불가사리의 대비는 눈여겨 읽을 필요가 있다. 그러다가 바다(바람)는 풀잎에 와서 "해감내를 나눠 먹으며" 하나가 되는 것이다. 금화며 군함이 가지고 있는 온갖 얘기는 이슬로 맺힌 채.

　그러나 양채영 시 세계의 본질은 아무래도 풀꽃에서 찾아야 할 것 같다.

　　　향정리엔
　　　헐쭘한 쑥부쟁이들이 나서
　　　언덕마다 쑥부쟁이 냄새를 피우고
　　　그 쑥부쟁이 냄새가 불러들인
　　　쑥빛 하늘이 알맞게 떠 있다.
　　　누군가 기다리는
　　　황토 마당 구석엔
　　　튼튼하고 실한
　　　시루봉이 쑥 들어앉아
　　　아들 낳고 딸 낳아

이젠 골짜기마다 빈 자리 없이
쑥부쟁이꽃을 피우고……

—〈쑥부쟁이〉 전문

  향정리는 시인의 고향. 그 고향은 헐쭘한 쑥부쟁이로 덮여 쑥부쟁
이 냄새를 피우고, 그 쑥부쟁이 냄새는 쑥빛 하늘을 불러들인다. 시
루봉은 고향의 산. 이 시루봉이 문득 사람으로 바뀌는 대목이 재미있
다. 이 시에서 시인은 쑥부쟁이와 고향 사람들을 일체화함으로써 그
가 이상으로 생각하는 자연과 인간이 조화된 삶의 모습을 그려 보이
고 있다. 결국 그가 풀꽃을 즐겨 시로 쓰는 까닭은 그 풀꽃에서 사람
의 사는 모습을 찾을 수 있기 때문임을 이 시는 말해 주고 있다.

묵밭에는 쑥구기가 울었다.
화전민이 떠나고
개망초꽃들이 꾸역꾸역 피었다.
일원짜리 백동전 만한
개망초꽃들이 떼지어 모인 곳엔
개망초꽃 향기가
산맥의 구름보다 일렁거렸다.
쓸쓸히 떠돌아 간 것이
유월 장마 같기도 하고
죄없는 혼백 같기도 하여서……

—〈개망초꽃〉 전문

개망초는 국화과에 딸린 두해살이풀로 밭이나 논을 한 해만 묵히면 달려들어 뒤덮는다. 그래서 옛부터 동네의 형편을 개망초로 가늠했다. 개망초가 마을을 뒤덮고 있으면 그 마을은 사람들이 게을러 풍요롭지를 못하다는 것이었다. 그러나 이 "개망초"에서 시인은 떠돌이가 되어 떠나간 화전민의 슬픈 뒷모습을 보고 있다.

학교를 그만둔 그는 이제 더 많은 풀꽃시를 쓰겠다면서 매일처럼 호숫가를 거닐며 풀꽃과 얘기하는 것을 일과로 삼고 있다. 하지만 그는 덧붙이기를 잊지 않는다.

당국이 추진하고 있는 교육 개혁에는 원칙적으로 찬성하지만, 경제 논리에만 따라 소규모 농촌 학교를 폐쇄하는 일은 말아 주었으면 하는 것이 그의 바람이다. 학교가 없으면 아이를 가진 젊은 농사꾼이 어떻게 살겠는가. 그러잖아도 젊은이들이 없는 농촌을 더 공동화시킬 우려가 있다. 그곳이 농촌의 유일한 문화 공간이라는 점도 생각해 줘야 한다고 그는 강조한다.

도종환
부드러우면서도 곧은 시인

어릴 때 내 꿈은 선생님이 되는 거였어요.
나뭇잎 냄새 나는 계집애들과
먹머루빛 눈 가진 초롱초롱한 사내녀석들에게
시도 가르치고 살아가는 이야기도 들려 주며
창 밖의 햇살이 언제나 교실 안에도 가득한
그런 학교의 선생님이 되는 거였어요.
플라타너스 아래 앉아 시들지 않는 아이들의 얘기도 들으며
하모니카 소리에 봉숭아꽃 한 잎씩 열리는
그런 시골학교 선생님이 되는 거였어요.

......

— 〈어릴 때 내 꿈은〉 부분

도종환 시인 하면 누구나 먼저 시집 《접시꽃 당신》을 떠올릴 것이다. 아내의 죽음을 노래한 내용이 주조가 된 이 시집은 나오자마자 선풍적 화제를 일으키면서 대형 베스트셀러가 되어 일약 그를 우리나라에서 가장 유명한 시인의 반열에 올려놓았다. 그의 대중적 인기가 얼마나 대단한가를 말해 주는 한 일화가 있다.

　정희성 시인, 도종환 시인 그리고 내가 동행이 되어 민예총의 문예 아카데미에서 시 공부를 하는 학생들과 함께 새재를 간 일이 있다. 새재를 넘어 수안보 온천의 한 올갱이 해장국집에서였다. 도종환 시인 운운하는 소리를 귓결에 들었는지 음식을 차리던 젊은 주인 아낙이 "도종환 시인?" 하고 관심을 보였다. 한 학생이 도종환 시인을 가리키면서 저분이라고 말하니까, 그녀는 설마 하면서 처음에는 믿으려 하지 않았다. 그러나 어디서 사진 따위를 보았던 모양, 마침내 "아, 정말 도종환 시인이네" 하면서 감격해했다. 그러고는 종업원들을 불러 "저분이 도종환 시인이래" 하면서 마치 자기가 불러서 온 것처럼 생색을 냈는데, 서너 명의 종업원 가운데 도종환이라는 이름을 모르는 사람은 하나도 없었다. 물론 나나 정희성 시인을 알고 있는 사람은 아무도 없었다. 시를 좋아하느냐는 질문에 주인 아낙이 〈진달래꽃〉 등 김소월의 시 몇 편의 제목을 들었을 뿐이다.

시인 치고 자기의 시가 널리 읽혀 독자의 가슴 한구석에 자신의 말과 이름이 함께 들어가 앉아 있기를 바라지 않는 사람이 누가 있으랴. 시 또한 일종의 대화로서, 더 많은 사람들이 더 깊이 자기 생각을 이해해 주는 데서 그 보람을 찾는 측면이 있는 터이다. 사실《접시꽃 당신》이 그만큼 많이 팔렸다는 것은 그 속의 시들이 가지고 있는 사랑, 슬픔, 안타까움, 순수함 등의 표상들이 일상에 함몰되어 스스로 가지고 있다고 생각지도 못했던 독자들의 가슴속의 그것들과 깊은 교감을 갖게 되었다는 얘기다. 아니 독자들의 그것들이《접시꽃 당신》에 의하여 일깨워졌다고 말할 수도 있을 것이다. 그런 뜻에서 도종환 시인은 행복한 시인이지만, 바로 그 점 때문에 손해를 보는 부분도 없지 않다. 세상에는 '대중성' 하면 지레 질겁을 해서 아예 외면해 버리는 편협한 순수주의자들이 적지 않은 탓이다.《접시꽃 당신》은 말할 것도 없고 도종환 시인의 시 작업 전체가 대중적 인기라는 선입견에 가려 문학적 평가를 덜 받은 대목도 짚고 넘어갈 필요가 있을 것이다.

도종환 시인에게는 인기 시인이라는 이미지 외에 전교조와 그 밖의 문예운동이나 사회 활동에 연유하는 또 하나의 이미지가 있다. 그는 전교조 충북 지부장을 맡는 등 교육 민주화 운동을 하다 해직도 되고 감옥도 갔는데 지난 1998년에야 비로소 교단으로 돌아간다. 거의 십 년 만이다. 그뿐 아니다. 지역에서 민주 단체의 대표를 맡아 집회와 시위를 주도하기도 하고, 지역 문화 운동의 선두에 서기도 한다. 이런 그의 모습을 지역에서 함께 일한 바 있는 작가 김남일은 "그가 한 일은 지역의 문학적 뿌리를 되찾아 내고 그것을 오늘의 지역 문학 발전의 한 토대로 삼고자 한 일련의 작업들이었다. 내가 괴산에 벽초 홍명희가 살았고, 보은에는 시인 오장환, 청원 귀래리에는 단재

신채호가 살았다는 사실을 알게 된 것도 다 그런 작업 때문이었다. 그는 우리 근현대문학사에 뚜렷한 발자국을 찍은 그들이 어떤 이유로든 외면당하고 있는 현실을 용납하지 않았다. 인식의 차이, 자료와 재정의 부족 등 온갖 어려움에도 불구하고 그는 그들 개개인의 이름을 내세운 문학제를 성공적으로 치러 냈다. 그것도 한바탕 소란을 떨고 지나가는 일회성 잔치로 끝내지 않았다. …… 그는 열심히 발굴했고, 덕분에 후배들은 죽어라고 뒷배를 보아야 했다"(시집 《부드러운 직선》 발문)고 그리고 있다. 김남일이 같은 글에서 "거의 중독에 가까운 일 욕심"이라고 표현했지만, 그는 일에 있어 몸도 돈도 아끼지 않는다. 충북 지방에서 해낸 많은 일들이 과연 그가 없었으면 가능했을까 하는 소리는 그와 함께 일해 본 사람들이 다 하는 소리다.

나는 정신없이 뛰어다니는 그를 보고 몇 번 충고한 일이 있다. "이제 그만 바쁘고 시나 더 열심히 쓰지 그래." 일에 에너지를 다 빼앗겨 시를 못 쓰면 어쩌나 하는 노파심에서다. 그러면 그는 대답한다. "그래야겠는데 그게 잘 안 돼요. 전부 제가 안 할 수 없는 일인걸요." 나는 더 말하지 못한다. 하는 것이 옳은 일인 것을 알고 어찌 그 일을 않겠느냐는, 우회적인 대답으로 들리기 때문이다.

당신의 무덤가에 패랭이꽃 두고 오면
당신은 구름으로 시루봉 넘어 날 따라오고
당신의 무덤 앞에 소지 한 장 올리고 오면
당신은 초저녁별을 들고 내 뒤를 따라오고
당신의 무덤가에 노래 한 줄 남기고 오면
당신은 풀벌레 울음으로 문간까지 따라오고
당신의 무덤 위에 눈물 한 올 던지고 오면

당신은 빗줄기 되어 속살에 젖어오네

　― 〈당신의 무덤가에〉 전문

　이 시는 《접시꽃 당신》류의 시에서 가장 뛰어난 것이라고 하기는 어렵지만 '접시꽃 당신'이 '접시꽃 당신'이게 한 요소들을 고루 가지고 있다는 점에서 매우 중요한 시다. 우선 작중 화자가 "당신의 무덤"에 두고 오는 것부터 살펴보면, 패랭이꽃 ― 소지 한 장 ― 노래 한 줄 ― 눈물 한 올, 모두 슬프고 간절한 것들이다. 그리고 그 슬프고 간절하기가, 시각적인 것이 "소지 한 장 올리고"를 전기轉機로 비시각적인 것으로 전이되면서 독자로 하여금 작중 화자의 감정을 순수하고 깨끗한 것으로 받아들이게 만든다. 그 대구인 "당신은"에 이어지는 구름 ― 초저녁별 ― 풀벌레 울음 ― 빗줄기는 아름답고 영롱하여, 민감한 독자는 이 구절만 가지고 고인의 맑고 청초한 모습을 머릿속에 그리게 될 것이다. 물론 이들 이미지의 바탕에는 작중 화자의 "당신"에 대한 순수한 사랑과 그것을 잃은 데 대한 깊은 슬픔이 자리 잡고 있으며, 바로 이것이 이들 시가 대중적 인기를 얻고 있는 열쇠이다. 오늘 우리의 삶에서 찾아보기 어려운 이러한 것들이 거꾸로 대중의 마음을 사로잡았다는 얘기도 된다.
　가난한 교사의 아내로서 어렵게 살다 간 아내에게 바치는 아름답고 슬픈 시 한 편을 더 읽어 보자.

　　견우직녀도 이날만은 만나게 하는 칠석날
　　나는 당신을 땅에 묻고 돌아오네
　　안개꽃 몇 송이 함께 묻고 돌아오네

도종환 시인의 시가 부드러운 것이 사실이라 해도 이것이 연약함으로 이어지는 것은 아니다. 오히려 그의 시가 부분적으로 가지고 있는 곧고 강함에 리얼리티를 부여, 그의 시를 살아 있는 생물로 만들고 있다.

살아 평생 당신께 옷 한 벌 못 해주고

당신 죽어 처음으로 베옷 한 벌 해입혔네

당신 손수 베틀로 짠 옷가지 몇 벌 이웃께 나눠주고

옥수수밭 옆에 당신을 묻고 돌아오네

은하 건너 구름 건너 한 해 한 번 만나게 하는 이 밤

은핫물 동쪽 서쪽 그 멀고 먼 거리가

하늘과 땅의 거리인 걸 알게 하네

당신 나중 흙이 되고 내가 훗날 바람 되어

다시 만나지는 길임을 알게 하네

내 남아 밭갈고 씨뿌리고 땀흘리며 살아야

한 해 한 번 당신 만나는 길임을 알게 하네

— 〈옥수수밭 옆에 당신을 묻고〉 전문

"당신 손수 베틀로 짠 옷가지 몇 벌"이나 "내 남아 밭갈고 씨뿌리고"는 비유이다. 〈당신의 무덤가에〉 못지않게 간절한 사랑과 깊은 슬픔을 담은 이 시를 읽고는 이내 도종환 시의 동력이 바로 여기에 있는 것이 아닌가 생각했다면 지나친 비약이다. 그가 벌이고 있는 활동도 이와 같은 간절한 사랑, 깊은 슬픔, 순결함, 맑음과 무관하지 않다는 추론도 지나치게 성급하다. 사실 사랑, 눈물, 슬픔 등은 부드러움의 상징인 경우가 일반적이다. 따라서 위의 시들을 읽고 도종환 시인에게서 부드러움, 나아가서 연약함을 느꼈다는 독자가 더 많은 것은 당연한 일이다. 흔히 부드러움은 곧 연약함과 동일시되기 때문이다.

내용에서뿐 아니라 형식에서도 그렇다. 부드러움과 연약함은 형식에 있어서도 과감한 실험을 주저하게 하며, 바로 이러한 이유 때문에

"지금 나는 가능한 한 방탕하고 있습니다. 왜냐고요? 나는 시인이 되고 싶기 때문입니다. '찾는 사람'이 되고 싶습니다. 무슨 소리인지 당신은 모르시겠지요? 나 역시 설명할 수가 없습니다. 모든 감각을 자유분방하게 해방시킴으로써 미지의 것에 도달하는 일이 제게는 중요합니다"라고 한 프랑스의 19세기 상징파 시인 아르튀르 랭보의 고백을 금과옥조로 생각하는 일부 폐쇄적 전문가에게 백안시당할 단서를 제공하고 있는 면도 없지 않다. 이렇게 부드러운 시인이 어떻게 그렇게 과격한 교원 노조 활동, 문예 활동에 헌신할 수 있었을까 하는 의문을 가지고 있는 독자들이 많은 것도 사실이다.

그의 시적 패러다임이 눈물, 슬픔, 사랑이요 그래서 그의 시들이 부드러운 느낌으로 읽힌다는 것은 적어도 《접시꽃 당신》에 관한 한 잘못된 독법은 아니다. 그러나 연대기적으로 그의 시를 읽을 때, 자칫 타성화하여 뻔한 소리로 타락할 수 있는 《고두미 마을에서》의 애국적 민족적 모티프를 극복하는 데 슬픔, 사랑, 눈물의 부드러움이 큰 무기가 되었음을 《접시꽃 당신》 이후의 시들이 말해 주고 있다. 그의 시가 부드러운 것이 사실이라 해도 그 부드러움은 연약함으로 이어지는 것은 아니었다. 오히려 그의 시가 부분적으로 가지고 있는 곧고 강함에 리얼리티를 부여하면서 그의 시를 살아 있는 생물로 만드는 데 큰 몫을 하고 있었던 것이다. 결국 《접시꽃 당신》을 쓴 시인이 어떻게 그렇게 강력하고 지속적으로 교원 노조 활동이며 진보적 문예운동에 몸을 던질 수 있었는가도 이로써 이해되는 터다. 여기서 부드러우면서도 곧은 시 한 편을 읽어 보는 것이 좋을 것 같다.

새 한 마리 젖으며 먼 길을 간다
하늘에서 땅끝까지 적시며 비는 내리고

도종환 시인은 1984년 동인지 《분단시대》로 작품 활동을 시작했다. 시집으로는 《고두미 마을에서》 1985, 《접시꽃 당신》1986, 《접시꽃 당신Ⅱ》1988, 《지금 비록 너희 곁을 떠나지만》1989, 《당신은 누구십니까》1993, 《사람의 마을에 꽃이 진다》1994, 《부드러운 직선》1998, 《슬픔의 뿌리》2002, 《해인으로 가는 길》2006 등이 있다. 신동엽창작기금1990, 민족예술상1997, KBS 바른 언어상, 거창 평화인권문학상 등을 받았으며, 세상을 밝게 만든 100인에 선정되기도 했다. 1954년 충북 청주에서 태어남.

소리내어 울진 않았으나
우리도 많은 날 피할 길 없는 빗줄기에 젖으며
남 모르는 험한 길을 많이도 지나왔다
하늘은 언제든 비가 되어 적실 듯 무거웠고
세상은 우리를 버려둔 채 낮밤없이 흘러갔다
살다보면 배지구름 걷히고 하늘 개는 날 있으리라
그런 날 늘 크게 믿으며 여기까지 왔다
새 한 마리 비를 뚫고 말없이 하늘 간다

— 〈우기〉 전문

　하늘에서 땅끝까지 적시며 내리는 비를 뚫고 젖으면서 먼 길을 가
는 한 마리 새에서, "많은 날 피할 길 없는 빗줄기에 젖으며 / 남 모
르는 험한 길을 많이도 지나"온 "우리"를 보는 데서 이 시는 출발한
다. "우리"가 "살다보면 배지구름 걷히고 하늘 개는 날 있으리라" 믿
으며 여기까지 왔듯, 새도 그렇게 믿으며 하늘을 가겠지,라는 것이
시의 내용이다. 물론 이 시에서 "세상은 우리를 버려둔 채 낮밤없이
흘러갔"지만, 우리는 그런 낙관적인 전망을 갖고 여기까지 왔다는 메
시지를 읽기는 어렵지 않지만, 이 시가 빛나는 것은 그와 같은 메시
지 때문만은 아니다. 까맣게 비가 내리는 하늘을 배경으로 힘겹게 날
아가는 한 마리 새, 이것이 우리의 뇌리에 뚜렷이 박히면서 비로소
이 시는 살아 있는 시가 되는 것이다. '과연 새는 무사하게 그가 목적
하는 곳까지 날아갈 수 있을까? 지쳐서 떨어지면 어쩌나? 살다 보면
배지구름 걷히고 하늘 개는 날 정말로 있을까?'를 다시 한 번 생각하
면서.

한편 이 시를 통해서 보여 주는 이 시인의 삶의 모습은 연약한 것이 아니다. 오히려 부드럽지만 곧은 것이다. 아니 그 곧음을 안고 있기 때문에 부드러운 것이다. 이 같은 메시지를 더 구체적이고 노골적으로 담고 있는 시가 〈부드러운 직선〉이다.

> 그러나 저 유려한 곡선의 집 한채가
> 곧게 다듬은 나무들로 이루어진 것을 본다
> 휘어지지 않는 정신들이
> 있어야 할 곳마다 자리잡아
> 지붕을 받치고 있는 걸 본다
> 사철 푸른 홍송숲에 묻혀 모나지 않게
> 담백하게 뒷산 품에 들어 있는 절집이
> 굽은 나무로 지어져 있지 않음을 본다
> 한 생애를 곧게 산 나무의 직선이 모여
> 가장 부드러운 자태로 앉아 있는
>
> ―〈부드러운 직선〉 부분

내가 이 글을 쓰기 위해 이정민 시인과 동행이 되어 찾아갔을 때 도종환 시인은 방학인데도 당직이어서 학교에 나와 있었다. 그가 복직한 덕산중학교는 학생 수가 적은 작은 규모의 학교였으나 깨끗하게 단장된 새 건물이 울창한 나무에 둘러싸여 있어 밝고 산뜻한 느낌을 주었다. 두 동의 교사 중 앞 건물은 전적으로 미술실, 음악실, 컴퓨터실, 과학실 등 특별실로 쓰고 뒤 건물에서만 수업을 하는데, 이촌현상으로 학생 수가 준 것이 거꾸로 교육 환경을 개선한 결과가 된 것이다.

도종환 시인은 당직 날을 이용하여 글짓기반 학생들을 지도하고 있었다. 마침 시를 감상하는 시간이다. 10여 명의 학생들을 한 방에 모아 학년별로 앉혀 놓고 하는 복식수업이었는데, 도종환 시인은 그 시에 대해서 나서서 가르치는 것이 아니라 몇 가지 요령만 말해 주고 학생들 스스로 느끼고 생각하게 한다. 그러니까 학생들은 마지못해 서가 아니라 즐거워하면서 시를 읽는다. "초보자가 문학에 가까워지 게 만드는 최고의 문학 교사"라는 것이 이 수업을 참관한 이정민 시 인의 평이다. 실제로 학생들을 가르치는 모습을 옆에서 보니 그는 타 고난 교사다. 나는 이때처럼 기쁨으로 넘치는 도종환 시인의 얼굴을 일찍이 한 번도 본 일이 없다.

어릴 때 내 꿈은 선생님이 되는 거였어요.
나뭇잎 냄새 나는 계집애들과
먹머루빛 눈 가진 초롱초롱한 사내녀석들에게
시도 가르치고 살아가는 이야기도 들려 주며
창 밖의 햇살이 언제나 교실 안에도 가득한
그런 학교의 선생님이 되는 거였어요.
플라타너스 아래 앉아 시들지 않는 아이들의 얘기도 들으며
하모니카 소리에 봉숭아꽃 한 잎씩 열리는
그런 시골학교 선생님이 되는 거였어요.

나는 자라서 내 꿈대로 선생이 되었어요.
그러나 하루 종일 아이들에게 침묵과 순종을 강요하는
그런 선생이 되고 싶지는 않았어요.

밤 늦게까지 아이들을 묶어 놓고 험한 얼굴로 소리치며
재미없는 시험문제만 풀어 주는
선생이 되려던 것은 아니었어요.
옳지 않은 줄 알면서도 그럴 듯하게 아이들을 속여넘기는
그런 선생이 되고자 했던 것은 정말 아니었어요.
아이들이 저렇게 목숨을 끊으며 거부하는데
때묻지 않은 아이들의 편이 되지 못하고
억압하고 짓누르는 자의 편에 선 선생이 되리라곤 생각지 못했어요.

아직도 내 꿈은 아이들의 좋은 선생님이 되는 거예요.
물을 건너지 못하는 아이들 징검다리 되고 싶어요.
길을 묻는 아이들 지팡이 되고 싶어요.
헐벗은 아이들 언 살을 싸안는 옷 한 자락 되고 싶어요.
푸른 보리처럼 아이들이 쑥쑥 자라는 동안
가슴에 거름을 얹고 따뜻하게 썩어가는 봄흙이 되고 싶어요.

― 〈어릴 때 내 꿈은〉 전문

*도종환 시인은 교단에서 물러나 충북 보은군 산속에서 작품 활동을 하고 있으며, 2010년 현재
한국작가회의 사무총장을 맡고 있다.

민영
저자에 뒹구는 구도의 시인

이제 우리는
어디로 가야 하는지를 정해야 한다.
가까운 길이 있고 먼뎃길이 있다.
어디로 가든 처마끝에
등불 달린 주막은 하나지만
가는 사람에 따라서 길은
다른 경관을 보여준다.

보아라 길손이여,
길은 고달프고 골짜기보다 험하다.
눈 덮인 산정에는 안개 속에 벼랑이
어둠이 깔린 숲에서는
성깔 거친 짐승들이 울고 있다.
길은 어느 곳이나 위험 천만
길 잃은 그대여 어디로 가려 하느냐?

......

— 〈무릉 가는 길 1〉 전문

줄곧 옆에서 보아 온 데 따른 선입견인지 모르지만 나는 민영 시인의 시에서 늘 시은市隱이라는 말을 생각한다. 시은이란 참다운 은자는 사람이 북적대는 저자를 찾아 숨는다는 뜻이지만, 여기에는 생활을 영위해 가면서도 세속화하지 않고 자기 길을 간다는 뉘앙스가 있다. 실제로 그는 예순이 훨씬 넘기까지 한 번도 시정市井에서 벗어난 일이 없다. 중국 연변의 화룡현 명신소학교 5년 중퇴라는 학력이 암시하듯, 아버지를 따라 간 간도에서 소년 시절을 보내고 귀국한 뒤로 줄곧 저자에서 뒹굴며 살았다고 해도 과언이 아닐 것이다.

산문집《나의 길》속의 〈시인이 되지 않았더라면〉이라는 글에서 그는 "해방 후 6·25 직전까지 종사한 명동에서의 담배장수와 남대문시장 어물가게의 점원, 부산에 가서 하게 된 부두 노동과 땅콩장수, 인쇄소 해판공, 그리고 수복 후 서울에서 겪게 된 조판공 생활과 출판사 편집원, 잡지사 기자 등"을 지냈다고 구체적으로 밝히고 있는데,《현대문학》에 시로 추천을 받고 문단에 나올 무렵도 그는 바로 그《현대문학》을 조판하는 인쇄소의 공원이었다. 그 무렵 박재삼 시인이《현대문학》편집부에 근무하고 있었는데, 그 달에 뽑힌 감동적인 신인의 시가 몇 년 동안 줄곧 얼굴을 맞대고 빨리 해 달라, 고쳐 달라며 아웅다웅하던 조판공의 것임을 알고 면구해했다는 일화는 문단에 널리 알려져 있다. 제까짓 조판공이 무슨 시를 알랴 해서 그를 함부로 대한 적이 없지 않았던 것이다. 월급쟁이를 면한 뒤에도 그는 직원 서너 명을 거느린 작은 사식집을 직접 경영하면서 저자에서 뒹굴었다.

다 그런 것은 아니지만 입지전적인 사람들은 대개 아집과 편견이 심하고 자부심과 자신감에 넘쳐 있다. 남들이 하지 못한 경험을 했고 남들이 넘지 못한 역경을 넘었으니 그도 당연한 일이다. 그런 사람들이 쓴 글은 억세고 끈적끈적하고, 할 말이 많으니까 너스레도 심하며, 또 그것이 미덕일 수도 있는데, 우리 시단에서도 그런 경우를 여럿 볼 수 있다. 아마 민영 시인의 시를 모르는 독자는 여기까지만 읽고는 그의 시도 그러리라고 지레 겁을 먹을는지도 모른다. 그러나 전혀 그 반대다. 그의 시는 쌈박하고 명쾌하며, 당차고 매서워, 시만 읽고는 그가 살아온 길이 쉽게 짐작되지 않는다. 생활 속에 함몰되지 않아서일 것이다. 이 말은 그가 다른 많은 시인들처럼 시에 열중한 나머지 생활을 소홀히 했다는 소리가 아니다. 치열하고 부지런히 살면서도 결코 세속화하지 않았다는 뜻이다. 말하자면 그는 평생 장바닥에서 열심히 살았지만 시를 게을리 한 일이 없고, 치열하게 시를 쓰면서도 그것을 핑계로 생활을 뒤로 제쳐 둔 일이 없는 것이다.

어스킨 콜드웰이라는 미국 작가의 작품에 시장에서 장사를 하는 성자를 소재로 한 단편이 있다. 그 성자는 이문을 챙기는 등 장사에도 철저하여, 뒤늦게 그 본색을 안 사람이 항의한다. "성자인데 그럴 수 있소?" 성자는 웃으며 대답한다. "이 일도 성심껏 하면 하느님에게 다가갈 수 있는 법이오." 비유가 정확한지는 모르겠으나 그는 생활에 철저함으로써 오히려 더 시 작업을 치열하게 할 수 있었고, 거꾸로 그것이 그를 세속화하는 데서 지켜 주었던 것이 아닐까?

그러나 민영 시를 읽는 더 큰 재미는, 가령 〈노래 하나〉의 "늙은 아내가 / 꽃 팔러 나간 다음 / 뜰에 노는 병아리에게 / 모이를 준다." 같은 조금은 낡은 동양화의 이미지도 풍기는 대목에서 무언가 생활에 함몰되지 않고 표표히 자기만의 길을 가려는 고집을 보는 일이다. 말하자면 극도로 말을 아끼는 간결하고 응축된 시 형식도 이런 자세에서 만들어졌을 터로, 이것이 민영 시의 첫째 덕목이 되고 있다는 점은 주목할 대목이다. 실제로 민영 시인의 많은 시들은 몇 마디로 짜여진, 로마의 잠언시와는 또 다른, 사람의 폐부를 갈갈이 찢는 짧고 새된 외침을 생각나게 한다.

> 한 늙은이의
> 더러운 욕망이
> 저토록 많은 꽃봉오리를
> 짓밟은 줄은 몰랐다.
>
> ─〈수유리 하나〉 전문

독재 권력의 총부리에 쓰러져 잠든 수유리 4·19묘지의 많은 무덤을 바라보는 감회를 한마디로 술회한 이 시에서는 새파란 증오의 불꽃이 튄다. '늙은이의 더러운 욕망에 짓밟힌 저토록 많은 꽃봉오리' 외에 더 무슨 말이 필요하랴.

> 한 접시의 홍어회가 열 사공의 죽음을 떠올린다. 홍어는 피 묻은 사공의 등골을 발라먹고, 사공은 혼신의 힘으로 홍어의 잔등에 작살을 박는다. 이 상잔相殘! 어디 있는가 우리들의 피안은.

— 〈해비 海碑〉 전문

　얼마나 소름 끼치는 확인인가. 골육상잔의 세상살이를 이렇게 단
세 마디로 표현하는 일은 진실을 꿰뚫는 눈이 없고는 불가능한 일이
다. 그리고 이 눈은 세속화하지 않으면서도 부지런한 세속적 삶을 영
위하는 데서 얻어진 부분도 있을 것이다. 이런 시들은 그의 시가 감
성적인데도 불구하고 어딘가 메마르고 앙상하다는 느낌을 주지만 다
음 같은 시는 이 시인이 가장 적은 말로 가장 큰 그림을 그리는 데 얼
마나 유능한가를 보여 준 예이다.

　　겨울이 왔네
　　외등도 없는 골목길을
　　찹쌀떡 장수가
　　길게 지나가네

　　눈이 내리네

　　— 〈겨울밤〉 전문

　겨울이 왔다. 이 생각 저 생각으로 잠을 이루지 못해 뒤척이는데,
"찹쌀떡 사려" 소리가 골목 끝에서 들린다. 일어나 창 밖을 보니 가
로등도 없는 골목, 집집에서 비치는 불빛에 한 소년의 뒷모습이 어른
거린다. 이윽고 펄펄 눈발이 날리고…… 아마 그것이 그해의 첫눈일
게다…….
　염무웅 교수는 시집 《바람 부는 날》의 해설에서 "민영의 시 세계는

고향이라는, 푸근하고 안정된 삶의 뿌리가 끊어진 떠돌이 인생의 써늘한 고독감과 박탈감, 그리고 그것과의 싸움인 절제와 인내로 인해 날카로운 애수를 띤다"라고 했는데 오히려 바로 그 "떠돌이 인생의 싸늘한 고독감과 박탈감" 때문인지 고향을 노래한 시가 뜻밖에도 많다. 예컨대 시집 《엉경퀴꽃》 속의 〈엉경퀴꽃〉, 〈고향 생각〉, 〈장돌림〉, 〈일봉산〉, 〈추석날 고향에 가서〉 등과 《유사流沙를 바라보며》의 〈월정리에서〉, 〈배봉산에서〉, 〈되피절 부처님〉, 〈대추나무를 바라보며〉 등 여러 편이 고향을 노래한 시들이다. 불과 네 살에 아버지를 따라 간도로 이주한 뒤, 6·25 후 잠시 들어와 머물렀을 뿐인 고향이지만, 민영 시의 형성에 적지 않은 영향을 주었음을 알 수 있다. 그의 고향은 어떠한 곳인가.

> 여기서 북쪽으로 천리를 가면
> 검은 강물 한 줄기 소리없이 흐르고
> 우뚝우뚝 거친 산 솟아 있는 곳
> 그 산 밑이 내 고향 마을이라네.
>
> 참솔 같던 젊은이들 총 맞아 죽고
> 꽃다운 홀어미들 지쳐 잠든 곳
> 불에 탄 집터마다 쑥대풀 서걱이고
> 도채비불 밤이면 펄럭인다네.
>
> 잿더미에 흩어진 뼈 벌레 되어 우나니
> 예 살던 살붙이들 어디로 갔나?
> 내가 자라 길 떠난 뿌리의 고샅

민영 시인은 1959년 《현대문학》 추천으로 등단했다. 《단장》[1972], 《용인 지나는 길에》[1977], 《냉이를 캐며》[1983], 《엉겅퀴꽃》[1987], 《바람 부는 날》[1991], 《유사를 바라보며》[1996], 《해지기 전의 사랑》[2001], 《방울새에게》[2007] 등의 시집을 냈다. 만해문학상[1991] 수상. 1934년 강원도 철원에서 태어남.

이 세상 일 마치거든 돌아가려네.

— 〈고향 생각〉 전문

　조금은 진부한 느낌의 시이지만, 이 시를 보건대 고향은 그에게
"참솔 같던 젊은이들 총 맞아 죽"은 곳, "꽃다운 홀어미들 지쳐 잠든
곳", "불에 탄 집터마다 쑥대풀 서걱이"는 곳, "잿더미에 흩어진 뼈
벌레 되어 우"는 곳의 이미지로 남아 있다. 그럼에도 그곳은 버려야
할 곳, 외면해야 할 곳이 아니라 "이 세상 일 마치거든 돌아"갈 곳이
다. 여기서 그의 고백에 다시 한 번 귀를 기울일 필요가 있을 것이다.

　사십 이전까지 나는 고향에 관한 글을 쓰지 않았다. 아니, 쓰지 못
　했다는 표현이 옳을 것이다. 한데 그 고비를 넘기면서 고향에 대한 시
　가 쓰여지기 시작했다. 어머니의 품에 안겨 어렸을 때 떠난 고향, 전쟁
　으로 불타서 폐허가 된 고향, 옛사람이라곤 아무도 살지 않는 고향, 섣
　불리 찾아갔다가는 머쓱해서 되돌아오는 고향 — 그런 고향이 다시 내
　마음의 그리메(스크린)에 진한 아픔으로 찍혀 나왔던 것이다.

— 〈콩밭머리에 앉아서〉, 《나의 길》

　시인과 동행하는 시인의 고향 기행을 다른 시인의 경우보다 더 중
시한 것은 그곳이 "다시 내 마음의 그리메(스크린)에 진한 아픔으로
찍혀 나"오고 있다는 바로 이 점 때문이다. 그가 그토록 집착하는 고
향을 함께 돌아봄으로써 그의 시를 더 정확하게 읽을 수 있을 것이라
고 생각한 것이다. 과연 민영 시인은 고향 기행에 적극적으로 나서

서, 한탄강가 철원평야의 한 귀퉁이에 자리 잡은 이른바 구철원이라고 불리는 동송에 도착했을 때는 미리 연락을 받은 민경환 등 글쓰는 후배들이 여럿 나와 있었다. 6·25까지는 삼팔선 북쪽에 속하는 고장으로서, 그가 어려서 살던 집이 바로 이곳에 있었다. 후배들의 안내로 먼저 찾아간 곳은 월정리역. 초소에서 허가를 얻는 등 귀찮은 절차가 없지 않았지만 산들이 뒷짐을 진 형태로 멀리 나앉은 광활한 들판은 실로 시원했다. 추수가 한두 주일 앞으로 다가와 있어, 간간이 지나가는 군용차며 곳곳에 붙은 "지뢰"라는 주의표에도 불구하고 풍성하고 평화로운 느낌마저 주었다. 전쟁으로 폐허가 된 것을 다시 세웠다는 월정리역에는 앙상한 기차의 형해만 남아 있었는데, 이 역을 두고 민영 시인은 이렇게 노래하고 있다.

> 남들이 모두 신록을 찾아서
> 남쪽으로 떠날 때
> 나 홀로 북쪽으로 길을 잡았다.
>
> 눈 덮인 산야에는
> 오랑캐꽃 한 송이 피지 않았고
> 철조망을 사이에 두고 길 잃은 노루가
> 남쪽 하늘을 바라보고 있었다.
>
> 내 그리운 고향은
> 백설白雪의 산마루 저편에 있었다.
>
> 흰 저고리에 감색 치마

애젊은 누이가 탄불을 갈아 넣고
아들을 떠나보낸 늙은 어머니는
동구 밖을 내다보고 계셨다.

　　　　　—〈월정리에서〉 전문

　이어 아무것도 남아 있지 않은 월북한 작가 상허 이태준의 생가터
를 돌아보고 민통선을 빠져나와 월하초등학교를 찾아갔는데 이곳이
바로 민영 시인이 어려서 살던 곳이다. 집터도 아는 사람도 없다. 하
지만 그는 너무 오래되어 가지가 부러진 고목 앞에서 초등학생들과
사진을 찍으면서 감개무량해한다. 그리고 거기서 멀지 않은 도피안
사到彼岸寺를 찾아갔는데, 신라 경문왕 때 도선국사가 세웠다는 이 고
찰도 6·25 때 완전히 불타 없어진 것을 그 뒤 독실한 신도인 한 사단
장이 나서서 재건한 것이다. 국보인 비로자나불 좌상은 전쟁통에 한
신도가 감추어 가지고 있다가 돌려주었다는 미담을 가지고 있다. 무
슨 소원이든 빌면 이루어진다는 이 부처를 민영 시인은 이렇게 노래
하고 있다.

내 고향 철원이
모을동비毛乙冬非라 불리던 아득한 옛날
가난한 집 아이들 누더기옷을
꿰매주시다 다친 손가락.

그 손에서 흘러내린 자비의 피가
싸움에 지친 마음에 연꽃을 피워

철원 평야 매운 바람 거두어 가고
통일의 봄볕을 비춰 주소서!

　　　―〈되피절 부처님〉 부분

　민영 시인이 건강이 나빠서 한때 내려와 살면서 농사도 짓고 면사무소도 다녔다는 이평리 집도 들렀다. 당시 그의 원고향인 철원읍 월하리는 군인들이 주둔해 있는 최전방이어서 들어가지 못하고 그 고장 사람들이 동송면 이평리에 다시 마을을 이루고 있었다고 한다.

　　"어머니는 그곳서 집을 장만하고 재봉일을 하고 계셨다. 마을 사람들이 가져오는 염색한 군복과 군인들의 구멍난 옷을 꿰매 주며 혼자 사셨다."

　　　―《나의 길》

　그러나 그가 "저 대추나무를 심은 것은 / 어머니가 이승을 떠나시기 전의 / 어느 봄날이었습니다. // 명주실처럼 꼬인 묘목을 / 뜰 앞에 심고 거름을 주었는데, / 십 년이 지난 이 가을 / 수많은 열매들이 / 가지가 휘도록 열렸습니다"(〈대추나무를 바라보며〉)라고 노래한 그 대추나무는 베어져 없다.

　시집《유사를 바라보며》에 보면 '무릉武陵 가는 길'이라는 연작시가 다섯 편 실려 있다. 그러나 이 다섯 편이 일관된 주제를 다루고 있는 것 같지는 않다. 〈무릉 가는 길 1〉이 삶의 모든 과정을 무릉 가는 길로 파악하고 있다면 〈무릉 가는 길 2〉에서는 죽음과 무릉을 동일시하며 〈무릉 가는 길 4〉는 소의 죽음을 통하여 무릉을 찾는 시도를 허무화하고 있다. 이 가운데서 〈무릉 가는 길 1〉을 골라 읽어 보자. 왜냐하면 다섯 편의 무릉 중 이 시가 펼쳐 보이는 이미지가 가장 장관이기 때문이다.

이제 우리는
어디로 가야 하는지를 정해야 한다.
가까운 길이 있고 먼뎃길이 있다.
어디로 가든 처마끝에
등불 달린 주막은 하나지만
가는 사람에 따라서 길은
다른 경관을 보여준다.

보아라 길손이여,
길은 고달프고 골짜기보다 험하다.
눈 덮인 산정에는 안개 속에 벼랑이
어둠이 깔린 숲에서는
성깔 거친 짐승들이 울고 있다.
길은 어느 곳이나 위험 천만
길 잃은 그대여 어디로 가려 하느냐?

그럼에도 나는 권한다.
두 다리에 힘 주고 걸어가라고
두 눈 똑바로 뜨고 찾아가라고

길은 두려움 모르는 자를 두려워한다고

가다 보면 새로운 길이 열릴 거라고.

…… 한데, 어디에 있지?

지도에도 없는 꽃밭

무릉武陵.

— 〈무릉 가는 길 1〉 전문

어찌 읽으면 이 시는(특히 3연) 극히 교훈적인 모티프를 가지고 있
는 것으로 읽힐 수도 있다.

그러나 마지막 연에서 "…… 한데, 어디에 있지? / 지도에도 없는
꽃밭 / 무릉"으로 반전시키면서 교훈적인 기술이 오히려 반어였음을
보여 주는 데 이 시의 묘미가 있다. 그리고 이 시에 명멸하는 현란한
동양적 이미지들이 이 시를 극히 맛깔스럽게 만들고 있다는 점에도
주목할 필요가 있을 것이다.

조태일
크고도 다감한 시, 남성적이면서 섬세한

풀씨가 날아다니다 멈추는 곳
그곳이 나의 고향,
그곳에 묻히리.

햇볕 하염없이 뛰노는 언덕배기면 어떻고
소나기 쏜살같이 꽂히는 시냇가면 어떠리.
온갖 짐승 제멋에 뛰노는 산속이면 어떻고
노오란 미꾸라지 꾸물대는 진흙밭이면 어떠리.

……

— 〈풀씨〉 부분

조태일 시인이 여덟 번째 시집《혼자 타오르고 있었네》를 냈을 때 나는 그를 다음 번 기행 대상자로 예정해 놓고 있었다. 그때 느닷없이 그가 입원했다는 소식이 들렸다. 한번 찾아봐야겠다면서도 그 큰 덩치가 병석에 누워 있을 모습이 싫어 차일피일하고 있는데 이번에는 본격적인 요양을 위해 시골로 내려갔다는 소식이 왔다. 들리는 대로 심각한가 보다 해서 전화번호를 알아내어 전화를 했다. 염려와는 달리 전화에 나온 그는 평소나 마찬가지로 "몇 년만 더 살게 해 달라고 부처님한테 빌었더니 십 년은 더 살게 해 주시겠대요" 하고 농부터 했다. 내가 마음을 놓고, "죽더라도 내 조시는 약속대로 써 주고 죽어야 돼" 하고 농으로 받으니까 그는 대답했다. "걱정 마세요, 내가 언제 약속 어기는 거 봤습니까!"

　한데 며칠 뒤 그가 다시 입원했다는 소식이 오고, 내가 역시 그 병든 얼굴 보기가 겁이 나서 선뜻 찾아가지 못하고 우물쭈물하고 있는데 한 후배로부터 전화가 왔다. 내 근황을 묻기에 한번 오시라고 할까요 했더니, 그 양반 겁이 많아 못 올 거야, 하더란다. 내 속마음을 꿰뚫어보고 있었던 것이다.

　그제야 찾아간 나를 그는 몹시 반가워하며, 링거 따위를 팔에 꽂고 누운 채 "참 신기한 일이지요, 지구상의 60억 인구 중 하필 암이란 놈이 나한테 와서 붙다니요. 저도 살겠다고 들어온 걸 괄시할 순 없고, 그래서 살살 달래서 내보내야 할 것 같아요"하고 남의 얘기하듯 했다. 얼굴은 무척 상해 있었으나 말할 때마다 눈은 아기처럼 웃고 있었다. 또 그는 담담하게 말했다. "수의도 만들어 놨어요. 입어 보니까 잘 맞데요. 영정도 옛날에 찍은 사진이 마음에 드는 게 있어 아이들 시켜 확대해 놨는데 아주 잘 나왔어요. 한번 보실래요?"내가 눈물이 나올 것 같은 걸 참으며 가까스로, "이 사람이 살 생각을 해야지 무슨 죽는 얘기야!" 하니까 그는 웃으며 "옛날부터 수의 입었다 벗었다, 널 속에 들어갔다 나왔다 하면서 몇 십 년 산다지 않아요?" 하고 오히려 나를 위로했다. 닷새 뒤 그는 저세상 사람이 되었다.

"산들과 잠시나마 / 고요히 지내려고 / 산에 오르면 // 산들은 저희들끼리 / 거대한 그림자를 만들어 / 한점 티끌도 안 보이게 / 나를 지운다."(〈소멸〉) 같은, 마치 죽음을 예감한 것 같은 시들로 가득한 시집 《혼자 타오르고 있었네》를 내놓은 지 꼭 두 달 만에.

생각해 보면 나는 조태일 시인과 꽤 인연이 깊다. 내가 서울 살림을 처음 시작한 김관식 시인 집에서 그도 몇 해 뒤에 서울 살림을 시작했고, 내가 안양 내려가 살 때는 잠시 그도 안양서 셋방살이를 해서, 퇴근길에 동행하면서 술도 꽤나 마셨다. 1970년대 전 기간 중 그리고 1980년대 중반까지, 그와 함께한 술자리가 가장 많았을 것이다. 염무웅 교수, 이미 고인이 된 작가 한남철 등과 함께였다. 한남철과 내가 다 같이 실직해서 갈 데가 없을 때는 조태일의 인쇄소 사무실을 임시 사무실로 썼다. 그는 거의 날마다 점심을 사고, 저녁과 술을 사고, 헤어질 때는 또 당부했다. "내일 점심때까지 꼭 나오세요, 점심 같이 합시다." 일이 있어서가 아니라, 우리를 편하게 해 주기 위해서였다. 커다란 체구와 완강한 얼굴과는 달리 그는 따뜻하고 세심한 사람이었던 것이다.

한번은 이런 일이 있었다. 내가 상처를 하고 아이들만 데리고 살고 있을 때였다. 추석을 며칠 앞둔 어느 날, 같이 퇴근하는 길에 그는 느닷없이 시장을 좀 들러 가자고 제의했다. 무심코 따라갔더니 아이들 양말이며 속내의를 한 보따리 샀다. 그가 독실한 불자임을 아는 나는 그가 보육원에라도 가려나 보다 생각했는데, 헤어지면서 그는 그 보따리를 내가 탄 택시 속으로 밀어 넣으며 말했다. "이런 건 쉽게 사지지 않으니까 한꺼번에 사는 게 좋아요." 그 덕으로 나는 그해 겨울을 아이들 내의며 양말 걱정 하지 않고 났다.

1980년에는 포고령 위반으로 함께 잡혀 들어갔다. 당사자인 검찰관도 무엇 때문에 구속했는지를 몰라, "아마 비례대표로 문단에서 뽑혀 온 것 같다"고 해서 실소하지 않을 수 없었던 사건이다. 큰 덩치의 그와 왜소한 내가 한 수갑에 채여 조사받으러 가면 수사관들은 고목에 매미가 붙은 것 같다면서 웃었는데, 그러면 그는 더 크게 팔을 흔들면서 장난질을 쳐서 수사관들로부터 오히려 주의를 받았다. 도전적인 시에도 불구하고 남을 좋게만 보는 버릇이 있어, 자기는 재수가 좋아 늘 좋은 사람만 만난다면서, "그 사람 참 좋은 사람이에요, 조금밖에 안 때려요" 하고 자기를 조사한 수사관을 옹호하기도 했지만, 나는 그들이 조태일 시인을 봐준 예를 한 번도 보지 못했다.

《혼자 타오르고 있었네》의 해설에서 유종호 교수는 "시인 조태일 씨에 대해서 가지고 있는 나의 이미지는 그가 선이 굵고 씩씩한 매우 남성적인 시인이라는 것"이라고 말한 바 있지만, 이 점 다른 사람도 크게 다르지 않을 것이다. 이 이미지는 우선 초기 시의 도전적 제목으로부터 만들어진다. '나의 처녀막'이니 '식칼론' 같은 비시적 제목은 남성적인 배포와 뚝심을 가지지 않고서는 감히 쓰지 못하는 제목이다. 이런 제목 가지고는 좋은 시 대접받기가 쉽지 않은 것이, 정지용 시인조차 윤동주 시집《하늘과 별과 바람과 시》의 서문에서 "청년 윤동주는 의지가 약하였을 것이다. 그렇기에 서정시에 우수한 것이 겠고. 그러나 뼈가 강하였던 것이리라. 그렇기에 일적에게 살을 내던지고 뼈를 차지한 것이 아니었던가"라고 하지 않았던가. 내용은 제목에서 받은 인상을 더욱 강화시킨다. 가령 "나의, 당신의, 상한 처녀막은 / 혁명으로 파열돼서 부끄러워라. / 부끄러워라. 당신의 병사의, 시인의 처녀막도 / 혁명으로 파열돼서 정말 원통해라"(〈나의 처녀막 1〉)라든가 "흐르는 피 앞에서는 묵묵하고 / 숨겨진 영양 앞에서는 날쎄지요. / 비장하는 데 신경을 안 세워도 돼. / 늘 본관의 심장 가까이 있고 / 늘 제군의 심장 가까이 있되 / 밝게만 밝게만 번뜩이면 돼요."(〈식칼론 1〉) 같은 시는 발상 그 자체가 혁명적인 것으로, 선이 굵고 남성적인 시인의 강한 이미지를 얻기에 충분하다. 당시 그가 무슨 생각을 했으며 어떠한 시를 쓰고자 했는가는 앞에 인용한 시에 '허약한 시인의 턱 밑에다가' 라는 부제가 붙은 〈식칼론 2〉만 읽어 보면 분명하다.

　　　뺙따귀와 살도 없이 혼도 없이
　　　너희가 뱉는 천 마디의 말들을
　　　단 한 방울의 눈물로 쓰러뜨리고
　　　앞질러 당당히 걷는 내 얼굴은
　　　굳센 짝사랑으로 얼룩져 있고
　　　미움으로도 얼룩져 있고

　　　……

조태일(1941~1999) 시인이 태어나고 묻힌 전남 곡성 태안사. 조태일 시인은 1964년 경향신문 신춘문예에 〈아침 선박〉 당선으로 등단했다. 시집으로 《아침 선박》[1965], 《식칼론》[1970], 《가거도》[1983], 《자유가 시인더러》[1987], 《산 속에서 꽃 속에서》[1991], 《풀꽃은 꺾이지 않는다》[1995], 《혼자 타오르고 있었네》[1999] 등이 있다. 편운문학상[1991], 만해문학상[1995] 수상.

너희의 녹슨 여러 칼을
꺾어 버리며 내 단 한 칼은
후회함이 없을 앞선 심장 안에서
말을 갈고 자르고
그것의 땀도 갈고 자르며
늘 뜬 눈으로 있다
그 날카로움으로 있다.

　　— 〈식칼론 2〉 부분

　　결국 우리들의 순결한 시대는 혁명으로 파괴되었고 그럼에도 불구하고 시는 뼉따귀와 살, 그리고 혼도 없는 것이 되어 버렸다는 것이 시의 내용이다. '나의 처녀막'은 회복하지 않으면 안 될 시대의 순결성을, '식칼'은 그 방법을 상징한다고 말할 수 있다. 혁명에 의해 파열된 이 시대의 순결성을 그의 시는 식칼이 되어서 회복하겠다는 메시지를 이 연작시들은 가지고 있다. 이 처녀막이라는 상황 인식과 식칼이라는 방법은 1970년대에 들어서서 국토의 개념으로 발전, 저항과 외침의 포즈가 사랑과 포옹의 그것으로 바뀌면서 그의 시 세계는 깊어진다. 50여 편의 연작시 '국토'의 첫 작품인 〈모기를 생각하며〉와 5년 뒤에 썼으면서도 〈국토서시國土序詩〉란 제목으로 《국토》의 처음에 실린 서시를 함께 읽는 일이 조태일 시로 다가가는 지름길이 될 터이다.

　　내가 딛는 땅은 내 땅이 아니다.
　　내가 읽는 글은 내 글이 아니다.

내가 하는 말은 내 말이 아니다.
내가 하는 노래는 내 노래가 아니다.
내가 눕히는 아내는 내 아내가 아니다.

......

모기야, 네 입술 네 음성만이
텅 빈 내 귓가며 눈 언저리에
부러울 것 없이 무성히 자란다.

―〈모기를 생각하며, 국토 1〉부분

발바닥이 다 닳아 새 살이 돋도록 우리는
우리의 땅을 밟을 수밖에 없는 일이다.

숨결이 다 타올라 새 숨결이 열리도록 우리는
우리의 하늘 밑을 서성일 수밖에 없는 일이다.

야윈 팔다리일망정 한껏 휘저어
슬픔도 기쁨도 한껏 가슴으로 맞대며 우리는
우리의 가락 속을 거닐 수밖에 없는 일이다.

버려진 땅에 돋아난 풀잎 하나에서부터
조용히 발버둥치는 돌멩이 하나에까지
이름도 없이 빈 벌판 빈 하늘에 뿌려진

저 혼에까지 저 숨결에까지 닿도록

우리는 우리의 삶을 불지필 일이다.
우리는 우리의 숨결을 보탤 일이다.
일렁이는 피와 다 닳아진 살결과
허연 뼈까지를 통째로 보탤 일이다.

— 〈국토서시〉 전문

  이 서시에 보이는 이 땅과 이 땅 위에 생겨나고 있는 모든 것들에
대한 간절한 사랑, 비록 하찮고 보잘것없는 것까지도 보듬어 안지 않
고는 못 견딜 뜨거운 눈물은 '나의 처녀막'이나 '식칼론'에는 말할
것도 없고 《국토》의 초기 작품에도 드러나지 않고 있던 정서들이다.
한편 이 서시가 박태순의 기행 문집 《국토기행》과 더불어 그때부터
유행하기 시작 지금까지도 시들지 않고 있는 국토 기행의 전 국민적
인 관심의 신호탄이 되기도 했다는 점, 다시 돌아볼 필요가 있다.

  〈태안사 가는 길 1〉에서 조태일 시인은 아내와 어린아이들 셋을
데리고 "고향 떠난 지 삼십년 만에 / 내가 태어났던 태안사를" 처음
으로 찾았다고 전제한 다음, 두 번째로 팔십을 바라보는 어머님을 모
시고 아내와 아이들과 함께 태안사를 찾았을 때는 "백골이 진토 된 /
증조부와 조부와 아버님이 / 청화 큰스님이랑 함께 / 껄껄껄 웃으시
며 / 우리들을 맞았다."고 노래하고 있지만, 그에게 있어 그가 태어
나고(그의 부친은 그곳 주지 스님이었다), 이곳까지 불어닥친 해방 정국
의 혼란을 견디지 못하고 광주로 이사하기까지, 자라고 학교를 다닌

태안사보다 더 큰 시적 모티프는 없었을 것이다. 직접 태안사를 다룬 또 한 편의 시가 그의 시 중 가장 빼어난 서정시의 하나가 되고 있는 것은 결코 우연이 아니다.

반야교를 지나며
어머니,
오오냐아.

해탈교를 지나며
어머니,
오오냐아, 오오냐아.

금강문을 지나며
어머니,
오오냐아, 오오냐아, 오오냐아.

……

대웅전을 들어서며
어머니!
오냐.

부처님 앞에서
어머니!
……

조태일 시인의 장례식.

　　　지장보살
　　　지장보오살
　　　지이장보오살
　　　지이자앙보오사알, 지이자앙보오사알……

　　　—〈태안사 가는 길 2〉 부분

　　이 시는 어머니를 저승으로 보내며 쓴 시다. 큰 멋을 부리지 않고
도 음의 장단과 고저와 강약의 적절한 활용, 감정의 절제를 통한 이
미지의 반복, 쉼표, 마침표, 느낌표의 효과적인 사용 등에 의해서 시
의 기능을 극한까지 살린 이 시를 읽은 감동을 나는 그에게 직접, "이
사람, 죽어서 태안사로 갈 생각이 있는 모양이지?" 하고 말한 일이

있다. 그는 "그럼요" 하고 주저 않고 대답했는데, 실제로 그는 지금
어머니를 따라 태안사에 가 쉬고 있다. 이 시에서 알 수 있듯 그의 시
가 모두 강인하고 남성적인 선이 굵은 것만은 아니다. 특히 근래의
시들은 너무 섬세하고 아름다워, 그의 초기의 시에 낯익어 있는 독자
들을 놀라게 한다. 큰 체구와 완강한 얼굴, 그리고 그에 어울리지 않
는 예민하고 따뜻한 감정의 두 측면이 이렇게 시로 나타나고 있는지
도 모르지만, 이런 징후는 이미 후기 《국토》에서도 나타나고 있었다.
그러나 더 중요한 것은 이런 변화가 그의 사물과 자연에의 새로운 발
견과 무관하지 않다는 사실이다. 근래의 두 시집의 후기에서 그가
"이 천지간에는 큰 것보다는 작은 것들이, 인위적인 것보다는 자연스
런 것들이, 보이는 것보다는 안 보이는 것들이 더 많이 존재함을 다
시 한 번 확인했다"(《풀꽃은 꺾이지 않는다》)라거나 "나에게 들킨 이
시집 속의 모든 사물들, 모든 상황들, 모든 사연들에게 감사드린다"
(《혼자 타오르고 있었네》)라고 한 말을 곰곰이 새겨 읽을 필요가 있을
것이다. 근래의 아름답고 섬세한 그의 시 두 편을 더 읽으면서, 그가
어떻게 작은 것, 보이지 않는 것에 애정을 표시하고 있으며, 그의 시
가 삶과 죽음의 문제와는 어떻게 이어져 있는가 살펴보자.

풀씨가 날아다니다 멈추는 곳
그곳이 나의 고향,
그곳에 묻히리.

햇볕 하염없이 뛰노는 언덕배기면 어떻고
소나기 쏜살같이 꽂히는 시냇가면 어떠리.
온갖 짐승 제멋에 뛰노는 산속이면 어떻고

노오란 미꾸라지 꾸물대는 진흙밭이면 어떠리.

풀씨가 날아다니다
멈출 곳 없어 언제까지나 떠다니는 길목,
그곳이면 어떠리.
그곳이 나의 고향,
그곳에 묻히리.

— 〈풀씨〉 전문

이승의
진달래꽃
한묶음 꺾어서
저승 앞에 놓았다.

어머님
편안하시죠?
오냐, 오냐,
편안타, 편안타.

— 〈어머니를 찾아서〉 전문

*2009년에는 조태일 시인의 10주기를 맞아 《조태일 전집》(총 4권)이 출간됐으며, 고인의 문학
 적 업적을 기리는 추모제가 열렸다.

강은교
허무와 신비와 감수성의 시인

......

나무 하나의 꿈은
나무 둘의 꿈
나무 둘의 꿈은
나무 셋의 꿈

나무 하나가 고개를 젓는다
옆에서
나무 둘도 고개를 젓는다
옆에서
나무 셋도 고개를 젓는다

아무도 없다
아무도 없이
나무들이 흔들리고
고개를 젓는다

......

―〈숲〉 부분

햇빛이 '바리움' 처럼 쏟아지는 한낮, 한 여자가 빨래를 널고 있다, 그 여자는 위험스레 지붕 끝을 걷고 있다, 런닝 셔츠를 탁탁 털어 허공에 쓰윽 문대기도 한다, 여기서 보니 허공과 그 여자는 무척 가까워 보인다, 그 여자의 일생이 달려와 거기 담요 옆에 펄럭인다, 그 여자가 웃는다, 그 여자의 웃음이 허공을 건너 햇빛을 건너 빨래통에 담겨 있는 우리의 살에 스며든다, 어물거리는 바람, 어물거리는 구름들,

그 여자는 이제 아기 원피스를 넌다. 무용수처럼 발끝을 곤추세워 서서 허공에 탁탁 털어 빨랫줄에 건다. 아기의 울음소리가 멀리서 들려온다. 그 여자의 무용은 끝났다. 그 여자는 뛰어간다. 구름을 들고.

— 〈빨래 너는 여자〉 전문

강은교 시를 좋아하는 독자에게조차 널리 알려져 있지 않은 시다. 1996년에 나온 시집 《어느 별에서의 하루》에 실려 있는 시로 지금까지의 강은교 시에 익숙해 온 독자들에게는 조금은 낯선 데가 있다. 우선 빛깔과 선이 너무 선명하다. 햇빛과 허공과 빨래, 그리고 "무용수처럼 발끝을 곤추세워 서서 허공에 탁탁 털어" 빨래를 너는 여자가

진한 색종이를 오려 붙인 그림처럼 또렷하다. "어물거리는 바람, 어물거리는 구름들"까지도 선명하다. 하지만 가만히 들여다보면 이 시는 '빨래 너는 여자'의 일상적 아름다움을 그린 시는 아니다. 무용수처럼 발끝을 곧추세우고 위험스레 지붕 끝을 걸으며 빨래를 너는 여자에게서는 삶과 죽음의 경계선을 넘나드는 사람의 상징이 읽히는 대목이 있다. 이렇게 읽을 때 비로소 "허공과 그 여자는 무척 가까워 보인다"가 무엇을 의미하는가가 이해된다.

하지만 이 시에서 두 가지 의문이 쉽게 풀리지 않는다. 첫 번째는 왜 앞 연에서는 문장 끝에 쉼표를 찍고, 뒤 연에서는 마침표를 찍었는가라는 점이며, 두 번째는 아기 원피스 — 아기 울음 — 구름은 장식적으로 동원된 말인가 아니면 특별한 상징을 가지고 있는 말인가라는 점이다. 쉼표는 보다 급한 호흡이 필요할 때 쓰고 마침표는 여유 있는 호흡에 합당함은 이해할 수 있다. 여기서 그 여자가 허공과 무척 가까워 보일 때는 그만큼 급했고, 아기 원피스를 널 때는 또 그만큼 여유가 생겼다는 뜻으로 읽어도 좋을까. 그렇다면 "그 여자의 무용은 끝났다"는 삶과 죽음의 경계선을 넘나드는 일을 끝낸 것으로, 그 동력이 된 것은 아기 원피스와 아기 울음이었다고, 또한 "구름을 들고"는 삶의 새로운 지평을 열었다는 뜻으로 읽는 것도 가능하지 않을까.

그러나 강은교의 시는 그리 단순하지 않다. 내가 최근 그녀의 한 시집에 대하여 "강은교의 시의 마력은 신비성에 있다. 가령 삶의 구체를 시로 형상화한 경우에도 어느 한구석이 베일에 가려져 있다. 모호하다든가 추상적이라는 것과는 뜻이 다르다. 이성과 합리만 가지고는 접근할 수 없는 대목이 있다는 뜻이다. 현상을 통하여 실재를 찾으려는 시적 추구가 그녀의 시를 신비하게 만들고 있다고 생각할 수는 있다. 하지만 이것은 피상적인 시 읽기에 지나지 않는다"라고 말했던 것을 다시 한 번 상기해 본다.

흔히 강은교를 허무의 시인이라고 말한다. 그녀는 첫 시집의 제목을 《허무집》이라 했고 스스로 그 서문에서 "내 서투른 허무의 말들을" 읽어 달라고 요구했었다. 김병익은 《풀잎》의 서문에서 "그러나 결론적으로 말해 강은교는 허무를 말하고 있고 허무의 실체를 보여주고 있으며 우리 모두가 종국에는 허무에 봉착할 뿐 아니라 바로 지금, 여기에 허무의 심연이 우리의 존재 바닥에 깔려 있음을 지적해주고 있다. 다시 한 번 그러나, 강은교의 허무를 김광섭이나 서정주혹은 고은의 허무와 동궤의 것으로 생각해서는 안 된다. 그의 허무는 삶과 더불어 얻어진 것이 아니라 삶 이전에 정련시켜 추출해 낸 것이며 윤회의 비극적 세계관이 이루어 놓은 결과적인 사상이 아니라 구상적이고 일상적인 모든 것들을 대담하게 사상시켰을 때 남겨지는 절정의 감수성"이라고 말했는데, 과연 이 말이 강은교 시의 허무의 실체에 대한 정확한 진단인지는 알 수 없으나, 강은교의 초기 시가 삶과 죽음의 문제를 일상적 혹은 종교적 차원을 초월하여 다룸으로써 허무의 배음背音을 갖게 되었음은 분명하다. 덜 알려진 시로 〈황혼곡조 2번黃昏曲調二番〉이 있다.

> 잠들면서
> 참으로
> 잠들지 못하면서
> 쓰던 뼈는 다시
> 불후不朽의 살로 덮고
> 제 아이는

등 뒤에
이슬 묻혀 남겨놓지
그래도 흐린 날은
귀신이 되어 울지
잊지도 않고
잊을 수도 없이

— 〈황혼곡조 2번〉 전문

　문면만 보면 화자는 죽어 있는 상태다. "쓰던 뼈는 다시 / 불후의 살로 덮고"에서는 죽음을 두려움의 대상으로 보는 것이 아니라 우리와 함께 있는 사실로서 보는 정서가 뚜렷하다. 이 시의 가장 빛나는 대목 "제 아이는 / 등 뒤에 / 이슬 묻혀 남겨놓지", 이 대목이야말로 김병익이 말한 "구상적이고 일상적인 모든 것들을 대담하게 사상시켰을 때 남겨지는 절정의 감수성"의 결과물일 터이니까 말이다. 강은교의 시를 얘기하면서 〈풀잎〉을 빼놓을 수는 없다.

아주 뒷날 부는 바람을
나는 알고 있어요.
아주 뒷날 눈비가
어느 집 창틀을 넘나드는지도.
늦도록 잠이 안 와
살肉 밖으로 나가 앉는 날이면
어쩌면 그렇게도 어김없이
울며 떠나는 당신들이 보여요.

누런 베수건 거머쥐고

닦아도 닦아도 지지 않는 피血들 닦으며

아, 하루나 이틀

해저문 하늘을 우러르다 가네요.

알 수 있어요, 우린

땅속에 다시 눕지 않아도.

—⟨풀잎⟩ 전문

비록 "풀잎"을 빌리기는 했지만 이것은 (당신들의) 죽음에 대한 예
언이다. 소박하게 읽으면 나는 세상의 자잘한 일 다 알고 있지만 결
국은 모두 허망한 죽음에 이르리라는 것. "살 밖으로 나가 앉는"은
삶으로부터 해방된다는 뜻일 터이고, "누런 베수건 거머쥐고 / 닦아
도 닦아도 지지 않는 피들 닦으며"는 삶과 죽음의 음화陰畵로 읽어도
무방할 것이다. 사물에 닿으면 파르르 떨 것 같은 그 감수성이 이 시
에서도 돋보인다. 김병익은 같은 글에서 이 시를 "강은교는 드디어
이 허무와 친화하며 결정적인 순간에 얻은 예감을 삶의 보편적 양식
으로 확대시키고" 있다고 말하고 있다. 이 시를 읽으면서 강은교 자
신이 번역한 19세기 미국의 시인 에밀리 디킨슨의 "내 죽음 때문에
멈출 수 없기에—— / 친절하게도 죽음이 날 위해 멈추었네—— / 수
레는 실었네, 우리들 자신은 물론—— / 또 영원을" 하고 죽음을 노
래한 ⟨내 죽음 때문에 멈출 수 없기에⟩(⟪한 줄기 빛이 비스듬히⟫,강은
교 역)를 함께 읽는 것도 즐거운 일이리라.

여기서 하나 더 지나칠 수 없는 것은 이 시가 가지고 있는 무가적
巫歌的 요소다. 무가야말로 삶과 죽음을 넘나드는 노래로, 그녀가 실

제로 무가에 관심을 가지고 있었음은 저승에 가서 아버지를 살릴 생명수를 구해 온 무가 속의 공주 바리데기를 소재로 〈폐허에서〉 등 다섯 곡의 연작시 〈바리데기의 여행노래〉를 쓰고, 다시 근래 '바리데기, 가장 일찍 버려진 자이며 가장 깊이 잊혀진 자의 노래' 라는 부제목으로 세 편의 시를 쓰고 있는 것만 보아도 알 수 있다. 그중 〈3곡·사랑〉의 마지막 대목은 다음과 같다.

> 사라지는 별들이
> 찬바람 위에서 운다.
> 만리길 밖은
> 베옷 구기는 소리로 어지럽고
> 그러나 나는
> 시냇가에
> 끝까지 살과 뼈로 살아 있다.
>
> ― 〈3곡·사랑〉 부분

1970~80년대 군사독재의 권위주의 시대를 거치면서 그녀는 작은 것, 하찮은 것, 헐벗은 것, 그리고 짓밟히고 꺾이는 것들에 관심을 갖는데 이는 실제로 그녀가 1975년에 결성된 문인들의 반체제 단체인 자유실천문인협의회에 적극적으로 참여, 민주화 운동에 앞장섰다는 사실과 무관하지 않을 것이다. 〈구걸하는 한 여자를 위한 노래〉나 〈삯전 받는 손들을 위한 노래〉 등이 그것들로, 그 한 대목씩을 읽어본다. 당시의 상황을 아는 독자는 이 은유가 무엇을 의미하는지 설명을 하지 않아도 쉽게 알 터이다.

강은교 시인은 1968년 《사상계》 신인 문학상에 〈순례자의 집〉이 당선되어 등단했다. 시집으로는 《허무집》[1971], 《풀잎》[1974], 《빈자 일기》[1977], 《소리집》[1982], 《붉은 강》[1984], 《우리가 물이 되어》[1986], 《바람 노래》[1987], 《오늘도 너를 기다린다》[1989], 《벽 속의 편지》[1992], 《어느 별에서의 하루》[1996], 《등불 하나가 걸어오네》[1999], 《시간은 주머니에 은빛 별 하나 넣고 다녔다》[2002], 《초록 거미의 사랑》[2006], 《봄 무사》[2009] 등이 있다. 한국문학작가상[1975], 현대문학상[1992], 정지용문학상[2006] 수상. 1945년 함남 홍원에서 태어남.

그래 돌아오지 않았다. 누군가 굳은 피 한 점 던질 때까지, 누군가 쓸데없는 제 죽음 하나 내버릴 때까지, 우리가 헌 그 죽음 입고 검은 종소리 한 겹 듣지 않을 때까지.

— 〈구걸하는 한 여자를 위한 노래〉 부분

황혼, 구정물 천지 아직 빛 천지, 소리가 오고 빈 손들 손들 물결 위에 단풍잎처럼 나부끼고 아, 수그려라 네 허리 거품 깊이, 엎드려라 흐르는 대지에, 다만 공손히.

— 〈삯전 받는 손들을 위한 노래〉 부분

이 무렵에 쓴 시 가운데서 학생들이나 종로 5가(기독교회관)의 집회에서 감동적으로 읽히던 시가 있다.

일어서라 풀아
일어서라 풀아
땅 위 거름이란 거름 다 모아
구름송이 하늘 구름송이들 다 끌어들여
끈질긴 뿌리로 낡힌 얼굴로
빛나라 너희 터지는
목청 목청 어영차
천지에 뿌려라

이제 부는 바람들

전부 너희 숨소리 지나온 것
이제 꾸는 꿈들
전부 너희 몸에 맺혀 있던 것
저 바다 집채 파도도
너희 이파리 스쳐왔다
너희 그림자 만지며 왔다

일어서라 풀아
일어서라 풀아
이 세상 숨소리 빗물로 쏟아지면
빗물 마시고
흰 눈으로 펑펑 퍼부으면
가슴 한아름
쓰러지는 풀아
영차 어영차
빛나라 너희
죽은 듯 엎드려
실눈 뜨고 있는 것들

— 〈일어서라 풀아〉 전문

초기 시와는 다르게 열정으로 충만한 시다. 풀은 말할 것도 없이
민중의 비유, 그녀는 이때 "이 세상 숨소리 빗물로 쏟아지면 / 빗물
마시고" "흰 눈으로 펑펑 퍼부으면 / 가슴 한아름 / 쓰러지는" 민중
에게서 역사 발전의 주체를 발견했던 것이다. 이 시가 특별히 애송된

것은 시가 가진 힘 때문이기도 하지만 역시 시적 완결성 때문이었다. 그 무렵 민중시로 행세하는 시 가운데에는 설익은 것들이 너무 많았던 터이다. 하지만 나는 이 시보다도 열정에서는 떨어질지 모르지만 더 깊은 함축성을 가지고 있는 〈숲〉을 많은 사람들이 더 좋아했던 일을 기억하고 있다.

  나무 하나가 흔들린다
  나무 하나가 흔들린다
  나무 둘도 흔들린다
  나무 둘이 흔들린다
  나무 셋도 흔들린다

  이렇게 이렇게

  나무 하나의 꿈은
  나무 둘의 꿈
  나무 둘의 꿈은
  나무 셋의 꿈

  나무 하나가 고개를 젓는다
  옆에서
  나무 둘도 고개를 젓는다
  옆에서
  나무 셋도 고개를 젓는다

아무도 없다
아무도 없이
나무들이 흔들리고
고개를 젓는다

이렇게 이렇게
함께

—〈숲〉 전문

　가장 단순한 말을 가지고 가장 단순한 기법으로 1970년대 삶의 한 단면을 이렇게 선명하게 드러낸 시가 또 있을까. 이 시를 다시 읽으면서 최근 일본 시단에서 논의되고 있는 시의 절규성이라는 문제를 생각해 본다. 시는 본질적으로 절규성을 가지고 있는데 일본시는 1970년대 이후 그것을 완전히 상실함으로써 활력을 잃었다는 문제 제기다. 절규성이란 문자 그대로 외침을 말하는 것으로, 삶의 상황이나 조건이 정상을 잃을 때 그것을 외쳐서 증거하는 것이 시가 할 일 중 가장 큰 것의 하나라는 것이다. 그러나 외친다고 해서 빽빽 소리 지르는 것을 의미하지는 않으며 그 방법도 다양할 수밖에 없다. 이 〈숲〉이야말로 여러모로 그 절규성을 가진 전형적인 시로 생각되었다.
　나는 이 글을 시집 《어느 별에서의 하루》 중에 있는 〈여름날 오후〉를 읽으면서 끝내고자 한다. 이 시는 오늘을 사는 우리들의 자화상일 뿐더러 이 시대가 알레고리 되어 담겨 있다. 뿐더러 강은교 시의 발전 궤적을 이 시를 통하여 볼 수도 있을 것이다.

어느 여름날 오후, 젖어 있으며 울퉁불퉁한 땅, 빵 한 개가 비에 젖고 있다.

허리가 잘록한 개미 한 마리 빵을 살며시 쓰다듬어보더니 어디로인가 급히 간다.

울타리 하나가 고개를 수그리고 빵을 들여다본다.

비에 빵의 살이 풀어진다. 팥고물이 피처럼 흐르기 시작한다. 안개 뒤에서 태양의 비명소리가 들려온다. 허리가 잘록한 개미 몇 마리 빵을 자르기 시작한다.

어디서 들려오는 너의 소리……

울타리가 빵 위에 엎드린다. 젖어 있으며 울퉁불퉁한 땅, 질척이는 고름 사이로, 들여다보는 돌 하나.

네가 빵 위에 넘어진다. 우리 모두 빵 위에 넘어진다. 멀리서 태양의 비명소리, 기적이 들려온다. 여름날 오후.

—〈여름날 오후〉 전문

*강은교 시인은 현재 동아대 문예창작학과 교수로 재직하면서 후학 양성에 힘을 쏟고 있다.

황명걸
실험과 참여를 넘나든 시인

배가 고파 우는 아이야
울다 지쳐 잠든 아이야
장난감이 없어 보채는 아이야
보채다 돌멩이를 가지고 노는 아이야
네 어미는 젖이 모자랐단다
네 아비는 벌이가 시원치 않았단다
네가 철나기 전 두 분은 가시면서
어미는 눈물과 한숨을
아비는 매질과 술주정을
벼 몇 섬의 빚과 함께 남겼단다
뼈골이 부숴지게 일은 했으나
워낙 못 사는 나라의 백성이라서
뼈골이 부숴지게 일은 했으나
워낙 못 사는 나라의 백성이라서

......

— 〈한국의 아이〉 부분

황명걸 하면 대개 "가지고 노는 돌멩이로 / 미운 놈의 이마빡을 깔
줄 알고 / 정교한 조각을 쪼을 줄 알고"라는 구절의 〈한국의 아이〉를
떠올릴 것이다. 1970년대의 상황과 맞아떨어져 울림이 컸던 작품으
로, 같은 무렵에 낸 표제의 시집과 20여 년 만에 낸《내 마음의 솔밭》
이라는 시집 두 권밖에 없는 과작의 시인이면서도 역량 있는 시인으
로 인정받는 것은 바로 이 시 덕이다. 물론 시집《한국의 아이》속의
시들의 큰 흐름은 현실참여적 경향의 시라고 할 수 있고, 이것이 아
무도 의심하지 않는 황명걸 시의 본질이다. 그러나 주의 깊은 독자라
면《한국의 아이》속에서 전혀 이질적인 시를 발견하고 당황할 것이
다. 예컨대 〈SEVEN DAYS IN A WEEK〉 등이 그것이다. 길지만 전문
을 읽을 필요가 있을 것 같다.

　　〈Seven days in a week〉

　　중학 영어교재의 어느 한 귀절이 아니올씨다.
　　요일 따라 하나씩 색색으로 갈아입게 된
　　딜럭스 숙녀용 1주일분 팬티의 상품명이올씨다.
　　나의 아내가 애독하는 생리위생독본이올씨다.

줄줄 대하가 흐르는 여자가,
아래를 몹시 소중히 여기면서 마구 굴리는 그 여자가
유일무이한 도서목록으로 잡은 처세독본이올씨다.

(저녁 외출이 잦은 그녀는
성당의 앙젤르스가 은은히 들려오면,
뒷물을 하고
로코코풍 디자인의 곽에서 색팬티를 하나 꺼냅니다.
토실한 아래의 유연한 선이 그대로 살아난 팬티,
그 한 옆 위쪽에는 〈순결〉이라는 꽃이 수놓여져 있습니다.
그러나 그녀가 돌아올 때는 꽃잎은 다 시들어져 있고,
다시 뒷물을 해야 합니다.)

〈Seven days in a week〉

딜럭스 숙녀용 1주일분 팬티의 상품명만이 아니올씨다.
나의 여자가 애독하는 생리위생독본만이 아니올씨다.
그 여자가 교제하는 모든 훌륭한 인사들의 처세독본이올씨다.
매일이 다르고, 매시가 다르며,
갑에게 다르고, 을에게 다르며,
그때그때 희비애락을 적절히 연기하게 하는
아주 편리하고 완벽한 연기지침서올씨다.

(요즘 시정에서는 이 책이 장기 베스트셀러로,
사람마다 호주머니에 넣고 다니며 읽는다고 합니다.

그래서 나도 남들에게 뒤질세라, 사서 읽어는 보았습니다만,

너무 어려워 그만 책장을 덮어버리고 말았습니다.

그래도 한번은 꼭 통독해야 한다기에

의무감 같은 것으로 다시 책장을 들척거리기는 하지만,

아직 나에게는 어렵기만 합니다.)

— 〈SEVEN DAYS IN A WEEK〉 전문

이 시를 처음 대했을 때 나는 큰 충격과 함께 당혹감을 맛보았다. 이상의 〈날개〉를 연상시키기도 하는 이런 정서가 지금이야 더러 눈에 띌 뿐더러 장삿속으로 권장되기도 하지만, 당시만 해도 철저하게 금기시되던 때다. 말하자면 시란 점잖고 진지하고 치열해야 했다. 한데 팬티가 어떻고, 대하가 어떻고, 뒷물이 어떻고 하다니, 더구나 아무리 비유라 하더라도 아내를 동원해 망신을 시키다니……. 나로서는 상상도 못할 일이었다. 이 시에서 그의 사생활을 유추한 독자도 없지 않았을 터로, 이 시는 당시 많은 사람들의 눈에 야비하고 추잡하고 음란한 것으로 비쳤다. 나 역시 이 시에서 음습하고 부조리한 사회 현실의 데포르메 된 그림을 찾아 읽지는 못했다. 약간의 외설 취미와 말장난의 재간, 그리고 타고난 기질, 예컨대 잡놈기가 없으면 이런 시는 쓰지 못할 것이라고쯤 생각했었다. 나 같으면 용기가 없어 못 쓰고 쑥스러워 못 쓴다. 그러면서도 왜 충격을 받고 당황했을까. 나로서는, 촌에서 갓 올라온 시골뜨기로서는 어림도 없는 그의 용기가 부럽고 자유분방한 발상이 부러웠을 것이다. 이외에도 《한국의 아이》에는 이와 같은 경향의 시가 여러 편이다.

황명걸 시인은 1964년 동아일보사에 입사, 기자로 근무하다 1974년 '자유언론실천선언'으로 해직되었다. 자유 언론 운동 당시 편집국에서. 책상 위에서 자고 있는 이가 시인. 황명걸 시인 사진 제공.

아내가 제멋대로 해석하는
일요일의 의미는 가관인 것이,
죽씬하게 낮거릴 하고 손맥이 풀려
나른해 자빠져 한숨 잔 뒤,
해 떨어져 선선하면 밤 화장으로
명동엘 나가, 한일관이나 삼오정 같은 데서
'불백'으로 잔뜩 몸보신하곤,
장장 두 시간 반의 70밀리 〈벤허〉 보고서
'새나라' 타고 훌쩍 집에 돌아와,
도너츠 구멍에 바나나 끼는 장난질 또 치며

— 〈네멋대로 해라〉 부분

이런 짓거리는 어떨까?
유난히 젖가슴을 드러낸 사모님을 뵈어
경의를 표해 머리 숙여,
희멀건 젖통 골짜기에다 슬쩍
풀어진 사꾸를 쑤셔넣어주면 어떨까?
에어컨이 잘 돼
짜증스런 사무실에서——.

— 〈이런 짓거리〉 부분

　"낮거리"와 "도너츠 구멍에 바나나 끼는 장난질"은 성행위의 은어
요, "사꾸"는 콘돔을 말한다. 이런 비속어를 이렇게 마구 쓰기는 그

가 처음이었을 것이다. "낮거리(낮에 하는 성행위)"를 하고 명동엘 나가 불백(불고기 백반)을 잔뜩 먹고 영화를 보고 돌아와 또 그 짓을 하다니, 더구나 에어컨이 잘된 사무실에서 사모님의 희멀건 젖가슴에 사꾸를 쑤셔 넣고……. 하지만 이 시는 본질적으로 당시의 다른 사람들의 시와는 달랐다. 우선 도시적 감수성이다. 대체로 우리에게는 도시적 감각 또는 정서의 시가 많지 않았다. 김광균을 비롯 박인환, 김수영 등에게서 아주 볼 수 없는 것은 아니었으나, 시적인 것=농촌적인 것이라는 등식이 암묵적으로 받아들여져서인지 이들의 시도 전적으로 도시적 감각에 의존하고 있는 것은 아니었다. 부분적으로 농촌정서가 남아 있었다고 말할 수 있을 것 같다. 황명걸 시는 근본적으로 달랐다. 농촌적 정서라고는 찾을래야 찾을 수 없는 것이 이 무렵 시였다.

내가 그에게 끌린 것도 이 점과 무관하지 않을 것이다. 내가 처음 그를 만난 곳은 낙원동에 있던 르네상스라는 음악다방으로 기억되는데, 내 시가 막《문학예술》이라는 잡지에 발표되었을 때니까 20대 초가 된다. 유종호(문학평론가)가 잘 나가는 다방이어서 어쩌다 찾아가면 천상병(시인), 임재경(언론인), 박성룡(시인), 이일(미술평론가), 박이엽(방송작가) 등과 함께 황명걸도 앉아 있곤 했는데, 이들이 내가 서울 와서 처음 사귄 글벗들이었다. 당시 그는 서울대 불문과에 다니고 있었다. 군복 물들인 것을 아무렇게나 걸치고 다니는 우리와는 달리 그는 유행하는 양복에 양말 색깔까지도 신경을 쓰는 것이 갈데없는 경알이(서울내기)요, 라이터며 만년필도 이름 있는 것 아니면 가지고 다니지 않는 얌체였지만, 나는 그가 가진 도시 분위기가 차츰 좋아졌다.

나는 시를 쓰려면 음악도 알아야 한다고들 해서 덩달아 음악다방엘 드나드는 터였지만, 그는 달랐다. 제법 지식이 있어 비발디의 〈사계〉며 파가니니의 〈기상곡〉 같은 것들을 신청해 들어, 비발디란 이름조차 처음 듣는 내 기를 죽이고는 했다. 당시 그는 그림 잘 그리는 학생으로 통했다. 고교 시절 개인전을 열 정도로 그림에 뛰어났지만 아버지의 반대로 불문과를 택했다는 것이 그의 친구들이 그를 두고 하는 말이었다. 그는 가끔 모딜리아니며 피카소 등의 화집을 구해 와 설명과 함께 보여 주기도 했지만, 그가 그 무렵 더 열중해 있는 것은 역시 시였다. 나를 만나면 종종 좁쌀 술을 파는 대폿집으로 끌고 가서 주머니에서 시고詩稿를 꺼내 보여 주었는데, 나로서는 생각도 할 수 없는 도시적 발상의 시들이었다. 나와는 영 딴판인 그의 시가 처음엔 좀 얼떨떨하다가 차츰 좋아져서 내가 먼저 발표한 《문학예술》로 그의 시를 들고 가 그 잡지를 편집하던 박남수 시인에게 보여 보기도 했다.

　　수도극장(지금의 스카라극장) 근처에 있던 그의 집도 꽤 여러 번 갔던 것 같다. 그의 집에서는 종업원이 십수 명인 큰 설렁탕집을 하고 있어서 언제나 따끈한 설렁탕에 소주를 얻어 마실 수 있었다. 하숙비를 못 내고 떨려 나 동가식서가숙하던 때가 많았기 때문에 나는 종종 뜨뜻한 손님방에서 자기도 했다. 아침이면 학생들이 공부는 않고 술만 먹고 다닌다는 그의 어머니의 잔소리가 두려웠지만 넉살 좋게 버티고 앉았다가 "죄 많은 어린 양들을 용서하소서" 하는 기도를 귓등으로 들으며 아침밥까지 얻어먹고 나왔다. 이렇게 2~3년 사귀다가 나는 시골로 내려가고 그는 입대를 했는데, 논산훈련소에서 만났을 때의 기쁨과 놀라움을 나는 아직도 잊을 수가 없다. 함께 있어야 같은 데로 배치받을 수 있다는 생각에서 팬티만 입고도 우리는 줄곧 붙어 다녔다. 그러면서도 최근 누구 시가 좋고 어쩌고 시 얘기만 했던 것 같다. 그는 그 길로 입대를 했고 나는 신체검사에 떨어져 돌아왔다.

10여 년 뒤 우리는 다시 만났다. 내가 김관식 시인의 집 더부살이를 면하고 그 근처에 사글세를 들어 살고 있을 때 그는 김관식 시인에게 땅을 사서 오막살이를 지었다. 김관식이 자기 땅인지 알고 판 것이 남의 땅임이 드러나 그 집은 이내 헐렸지만. 더는 큰 설렁탕집 아들이 아닌 그도 먹여 살릴 아내와 자식이 있고 나도 그러했는데도, 우리는 이틀이 멀다고 만나 술을 마셨다. 그는 여전히 댄디스트여서 옷도 구두도 평범하지 않게 하고 다녔으며, 양복에 달린 단추 하나에도 신경을 썼다. 여자도 좋아하고 바둑도 좋아하고 포커도 좋아해서 이런 일로 빚어지는 말썽도 끊이지 않았다. 〈SEVEN DAYS IN A WEEK〉 같은 시들을 쓴 것이 이 무렵으로, 이 시들은 그때의 그의 생활과 무관하지 않을 것이다. "그때 쓴 시들이 내 취향에는 가장 어울렸던 것 같아." 뒤에 그가 하는 말이다.

하지만 얼마 아니해서 그의 시는 바뀐다. 사실 취향에 어울린다고는 했지만 그가 그 세계에 안주하고 있지 않았음은 〈이럴 수가 없다〉 같은 시를 보면 알 수 있다.

    사지가 멀쩡한 청년이
    정말 이럴 수가 없다
    타이트한 엉덩이 팬티 자국에 신경이나 쓰고
    벌어진 스커트 지퍼 속에 한눈이나 팔고
    불룩한 블라우스의 내용물의
    진위 여부에나 관심하다니

황명걸 시인이 사는 집. 집 현관이 창문과 똑같다. 황명걸 시인은 1962년 《자유문학》에 〈이 봄의 미아〉로 등단했다. 《한국의 아이》[1976], 《내 마음의 솔밭》[1996], 《흰 저고리 검정 치마》[2004] 등의 시집을 냈다. 1935년 평양에서 태어남.

지금이 어느 때라고

— 〈이럴 수가 없다〉 부분

　1970년대의 유신 체제, 이어 발동된 긴급조치는 그의 시에 잠재하
는 비판 의식에 불을 질렀다. 여기에는 보다 개인적인 원인도 있다.
그를 둘러싸고 있던 것이 온통 반체제적 정서였던 것이다. 《창작과비
평》의 동인들인 백낙청, 임재경 등이 고교 때부터의 친구요, 나를 포
함한 리얼리즘 계열의 시인들이 가장 가까운 친구들이었다. 모이면
정부를 비판하고 분단을 얘기했다. 마침내 그는 1970년대 중엽 《동
아일보》에 자유 언론의 바람이 불자 그 선봉에 섰다가 해직당한다.
후배들과 함께 집회를 열고 데모를 하고 유인물을 돌리는 생활이 시
작된다. 〈한국의 아이〉 시대가 열린 것이다.

　　배가 고파 우는 아이야
　　울다 지쳐 잠든 아이야
　　장난감이 없어 보채는 아이야
　　보채다 돌멩이를 가지고 노는 아이야
　　네 어미는 젖이 모자랐단다
　　네 아비는 벌이가 시원치 않았단다
　　네가 철나기 전 두 분은 가시면서
　　어미는 눈물과 한숨을
　　아비는 매질과 술주정을
　　벼 몇 섬의 빚과 함께 남겼단다

......

일가친척 하나 없는 아이야

혈혈단신의 아이야

너무 외롭다고 해서

숙부라는 사람을 믿지 말고

외숙이라는 사람을 믿지 말고

그 누구도 믿지 마라

가지고 노는 돌멩이로

미운 놈의 이마빡을 깔 줄 알고

정교한 조각을 쪼을 줄 알고

하나의 성을 쌓아 올리도록 하여라

맑은 눈빛의 아이야

빛나는 눈빛의 아이야

불타는 눈빛의 아이야

— 〈한국의 아이〉 부분

이후 그는 집회에서 격려하고 선동하는 많은 시를 쓰고 낭독했다. 그가 가장 왕성하게 작품 활동을 하던 시절이었을 것이다. 생활은 출판사의 아르바이트 같은 일들을 가지고 했는데 고교 때의 그림 솜씨가 대단히 유용하게 써먹혔다. 나는 한번 그가 파트타임으로 일하는 출판사에 들렀다가 그가 동물을 그리는데 너무 똑같이 그리는 것을 보고 "이제 시 그만하고 그림 그려야겠다" 하고 감탄을 한 일이 있다. 그러나 이런 생활을 오래 하지는 않았다. 그림을 직접 그릴 뿐 아

평양 지도를 보여 주며 고향을 일러 주고 있다. 너희들(필자)을 안 만났더라면 아마 생긴 대로 써서 더 좋은 시를 썼을지도 모르겠다고 했으나, 〈한국의 아이〉가 있어서 〈SEVEN DAYS IN A WEEK〉 같은 시가 더 좋은 시가 되고 있는 점은 물론이다.

니라 그림을 알아보는 남다른 안목을 가지고 있는 그의 능력을 사,
기업에서 데려간 것이다.

　퇴직한 뒤 그는 북한강변인 무너미에 자리를 잡았다. 강물이 넘실
거리는 강가에 널찍하게 땅을 마련, 멋들어진 이층집을 지었는데, 공
간이 아까웠는지 그답게 '무너미' 라는 카페를 내었다. 그리고 20년
만에 시집《내 마음의 솔밭》도 내었다. 강가의 조용한 생활에서 얻은
시편들이다.

　　시골에 살면서
　　요즈음 나의 바람은
　　넓도 좁도 않은 솔밭을
　　내 마음밭에 키우고 싶음 뿐

　　　―〈내 마음의 솔밭〉 부분

　굳이 강가를 찾아 자리를 잡은 까닭을, 그는 "어려서 강가에서 자
라던 기억을 잊지 못해"라고 말한다. 그는 평양 태생, 해방 다음 해
아버지를 따라 월남을 했다. 친가는 다 월남했으나 외가는 평양에 그
냥 남았으니, 말하자면 그도 이산가족이다. 특히 외숙은 당시 인민군
장교로서, 어머니는 돌아가실 때까지 동생 걱정에 제대로 잠을 이루
지 못했다. 마을이 대동강가에 있었는데 매생이를 타고 양각도라는
강섬으로 놀러 가던 일을 그는 요즘도 꿈속에서 보곤 한다고 한다.
그리고 보니 "남들은 강남으로 내려간다지만 / 우리는 서울 이북으
로 올라왔다"로 시작되는〈새 주소〉란 시에 이런 구절이 있다.

그래 때로 나의 요즘 귀로는
반가운 귀향이 되고
우리의 새 주소는 본적지 같다
평안남도 평양시 유동
양각도를 건너다보는 대동강가
내가 헤엄을 배우고
매생이를 타던 곳

— 〈새 주소〉 부분

이 글을 위해서 황명걸 시인을 만났을 때 그는 농담조로 말한다. "너희들을 안 만났더라면 아마 난 내 생긴대로 써서 더 좋은 시를 썼을는지도 모르지." 물론 〈SEVEN DAYS IN A WEEK〉는 유니크하고 좋은 시다. 그러나 〈한국의 아이〉가 있어서 그 시가 더 좋은 시가 되고 있다는 점을 간과해서는 안 될 것이다.

이선관
시를 가지고 세상의 불구를 바로잡는 시인

숟가락과 밥그릇이 부딪치는
소리에
간밤에 애써 잠든
그러나
내 새벽잠을 깨운다
점점 열심히 따스하게 들려오는
숟가락과 밥그릇이 부딪치는
소리가
옆집 어디선가……
아 그 소리가 좋아라

—〈작은 작품 한 편〉 전문

여보야

이불 같이 덮자

춥다

만약 통일이 온다면 이렇게

따뜻한 솜이불처럼

왔으면 좋겠다

— 〈만일 통일이 온다면 이렇게 왔으면 좋겠다〉 전문

　이 시를 읽으면 우선 시를 쓴 사람이 매우 선량한 성격을 가진 사람이라는 느낌을 받는다. 세상을 보는 눈이 한없이 따뜻하다. 통일을 간절히 바라고 있지만 걱정도 많다. 통일이라면 어떠한 통일이라도 좋다는 통일주의자들도 많지만, 통일이 세상을 시끄럽게 만드는 것은 그가 바라는 것이 아닌 모양이다. 가령 통일로 해서 북한에 살던 사람들이 더 불행해진다면 어쩌랴 하는 걱정도 그는 하고 있는 것 같다. "따뜻한 솜이불처럼" 모든 사람들을 다 따뜻하게 감싸안을 수 있는 통일, 이 땅에 그것을 바라지 않는 사람은 없겠지만, 그런 느낌을 시로 이렇게 적절하게 형상화한 시를, 나는 그 하고많은 통일시 중에서도 처음 본다. 솔직히 말해서 나는 근래 통일시라면 넌덜머리가 났다. 공허하고 진부한 시의 전형처럼 느껴졌다. 더욱이 통일이여 어서 오라는 투의 목소리만 높고 내용 없는 통일시는 통일에 대한 간절한 국민적 염원을 불러일으키기는커녕 통일을 관념화하고 상투화하는 역할밖에 하지 못하는 것이 아닐까 생각되기도 했다. 이 시를 읽으니 통일에 대한 열망이 새삼스럽게 가슴에 끓어오르는 것 같다.

그를 직접 보지 않고 시만 읽은 사람이면 으레 이 시를 쓴 시인을 육체적, 정신적으로 매우 건강한 사람으로 생각할 것이다. 누구에게나 '건강한 생각은 건강한 몸에서' 라는 통념이 만들어 낸 편견이 있는 터이다. 그러나 막상 이 시를 쓴 이선관 시인은 발음이 불분명하고, 동작이 부자유스러운 불균형의 신체를 가지고 있다. 처음 그를 만나면 좀 답답한 생각이 든다. 무언가 열심히 얘기하려 하는데 도대체 알아들을 수가 없기 때문이다. 그러나 그것은 잠시, 이내 다른 사람과 대화할 때보다 더 마음이 편해진다. 그의 선량한 눈과 얼굴 표정에서 그가 얘기하고자 하는 것을 충분히 이해할 수 있게 되는 것이다. 그가 장애인 콤플렉스에 갇혀 있을 것이란 선입견도 잘못된 것이다. 그의 마음은 어떤 누구보다도 더 활짝 열려 있다.

그 이전에도 나는 그의 시를 안 읽은 바는 아니지만 그의 시를 좋아하게 된 것은 1980년대 말에 나온 시집《살이 살과 닿는다는 것은》을 읽으면서부터가 아니었던가 싶다. 그 책머리에 표제시가 실려 있었다.

    살과 살이 닿는다는 것은
    참 좋은 일이다
    가령

손녀가 할아버지 등을 긁어 준다든지
갓난애가 어머니의 젖꼭지를 빤다든지
할머니가 손자 엉덩이를 툭툭 친다든지
지어미가 지아비의 발을 씻어 준다든지
사랑하는 연인끼리 입맞춤을 한다든지
이쪽 사람과 윗쪽 사람이
악수를 오래도록 한다든지
아니
영원히 언제까지나 한다든지, 어찌됐든
살과 살이 닿는다는 것은
참 참 좋은 일이다.

— 〈살과 살이 닿는다는 것은〉 전문

　얼핏 보기에 이 시는 시의 방법인 이미지니 상징이니 하는 것들은
무시한 채 소박하게 하고 싶은 말을 했다는 느낌을 준다. 그래서 말
장난에 진절머리가 난 독자들한테는 더 끌리는 대목도 없지 않다. 하
긴 공연히 말을 꼬고 비틀고 했더라면 이 시가 가진, 마치 살아서 튀
는 것 같은 풋풋한 생명력은 사라졌을 것이다. 그러나 이 시에는 쉽
게 눈에 띄지 않는 고도의 알레고리가 있다. "손녀가 할아버지 등을
긁어 준다든지"에는 우리 사회의 갈등을 풀어 줄 방법이 은유되어 있
으며, "이쪽 사람과 윗쪽 사람이 / 악수를 오래도록 한다든지"에는
관념으로가 아니라 실제로 통일로 가는 가장 빠르고 바른 길이 제시
되어 있다. 하지만 이 시의 가장 큰 감동은 생명에 대한 본능적인 감
각에 따른 것일 터이다. 생명이야말로 어떠한 것이든 소중하고 훌륭

한 것이며 살아 있는 것끼리 만나고 닿을 때 그 소중하고 훌륭함은 배가된다는 것, 사회적인 문제, 통일의 문제도 이 생명을 중시하는 생각을 가지고 접근하면 쉽게 풀리리라는 것, 말하자면 이 시는 이러한 메시지를 지니고 있다.

그 시집에는 그의 개인사를 짐작케 하는 여러 편의 시가 있었다. 다음은 〈자화상〉이다.

> 내 자화상은 이렇습니다
> 신장은 1m 78cm이고요
> 몸무게는 28, 9년 전부터 지금까지
> 53~54kg을 넘지도 내려가지도 않고요
> 가슴둘레는 81cm인데요
> 내가 알고 있는 의사들은 하나같이
> 의학적으로 비정상적인 몸이라 하더군요
> 이런 몸으로 살아가는 이것이
> 어쩔 수 없는 나의 자화상입니다.

— 〈자화상〉 전문

연작시 〈어머니〉에 따르면 그는 태어나서 얼마 안 되어 백일해를 앓았다. 그 치료로 먹은 한약이 탈이 나 목숨을 잃을 뻔했다. 가까스로 살아나기는 했으나 "자라면서부터 / 목을 잘 가누지 못했고, / 말을 잘 하지 못했고, / 걸음을 잘 걷지 못하"다가(〈어머니 3〉), 커서는 말을 제대로 하지 못하고 몸을 자유롭게 움직이지 못하는 불구가 되고 말았다. 학교에 다니게 되자 어머니와 할머니가 번갈아 업고 통학

하여 개근상이나 정근상을 받기도 했으나, 아이들이 놀려 대는 바람에 공부는 하지 않았다. 대신 극장에서 일하는 아버지 덕으로 시내의 극장이란 극장은 다 돌아다니면서 영화 보는 일로 소년 시절을 보냈다.

> 왜 영화 보기를 좋아했냐 하면
> 몇 시간 동안
> 제 몸이 남에게 보이지 않기 때문이었습니다.

> ─〈어머니 4〉 부분

그는 고등학교를 졸업, 술도 마시고 담배를 피우고, 자신의 변화를 느끼면서 닥치는 대로 책을 보게도 된다. 그러면서 일관된 감정을 가지게 되었으니, "포기는 하지 말 것이며 / 어느 정도의 체념을 하는 것이 / 살아가는 데 필요한 것"(〈어머니 5〉)이 그것이었다. 그는 결혼도 하여 두 아이의 아버지가 되지만, 아내는 아이들을 둔 채 마침내 그의 곁을 떠난다.

> 저 녀석들의 엄마가 제 울타리에서 뛰쳐나간 지가
> 어언 3년째가 됩니다
> 그 동안 앞으로도 그러하겠지만
> 두 아이에게
> 엄한 아버지가 되어야 하고
> 정이 많은 아버지가 되어야 하고
> 가루비누를 만지는 파출부가 되어야 하고

이선관 시인은 1971년 《씨의 소리》 10호를 통해 작품 활동을 시작하였다. 마산·창원불교문화상[1993], 마산시 문화상, 마창환경연합이 주는 녹색문화상을 수상하였다. 시집으로 《기형의 노래》[1969], 《인간선언》[1973], 《독수대》[1977], 《보통시민》[1983], 《나는 시인인가》[1985], 《살과 살이 닿는다는 것은》[1987], 《창동 허새비의 꿈》[1993], 《지구촌에 주인이 없다》[1997], 《우리는 오늘 그대 곁으로 간다》[2000], 《배추흰나비를 보았습니다》[2002], 《어머니》[2004] 등이 있다.

모든 것을 알고 있는 스승이 되어야 하고
서투른 주방장이 되어야 하고
몇 달 전까지만 하더라도
아침저녁 부엌에 들어갈 때마다
우리들 곁을 떠난 그 여자를 향해
씨발× 씨발× 하면서
미운 감정이 가실 줄 몰랐지만

—〈어머니 7〉 부분

　그러나 그는 이 "미운 감정"을 극복하고 그와 아이들을 버리고 간 아내에 대하여 "건강한 아이를 낳아주었다는 / 그 하나만으로 고마운 마음"을 갖게 된다(〈어머니 7〉). 결국 〈만일 통일이 온다면 이렇게 왔으면 좋겠다〉에서 볼 수 있는, 세상을 보는 한없이 따뜻한 눈은 이렇게 어려운 과정을 통하여 얻어진 것이다. 이를 두고 김종철 교수는 "시인 이선관은 아무것도 가지지 못한 사람이고, 철저히 불리한 인생 조건을 갖춘 사람이지만, 아내가 버리고 간 자식들에 대한 보살핌의 경험을 통하여 오히려 어느 누구보다도 인간과 생명에 대한 깊고 진실한 사랑에 도달하였다. 이렇게 하여, 그의 시는 이기심과 자기 중심주의라는 불모의 정신적 상황에 갇혀 아무런 본질적인 깨달음도 없이 살아가는 사람들로서는 상상도 하기 어려운 존재의 내면적 풍부성과 근원적인 밝음 가운데로 우리를 인도하고, 거기서 우리의 가난하고 고단한 삶은 홀연히 아름다운 축제로 꽃피어나는 것이다"(〈시의 구원, 삶의 아름다움〉, 《시적 인간과 생태적 인간》)라고 말하고 있다.

〈내가 사는 방〉에서 그는 "내가 사는 4만 원 단칸방은 중국집 가게로 드나드는 대문 없는 집이지만"이라고 진술하고 있는데, 지금도 그는 옆으로 화장실이 딸린 부엌을 지나서 들어가는 단칸방에 산다. 다행히 이웃에는 뜰이 넓은 집들이 있어 아침저녁으로 드나들 때 나무며 꽃구경을 할 수 있어 좋다. 특별한 일이 없는 한 그는 매일처럼 아침 9시에 집을 나와 오하룡 씨가 경영하는 출판사 사무실에 들러 신문과 잡지를 보며 차 한 잔을 마신 다음, 10시쯤 사설 도서관 '책사랑'으로 간다. 10여 년 전 뜻있는 지역민들이 모여 만든 책사랑은 지역 문화 운동의 구심점 역할을 해 왔다. 마산에서 시작된 이 운동은 전국적으로 꽤 확산되어 있는데 이선관 시인은 이 도서관의 월급 없는 이사이기도 하다. 오후 4시에 시내로 나와 '새복 전통찻집'에 가방을 두고 그 옆 서점 '문화문고'에 가서 신간 서적을 뒤진다. 귀가하는 시간은 대개 6시, 마산을 떠나는 일이 없으니까 거의 같은 생활이 반복되는 셈이다.

그는 마산 사람들로부터 가장 사랑받는 사람 중 하나다. 특히 저잣거리와 변두리의 가난한 사람들은 모두들 그를 친구처럼 가깝게 생각하여, 그가 아프면 같이 아파하고 그에게 좋은 일이 있으면 같이 좋아한다. 1991년 그가 9개월간 입원, 투병 생활을 하고 있을 때는 전 시민이 그를 살리자는 운동에 참여했으며 지방신문에는 여러 차례 그의 구원을 호소하는 논설이 실리기도 했다. 경남대 총장이던 박재규 전 통일부 장관도 적극적으로 그를 도운 사람의 하나로, 위에 인용한 시 〈만일 통일이 온다면 이렇게 왔으면 좋겠다〉는 그가 장관에 임명되기 직전 통일 전문가인 그를 위하여 시인이 써 준 시이다. 특히 그는 《녹색평론》을 만드는 영남대 교수를 지낸 김종철 선생과의 만남을 매우 소중한 것으로 간직하고 있다. 1961년 마산의 3·15

의거를 기념하는 제1회 3·15 문화제(5·16 군사정부에 의해 이 문화제는 한 번으로 끝났음)의 백일장에서 김 교수가 고등부에서 장원을 하고 그가 대학부에서 차상을 한 것이 첫 만남이었다. 한동안 교류가 없다가 김 교수가 《녹색평론》을 시작한 뒤 다시 만나, 이제는 더할 수 없는 동지애로 엮인 사이가 되었다.

그는 마산 토박이를 자처한다. 항구도시 마산에서 나고 자라서, 대학도 그곳에 있는 해인대(경남대의 전신)를 다님으로써 남들처럼 공부를 위해 고향을 떠나는 경험을 갖지 않을 수 있었으며, 셋방을 전전하면서도 한 번도 마산을 떠나 살지 않았으니, 명실공히 마산 토박이인 셈이다. 그러나 이 말 속에는 그런 사실 이상의 의미가 들어 있다. 그는 산업화 과정에서 병들어 가고 있는 변방의 항구도시에서 병든 자신의 모습을 읽음으로써 시 속에서 자신과 마산을 일체화할 수 있었던 것이다. 이 점이 강조되지 않을 수 없는 것은 마산이 안고 있는 문제는 마산만의 문제가 아니라 이 나라의 문제요, 바로 세계의 문제이기도 하기 때문이다.

그의 관심의 대상은 자신의 병에서 마산의 병으로, 다시 이 나라와 세계의 불구로 확대되어 갔고, 당연히 생명, 환경, 평등, 통일, 평화 등이 그의 시적 패러다임이 되었다. 그가 고교 시절 불편한 몸으로 자유당의 부정선거에 항의하는 3·15 의거에 앞장섰던 일이며 1970~80년대 반군사독재 투쟁에 적극 참여했던 일도 따지고 보면 조금도 이상할 것이 없다. 또 그는 아직 아무도 공해 따위에 관심을 가지지 않았을 때인 1975년에 "바다에서 / 둔탁한 소리가 난다. / 이타이 이타이. // 설익은 과일은 / 우박처럼 떨어져 내린다 / 이타이 이타이."(〈독수대毒水帶 1〉)라는 환경시를 썼다. 여기서 김종철 선생이 "태어나서 불구가 되고, 모욕과 수치의 무지 속에서 자라는 고통을 겪으면서, 간난과 신고의 세월을 살아온 이선관의 개인적 삶의 자취는 어쩌면 우리들 각자가 개인적으로 민족적으로 겪어 온 삶의 공통한, 그러면서 핵심적인 경험이라고 할 수 있는 것에 대한 생생한 상징으로도 생각될 수 있다"(앞의 책)라고 한 말을 상기하면서 참다운 토박이가 참다운 세계인이 될 수 있다는 역설도 되새길 필요가 있을 것이다.

산은 더 자라지 않고
강은 더 흘러가지 않네
밤하늘의 별들은 산성구름에 가리어
빛을 잃어가고
밤하늘의 별들이 빛을 잃으면
별의 모습이 아니듯이
지구촌의 우리들도 빛을 차츰
잃어가고 있네

―〈지구촌의 빛〉 전문

급합니다 호흡이 점점 가빠옵니다
중환자가 될지 모르겠습니다
지금 당장 이 땅을 숨통을 터주어야 합니다
땅의 혁명을 해야 합니다
아아 땅의 혁명을

―〈땅의 혁명을〉 전문

마산 4·19혁명 현장. 이선관 시인의 절규는 이 땅과 이곳에 살고 있는 사람들에 대한 사랑에 바탕을
두고 있다.   이선관 시인 사진 제공.

　어떤 일본 문학평론가는 일본시가 호소력을 잃은 원인을 절규성의
상실에서 찾고 있다. 시는 본질적으로 아프면 아프다고, 못 견디겠으
면 못 견디겠다고, 이래서 안 되겠으면 이래서는 안 된다고 절규하는
성격을 가지고 있는데, 이미지니 상징이니 하는 놀음에 빠져 그것을
잃고 보니 호소력이 전혀 없어져 버렸다는 지적이다. 이 지적은 1990
년대 이후의 한국시에도 해당되겠는데, 이선관의 시는 그 대안으로
서도 매우 중요하다. 위의 두 편은 바로 환경오염으로 해서 죽어 가
고 있는 땅과 그곳에 살고 있는 사람들의 절규이다. 아무런 수식도,
이미지니 상징이니 하는 말재간도 부리지 않았기 때문에 더 절실한
절규가 되고 있는데, 이 절규가 이 땅과 그곳에 살고 있는 사람들에
대한 사랑과 생명의 귀중함에 대한 깊은 깨달음에 바탕을 두고 있음
은 더 말할 필요가 없을 것이다. 그의 시가 한없이 따뜻한 것도 거기

에 연유한다.

> 숟가락과 밥그릇이 부딪치는
> 소리에
> 간밤에 애써 잠든
> 그러나
> 내 새벽잠을 깨운다
> 점점 열심히 따스하게 들려오는
> 숟가락과 밥그릇이 부딪치는
> 소리가
> 옆집 어디선가……
> 아 그 소리가 좋아라

> —〈작은 작품 한 편〉 전문

　이선관 시인은 장애인이지만, 보다 근원적인 생명감과 폭넓은 사랑으로 그 장애를 극복하고, 마침내 그것이 만들어 내는 시를 통하여 세상의 불구를 바로잡고 있다.

---

*1942년 경남 마산에서 태어난 이선관 시인은 2005년 작고했다. 2006년에는 유고 시집《나무들은 말한다》가 출간됐으며, 해마다 고인을 추모하는 행사가 진행되고 있다.

고은
끝없이 나아가고 끊임없이 부딪치는 시인

우리 모두 화살이 되어
온몸으로 가자
허공 뚫고
온몸으로 가자
가서는 돌아오지 말자
박혀서
박힌 아픔과 함께 썩어서 돌아오지 말자

......

— 〈화살〉 부분

고은을 흔히 큰 시인으로 부른다. 우선 우리 시에서 가장 많은 시를 생산한 시인으로 꼽힐 만큼 작품의 양이 엄청나다. 시집이 80여 권에 7권의 서사시와 15권을 내고도 아직 끝나지 않은 전작 시집이 있을 정도다. 게다가 소설, 평론, 수필 등 가리는 분야가 없다. 놀라운 것은 어떤 분야에서고 다 한몫을 하고 있다는 점이다. 물론 양만 가지고 큰 시인으로 부를 수는 없다. 질도 그에 상응해야 하는데 고은의 작품은 말하자면 그렇다. 모든 작품이 다 뛰어났다고 말할 수는 없지만 아주 많은 작품이 그때그때 우리 시에 큰 충격을 주었다. 다른 시인이라면 외도로 아는, 시 이외의 분야에서도 마찬가지다.

　양만큼이나 그의 시적 스펙트럼도 넓다. 실제로 그의 시의 성격을 몇 마디로 규정하기란 불가능하다. 끊임없이 그리고 발빠르게 변화하는 것이 그의 시여서, 이렇구나 싶으면 저렇고, 여기 와 있구나 하고 보면 벌써 저만치 딴 데 가 있다. 아니, 변화란 그의 시에 적절하지 않은 표현인지 모르겠다. 끝없이 나아가고 끊임없이 부딪친다는 표현이 오히려 맞을 것이다.

　무엇인가를 찾기 위해서 줄기차게 모험하고 실험하는 모습, 이것이 시인으로서의 그의 한 면모이기도 하다. 승려로 출발하여 허무주의 시인으로 방황하다가, 다시 민주화 운동과 통일 운동의 기수로 온갖 고난을 다 겪고, 다음에는 선과 지혜와 생명 사랑의 시인으로 변모하고 거듭난 인생 역정과도 무관하지 않을 터이지만, 그의 문학적, 시적 갈증은 아무것으로도 채워지지 않을 것처럼 보인다.

그 방대한 분량의 시를 이 제한된 지면 속에서 체계적으로 읽기란 어차피 불가능한 일이다. 몇 편의 뛰어난 시를 골라 읽음으로써 그의 시로 들어가는 입문의 역할로 만족할 수밖에 없을 것 같다.

1
누님이 와서 이마맡에 앉고
외로운 파스 하이드라지드병 속에
들어 있는 정서를 보고 있다.
뜨락의 목련이 쪼개어지고 있다.
한 번의 긴 숨이 창 너머 하늘로 삭아가버린다.
오늘, 슬픈 하루의 오후에도
늑골에서 두근거리는 신이
어딘가의 머나먼 곳으로 간다.
지금은 거울에 담겨진 기도와
소름조차 말라버린 얼굴
모든 것은 이렇게 두려웁고나
기침은 누님의 간음,
한 겨를의 실크빛 연애에도
나의 시달리는 홑이불의 일요일을
누님이 그렇게 보고 있다.
언제나 오는 것은 없고 떠나는 것뿐
누님이 치마 끝을 매만지며

화장 얼굴의 땀을 닦아내린다

2
형수는 형의 얘기를 해준다.
형수의 묵은 젖을 빨으며
고향의 병풍 아래로 유혹된다.
그분보다도 이미 아는 형의 반생애,
나는 차라리 모르는 척하고 눈을 감는다.
항상 기 아래 있는 영웅이 떠오르며
그 영웅을 잠재우는 미인이 떠오르며
형수에게 넓은 농지에 대하여 물어보려 한다.
내가 창조한 것은 누가 이을까.
쓸쓸하게 고개에 녹아가는
눈허리의 명암을 썼고 그분은 나를 본다.
작은 카나리아 핏방울을 혀에 구을리며
자고 싶도록 밤이 간다.
내가 자는 것만이 사는 것이다.
그리고 형의 사후를 잊어야 한다.
얼마나 많은 끝이 또 하나 지나가는가.
형수는 밤의 부엌 램프를
내 기침 소리에 맡기고 간다.

— 〈폐결핵〉 전문

이 시는 첫 시집인 《피안감성彼岸感性》에 실렸던 초기에 속하는 시다. 두 연으로 이루어진 이 화사한 분위기의 시를 읽으며 우리는 무언가 조마조마해지는 느낌을 어쩌지 못한다. 근친상간의 냄새 때문이다. 첫 연에서 그 대상은 누님, "뜨락의 목련이 쪼개어지고 있"는 봄날의 일요일 오후, 폐결핵을 앓는 화자의 이마 맡에 와 앉은 누님의 기침 속에서 "간음"을 느끼며 화자는 두려워한다. 근친상간의 유혹을 느끼는 것은 누님도 마찬가지, "나의 시달리는 홑이불의 일요일"을 보면서 "치마 끝을 매만지며 / 화장 얼굴의 땀을 닦아내"리는 것이다.

2연에서는 대상이 형수로 바뀐다. 역시 폐결핵을 앓는 화자를 찾아와 형의 이야기를 하는 형수에게 유혹당하는 것이 첫 대목인데, "형수의 묵은 젖을 빨으며"는 비유로 읽어야 하겠지만, "항상 기 아래 있는 영웅이 떠오르"게 하며 "영웅을 잠재우는 미인이 떠오르"게 하는 형수가 "눈허리의 명암을 씻고", "나를 본다"는 구절은 형수 역시 유혹당하고 있음을 암시하고 있는 것으로 읽어도 좋을 것이다. 한편 "항상 기 아래 있는 영웅"은 형의 모습을 암시하는 표현은 아닐까. 그렇다면 그 "형"을 우리는 역사에 희생된 사람으로 상상할 수도 있으며, "넓은 농지"는 형과 형수가 누렸을 행복의 장을 말한다고 해석할 수도 있다.

그러나 2연에서도 근친상간은 이루어지지 않고 첫 연에서 "화장 얼굴의 땀을 닦아내"리는 것으로 끝나듯 형수가 "밤의 부엌 램프를 / 내 기침 소리에 맡기고 간다"로 마무리된다.

이 시를 읽으며 최원식 교수는 특히 1연에 대하여 "요컨대 이 시는 세간과 인연을 끊고 초초히 해탈의 길을 추구하던 한 선승의 세계에 틈입한 현실 · 생명 · 감각이 일으킨 교란과 분열과 공포를 생생하게 보여 주고 있다"면서 "고은의 문학은 바로 이 고투의 지점에서 탄생

1974년 고은 시인이 자유실천문인협의회 창립 선언문을 낭독하고 있다. 고은 시인은 1958년 《현대시》에 〈폐결핵〉을 발표하며 등단했다. 시집으로 《피안감성》[1960], 《문의 마을에 가서》[1974], 《새벽길》[1978], 《조국의 별》[1984], 《시여, 날아가라》[1986], 《만인보 1~26》[1986~2007], 《네 눈동자》[1988], 《그대는 아직 젊다》[1989], 《백두산》[1993], 《독도》[1995], 《나의 파도 소리》[1996], 《머나먼 길》[1999], 《순간의 꽃》[2001], 《두고 온 시》[2002], 《늦은 노래》[2002], 《부끄러움 가득》[2006] 등이 있다. 한국문학작가상[1974], 만해문학상[1988], 중앙문화대상[1991], 대산문학상[1993], 단재문학상[2004], 영랑시문학상[2007], 대한민국 예술원상[2008] 수상. 1933년 전북 군산에서 태어남.

했"(〈고은, 서정시 30년의 역정〉, 《고은 문학의 세계》)다고 말하고 있는
데, 따지고 보면 이 시는 그렇게 어려운 시도, 복잡한 시도 아니다.
고은 특유의 현란한 언어 습관이 그렇게 보이게 할 뿐이다. 차라리
이 시의 즐거움을 아름다운 에로티시즘에서 찾는 것이 더 바른 시 읽
기가 되는지도 모른다. 폐쇄 사회이던 시절 근친상간은 에로스의 가
장 보편적인 형태였으며 이것이 폐쇄 사회를 그 나름의 활기와 꿈으
로 넘치게 만들었던 사실을 기억하고 있는 독자에게는 이 시가 옛날
을 환기시키는 즐거움으로 읽힐 수도 있을 터이다.

　이 시집에 실려 있는 〈시인의 마음〉은 그가 어떤 생각을 가지고 시
를 쓰는가를 알게 하는 흥미 있는 시다.

　　　　시인은 절도 살인 사기 폭력
　　　　그런 것들의 범죄 틈에 끼어서
　　　　이 세계의 한 모퉁이에서 태어났다

　　　　시인의 말은 청계천 창신동 종삼 산동네
　　　　그런 곳의 욕지거리 쌍말의 틈에 끼어서
　　　　이 사회의 한 동안을 맡는다

　　　　시인의 마음은 모든 악과 허위의 틈으로 스며나온
　　　　이 시대의 진실 외마디를 만든다
　　　　그리고 그 마음은
　　　　다른 마음에 맞아 죽는다

　　　　시인의 마음은 이윽고 불운이다

― 〈시인의 마음〉 전문

　《문의 마을에 가서》를 그의 시적 분수령으로 보면 틀림이 없을 것이다. 그해의 연보(《고은 문학앨범》)를 보면 "자유실천문인협의회 창립, 초대 대표 간사. 제1차 선언문을 발표하고 가두시위를 하다가 체포, 구금되었다가 석방. 민주회복국민회의에 문인 대표로 참여 이래 자주 연행됨. 《동아일보》 백지 광고 운동에 앞장섬" 등의 대목이 보이는데, "북한여인아 내가 콜레라로 / 그대의 살 속에 들어가 / 그대와 함께 죽어서 / 무덤 하나로 우리나라의 흙을 이루리라."(〈휴전선 언저리에서〉) 같은 시만 봐도 이후 그가 시를 가지고 무엇을 추구하려 했는가를 알 수 있다. 이 시를 관류하는 통일 의지는 보지 못하고 "북한의 깨끗한 여성을 콜레라로 더럽히겠다니 무슨 심술이냐"고 세속적 눈으로 비아냥거리는 소리도 없지 않았지만, 많은 에피고넨을 낳을 만큼 울림이 컸던 시다. 민주화나 통일된 새 세상을 바라는 간절한 마음은 역시 그 시집에 실린 〈살생〉에도 드러나 있다.

　　　　어버이도 자식도 베허라
　　　　이것도 저것도 저것 아닌 것도
　　　　또 어떤 것도
　　　　어둠 속의 칼날로 베허 버려라
　　　　다음날 아침
　　　　천지天地는 죽은 것으로 쌓여서
　　　　우리 할 일은 그것들을 하루 내내 묻는 일
　　　　거기에 새 세상을 세우는 일

— 〈살생〉 전문

〈몽유〉와 같은 아름다운 시도 이 무렵 쓰여졌다.

나 다른 일 제쳐놓고 네 몸 안에 들어가서
네 순대가 꿈꾸는 그 꿈
네 뼈다귀가 꿈꾸는 그 꿈을 만난다.
또한 네가 숨겨 둔 말
숨긴 그 은은한 말 이외의 말도 만난다.
눈이 펑펑 내리니 너는 잠들고
네 집 지붕의 꿈도 만난다.
나 네 몸 안에 기막힌 간통으로 들어가서
네 거나한 피와 숨 가운데 박혀 꿈을 만난다.
눈이 내리니 너는 어쩔 수 없이 꿈꾸고
나는 네 몸을 개죽음처럼 빠져나와서 내리는 눈의 꿈을 만난다.
눈은 눈의 꿈, 너는 네 꿈이다.

— 〈몽유〉 전문

그러나 그가 새로운 시의 길에서 얻은 가장 빛나는 결실은 저항시의 절창으로 불리는《새벽길》속의 〈화살〉일 터이다.

우리 모두 화살이 되어
온몸으로 가자
허공 뚫고

온몸으로 가자
가서는 돌아오지 말자
박혀서
박힌 아픔과 함께 썩어서 돌아오지 말자

우리 모두 숨 끊고 활시위를 떠나자
몇십 년 동안 가진 것
몇십 년 동안 누린 것
몇십 년 동안 쌓은 것
행복이라던가
뭣이라던가
그런 것 다 넝마로 버리고
화살이 되어 온몸으로 가자

허공이 소리친다
허공 뚫고
온몸으로 가자
저 캄캄한 대낮 과녁이 달려온다
이윽고 과녁이 피 뿜으며 쓰러질 때
단 한 번
우리 모두 화살로 피를 흘리자

돌아오지 말자
돌아오지 말자
오 화살 조국의 화살이여 전사여 영령이여

고은 시인의 시의 성격을 몇 마디로 규정하기란 불가능하다. 끊임없이
발빠르게 변화하는 것이 그의 시여서 이렇구나 싶으면 저렇고, 여기 와
있구나 하고 보면 벌써 저만치 딴 데 가 있다.

— 〈화살〉 전문

　이 시는 "몇십 년 동안 가진 것 / 몇십 년 동안 누린 것 / 몇십 년 동안 쌓은 것 / 행복이라던가 / 뭣이라던가" 그런 것들을 차마 버리지 못하고 주저하는 동지들을 격려하고 채찍질하는 일종의 격시다. 이에 대하여 이동순 시인은 "'온몸으로'라고 시인이 힘주어 말하는 대목에서 오늘날의 민중, 민주화 운동, 분단 극복 운동, 민족 문학 운동이 지니고 있는 미온적인 소극성, 현실안주적 성격, 정체성 따위의 부정적 요소를 호되게 꾸짖는 에피그램의 충격을 받는다"(〈존재의 전이에 대하여〉,《고은 문학의 세계》)고 말한 바 있다.

　한편 "저 캄캄한 대낮 과녁이 달려온다"에는 이미 적이 스스로 무너지고 있다는 안이한 혁명적 낭만주의의 뉘앙스가 없는 것은 아니지만, "돌아오지 말자"의 강조는 반어로 읽어야 하리라. 어쨌든 이동순 시인이 말했듯 "70년대를 살아가면서 심한 좌절과 갈등, 무력감에 빠져 방황하는 전체 민중들에게 아마도 시 〈화살〉만큼 가슴을 격동 고무시키는 절창은 그리 흔치 않았던 듯싶다."(앞의 책)

　1980년대의 격동(그는 김대중내란음모사건으로 2년 넘게 수감 생활을 한다)과 사회주의권의 몰락, 그리고 권위주의 군사정권의 퇴출과 문민 또는 국민의 정부 출현을 겪으면서 그의 시도 많은 변모를 한다. 이때의 그의 시는 선 사상의 형상화로 말해지기도 하고, 생명 사상, 인간 사랑으로 시적 관심이 확대되었다고 말해지기도 한다.

　《어느 기념비》에 대해서 이영진 시인은 "가장 먼저 느낀 것은 시가 너무 느슨하다는 것이다. 이런 표현은 곰팡내 나도록 식상한 은유가 되겠지만, 현악기의 줄은 너무 팽팽히 당기면 끊어지고 너무 느슨하게 하면 소리가 늘어진다. 그곳에서는 소리의 긴장이 없다"(〈두 원로

시인의 근작을 읽고〉)고 비판했지만, 그곳에서도 우리는 막힘이 없이
자유분방한 여러 편의 아름다운 서정시를 읽는 즐거움을 가질 수 있
는 게 사실이다.

간밤 꿈속에서는
오랫동안 신의주에 머물렀다
신의주 교외 이득환이란 분의 집에서
그 집 주위의 비둘기 울음소리 들은 것 같다

진실로 진실로 지금 거기에 이런 이름의 그분 계시는지!
아닌지!

— 〈신의주〉 전문

섣달 대부도 바닷가에 나가
그 당당한 썰물을 보내노라면
그것이
다시 밀물로 돌아올 때는
나 대신 다른 귀신이 잔치 차려 차려 맞이하리라

— 〈썰물〉 전문

고은이 하고 있는 가장 큰 작업은 전작 시집 《만인보》의 완성일 것
이다. 《만인보》란 만 사람의 내력을 시로 쓰겠다는 것이니 그 구상만
으로도 웅장하고 장엄하다. 이것이 곧 시로 쓴 민중사가 아니고 무엇

이랴. 지금까지 나온 열다섯 권을 다 이야기할 수는 없지만(2010년 현재 《만인보》는 스물여섯 권이 출간됐다), 적어도 첫 몇 권은 살아 있는 사람들로 활기차고 떠들썩해서 실로 장관이다. 몇 편만 여기 인용해 보자.

미제 방죽 물 위에
오직 한 사람
키다리 사행이 아저씨
주낙배 주낙 걷는다
사행이 아들 칠성이 물가에 뛰어왔다
너무 멀어서 불러도 소용없다
아버지 아버지 어머니가 죽었어 눈 뜨고 죽었어

사람과 사람 사이 영영 끊어져 잔물결 인다

— 〈사행이 아저씨〉 전문

사범학교 나와서
수 십 년 선생 노릇만 해서
등잔불 밑
늦은 밥상 고추장도 아이같이 보이는 눈
저녁 눈 내리는데
오냐 오냐 공부 잘 해야지

— 〈옥정골 고중돈〉 전문

새 장터보다

묵은 장에 더 먹을 것 푸짐하다

그러나

빈털터리 아버지 따라간

상진이

그 많은 먹을 것 그냥 지나간다

침도 못 삼키고

눈만 켜고

이 세상은 절대로

먹고 싶은 것 공짜로 먹을 수 없다

돈 없이 먹을 수 없다

어린 상진이

열두 살에

진리 깨쳤다

배고팠다

―〈묵은 장〉 전문

김규동
가지 못하는 고향을 그리는 간절한 통일 염원의 노래

......

살아생전에 만나라도 보았으면
허구한 날 근심만 하던 네가 왔더라
너는 울기만 하더라
내 무릎에 머리를 묻고
한마디 말도 없이
어린애처럼 그저 울기만 하더라
목놓아 울기만 하더라
네가 어쩌면 그처럼 여위었느냐
멀고먼 날들을 죽지 않고 살아서
네가 날 찾아 정말 왔더라
너는 내게 말하더라
다신 어머니 곁을 떠나지 않겠노라고
눈물어린 두 눈이
그렇게 말하더라 말하더라.

— 〈북에서 온 어머님 편지〉 전문

많은 시인들이 다른 지식인과 마찬가지로 월북을 했다. 자본주의 체제 아래 살기를 거부하고 사회주의 나라를 찾아간, 이데올로기의 선택이 아니었다. 일제의 주구가 다시 판을 잡고 악덕 지주와 자본가들이 설치는 것을 보고 이 땅에 아름답고 깨끗한 나라가 서기는 틀렸다고 절망한 나머지, 최소한 친일파를 숙청하고 토지개혁을 단행한 다른 쪽을 찾아갔으니 양심의 선택이었던 셈이다. 이들 시인들의 월북은 우리 시를 매우 가난하게 만들었는데, 불행히도 이들 대부분은 그쪽에 가서도 크게 활약한 기록이 보이지 않는다.

　　그런 가운데서도 해방 직후 《대열》,《가족》 등의 시집을 내고 이병철, 유진오 등과 함께 합동 시집 《전위시인집》을 낸 바 있는 김상훈 (1919~1989) 시인은 제법 많은 활동을 한 것 같아 반갑다. 1991년에 시집 《흙》을 출간했을 뿐더러 고전문학을 수집 정리하여 《조선 한시집》,《리규보 작품집》,《한시가요집》 등을 편찬, 번역했다는 기록이 보인다. 《흙》의 시들은 대개 갈 수 없는 고향 땅과 그곳에 사는 사람들을 그리는 통일 염원의 내용으로 되어 있는데, 그의 사후에 나온 시집의 해설에서 부인 류희정은 다음과 같이 쓰고 있다.

　　"작가 김상훈에게 있어서 한 많은 남녘의 흙은 오늘도 그대로 사립문 밖에서 애타게 아들을 기다리는 늙은 어머니와 두고 온 자식들

의 가엾은 정상이었고 못 잊을 고향의 느티나무와 정겨운 친지들의
모습이었습니다."

"그의 반생은 인쇄직공 / 진저리나게 밟혀 오면서 / …… 누구에
게 배운 것도 아니건만 / 싸우지 않으면 죽는 것을 안다"(〈대열〉)고
노래한 바 있는 그는 죽기 전 한때 두만강가의 국경도시인 회령에 와
있었다고 한다. 이주의 자유가 없는 땅인 만큼 그것이 그의 의지에
따른 것은 아니겠지만, 어쩐지 나는 그가 고향 사람을 만날 기회가
상대적으로 많은 국경도시를 스스로 택해 와 살지 않았나 하는 느낌
이 든다. 그에게 통일은 어쩌면 조국이니 민족이니 하는 거대담론이
아니라 어머니를 만나고 고향 사람을 만나는, 작으면서도 절실한 문
제가 아니었을까.

회령과 이웃한 두만강가의 작은 고을에 종성이 있다. 지금은 회령
에 흡수되어 있는 그곳에서 김규동 시인은 나고 자랐다. 멀리 백두산
자락이 보이고 강을 건너면 바로 중국 땅이었다. 동네 사람들은 국경
이란 개념도 없이 예사로 강을 건너다녔으며 강 건너에 땅을 일궈 농
사를 짓는 사람도 없지 않았다. 그의 기억에서 가장 중요한 자리를
차지하고 있을 두만강을 시인은 "얼음이 하도 단단하여 / 아이들은 /
스케이트를 못 타고 / 썰매를 탔다 / 얼음장 위에 모닥불을 피워도 /
녹지 않는 겨울 강 / 밤이면 어둔 하늘에 / 몇 발의 총성이 울리고 /
강 건너 마을에서 개 짖는 소리 멀리 들려 왔다"(〈두만강〉)고 노래하
고 있다. 시인의 부친 김하윤 씨는 의사였다. 강 건너 연변에 가서 용
정의 명동학교(문익환 목사의 부친 문재린 선생과 동기였다)를 나온 부
친은 독학으로 의사가 되어 고향에서 개업을 하고 있었다. 명동학교
의 설립자로 목사요 독립운동가인 김약연 선생이 찾아오면 부친이
빳빳하게 다리미로 다린 지전을 무릎을 꿇고 앉아 바치던 일을 시인

은 가장 오래된 기억으로 간직하고 있다. 물론 그 돈은 김약연 선생이 사사롭게 쓰는 것이 아니고 독립운동 자금으로 쓰이는 것이었다.

시인은 향리에서 소학교를 마치고 경성고보로 진학했다. 거기서 그는 전쟁 말기 소개돼 와 영어를 가르치고 있던 김기림 시인을 만난다. 이것이 그가 시인이 된 결정적인 계기가 되며, 그가 모더니즘으로 시의 출발을 삼게 되는 것도 이와 무관하지 않다. 그가 월남한 동기의 하나도 김기림 시인을 만나는 데 있었으니 그와의 만남이 시인의 운명을 결정했다고 해도 과언이 아닐 터이다. 경성고보를 졸업하고는 연변의학전문학교로 진학하는데, 이는 연변이 평양이나 청진보다 가까울 뿐더러 교통편도 좋았기 때문이다.

해방 얼마 뒤 본격적으로 문학을 공부해 보자는 생각으로 평양에 새로 만들어진 김일성대학 조선문학과로 편입을 한다. 졸업을 했더라면 2회가 된다. 그러나 문학 관계 책을 구해 읽을 도리가 없었다. 결국 그는 이 일로 서울행을 결심하게 된다. 서울 가서 책도 좀 구해 오고 김기림 선생도 만나자, 말하자면 이것이 월남을 결심한 동기였으니 그의 월남은 이데올로기와는 아무 상관이 없었던 터다. 김기림 시인은 그 무렵 다시 상경해 있었다.

이렇게 해서 그가 월남한 것이 1948년, 부친은 몇 해 전에 작고하고 어머니와 두 누이, 그리고 아우 하나를 북에 두고서였다. 오래 가도 2~3년이면 다시 고향에 갈 수 있으리라 생각했다. "영원한 이별이 되는 줄 알았더라면 아마 월남을 하지 못했을 것"이라고 그는 말한다. "어머니를 두고 어떻게 내려왔겠어요?" 20년도 훨씬 지난 뒤에 시인은 어머니를 다음과 같이 노래하고 있다.

꿈에 네가 왔더라

스물세 살 때 훌쩍 떠난 네가

마흔일곱 살 나그네 되어

네가 왔더라

살아생전에 만나라도 보았으면

허구한 날 근심만 하던 네가 왔더라

너는 울기만 하더라

내 무릎에 머리를 묻고

한마디 말도 없이

어린애처럼 그저 울기만 하더라

목놓아 울기만 하더라

네가 어쩌면 그처럼 여위었느냐

멀고먼 날들을 죽지 않고 살아서

네가 날 찾아 정말 왔더라

너는 내게 말하더라

다신 어머니 곁을 떠나지 않겠노라고

눈물어린 두 눈이

그렇게 말하더라 말하더라.

— 〈북에서 온 어머님 편지〉 전문

　그가 얼마나 세상 물정을 몰랐는가는 김일성대학의 교복과 교모를
그냥 착용하고 남하한 것만 보아도 알 일이다. 그 덕에 북쪽 경비는
쉽게 따돌리고 나올 수 있었으나 남쪽에 오자마자 경비원에 의해 포
천 경찰서로 잡혀 갔다. 여기서 보름 동안 이루 형언할 수 없는 고문
과 구타를 당하다가 가까스로 연락이 된 김기림 시인의 보증으로 풀

려날 수 있었다. 김기림 시인은 당시 중앙대 교수로 있었다. 남한에 첫발을 딛는 순간 남한의 참모습을 본 것 같아 되돌아가고 싶은 마음이 굴뚝같았다고 그는 고백한다.

그래도 그는 잡지에 시를 발표하기도 하고, 김일성대학 의과를 나온 아우가 인턴으로 있던 병원에서 간호사를 하다가 남하한 규수를 만나 결혼도 한다. 그가 시인으로 주목받은 것은 1950년대 초 피난 수도 부산에서 '후반기' 동인에 참가하면서인데, 박인환, 이봉래, 김경린 등이 주요한 멤버였던 이 '후반기'에 대해 시인은 "전쟁이 치열하게 계속되고 있던 저 역사적 혼란의 와중에서도 세계 사조와의 연관 아래서 현실과 자아의식의 탐구를 시와 다른 여러 예술 장르의 실험을 통해 감행해 보자는 절실한 요청"(염무웅, 시집 《깨끗한 희망》 해설)에 의해 결성되었던 것으로 설명하고 있다. 어쨌든 그의 초기 시는 "서구 문학의 현대사조에 깊이 연관되어 있음을 부정할 수 없으며, 우리 시문학사의 흐름에서 보자면 김기림이나 이상의 실험적 정신에 닿아 있"(염무웅, 앞의 책)다고 말할 수 있겠는데, 그럼에도 불구하고 주목할 대목은 이때조차 갈 수 없는 고향이나 만날 수 없는 어머니가 시의 중요한 모티프가 되고 있다는 점이다.

> 육십오 세의 흰 머리 날리시며
> 어머니
> 돌아가시면 안됩니다
>
> 지금은 큰 우뢰 산하를 진동하고
> 옳고 그름을 가리는 인민의 눈동자
> 별빛처럼 타는 밤 ——

삶을 위한 싸움 속에
자유를 위한 신음 속에
우리 모두 대열져 섰거늘

이윽고 목메인 평화의 아침이 열리면
그 무슨 주저도 없이 달려갈
아들들의 열차를 기다려

어머니
돌아가시면 안됩니다
돌아가시면 안됩니다.

―〈열차를 기다려서〉 부분

마을에선 먼 바다가 그리운 포플라 나무들이
목메어 푸른 하늘에 나부끼고

이웃 낮닭들은 홰를 치며
한가히 고전古典을 울었다.

고향엔 고향엔
무슨 뜨거운 연정이 기다리고 있는 것이 아니었다.

―〈고향〉 부분

김규동 시인은 1948년 《예술조선》에 〈강〉이 당선되어 등단했으며 2006년 만해문학상을 수상했다. 시집으로는 《나비와 광장》[1955], 《현대의 신화》[1958], 《죽음 속의 영웅》[1977], 《깨끗한 희망》[1985], 《오늘 밤 기러기떼는》[1989], 《길은 멀어도》[1994], 《느릅나무에게》[2005] 등이 있다. 1923년 함북 경성에서 태어남.

"신도 기적도 이미 / 승천하여 버린 지 오랜 유역── / 그 어느 마지막 종점을 향하여 흰나비는 / 또 한번 스스로의 신화와 더불어 대결하여 본다."(〈나비와 광장〉)고 자아의식을 탐구하는 가운데서도 어머니와 고향을 시적 관심에서 제쳐 놓을 수가 없었던 것 같다.

그리고 1960년대 전 기간 동안 그는 별로 시를 쓰지 않는다. 신문의 문화부장 일을 하기도 하고 대중지의 편집을 맡기도 하고, 또 문예지의 발행인도 되면서 한 10년을 보낸다. 그로서는 생활인으로서 가장 충실했던 기간이리라. 그러다가 1970년대에 접어들어 시적 변모를 보이게 되는데 이는 시인의 삶의 궤적과도 무관하지 않다. 1974년 김정한, 고은 등과 더불어 윤보선, 김영삼, 김대중 등이 주도하던, 박정희의 유신 독재를 반대하는 민주회복국민회의에 문인 대표로 참가하고 이후 자유실천문인협의회의 가장 열성적인 회원이 되는 시기가 바로, 어머니 등을 주제로 한 이전의 시와는 크게 다른 통일 지향의 새로운 시를 쓰는 시기와 일치하는 것이다. 이에 대하여 이동순 시인은 시집 《길은 멀어도》의 해설에서 시인에 대해 "새로움이라는 가치에 대한 깊은 갈망으로 가득찬 시인"이라고 말한 다음 "주지적 모더니스트로서의 신념을 사회파 모더니즘으로 변모시"켰다고 설명하고 있다.

그의 1970년대 이후의 시는 거의 통일 지향의 시라고 말해도 크게 틀리지 않을 것이다. 특히 어머니를 그리는 시가 많은데, 다른 사람들의 통일 지향의 시가 목소리만 높고 공허한 데 비하여 이 시인의 시가 아프고 절실한 것은 그 지향이 개인사와 겹쳐지고 있기 때문이다. 말하자면 그만큼 삶의 무게가 실려 있다는 소리다.

두만강끝에서 서울까지

어머니 오시다
소복에 지팡이 짚으시고
산 넘고 물 건너 2천리 길
어머니 오시다

— 〈어머니 오시다〉 부분

어머니
조금 쉬세요
가을날 옥수수대같이
가느다란 모습 하시고
무슨 일 그리도 많이 하시나요
백두산 가까운 곳
멀리 두만강이 흐르고
바라뵈는 건 산과 하늘뿐인 고향마을
그곳에
어머니 그저 계시니
집나간 아들 기다려
백세까지도 살아 계시니

— 〈대신 할께요 어머니〉 부분

깎인 나무토막처럼
어머님의 손은 차다

— 〈어머님의 손〉 부분

솔개 한 마리
나즈막히 상공을 돌거든
어린날의 모습같이
그가 지금
조그맣게 어딘가 가고 있는 것이라
생각하세요

— 〈어머님전 상서〉 부분

김규동 시인에게 어머니와 고향만이 중요한 시적 패러다임일 수는
없다. 가령 〈무등산〉 같은 시는 더불어 사는 삶의 힘과 빛을 노래하
고, 〈가노라면〉은 역사에 대한 깊은 신뢰를 형상화하여 감명을 주는
시들이다. 그러나 앞의 김상훈 시인의 시집에 그의 아내가 붙인 해설
은 그대로 김규동 시인의 어머니와 고향을 그리는 시에도 붙일 수 있
기에, 그의 시가 더욱 치열하고 감동적으로 읽힌다는 사실도 무시해
서는 안 될 것이다.

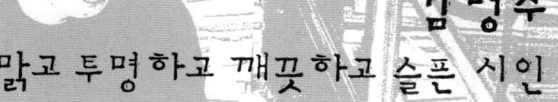

김명수
맑고 투명하고 깨끗하고 슬픈 시인

아이들이 큰소리로 책을 읽는다
나는 물끄러미 그 소리를 듣고 있다
한 아이가 소리내어 책을 읽으면
딴 아이도 따라서 책을 읽는다
청아한 목소리로 꾸밈없는 목소리로
"아니다 아니다!" 하고 읽으니
"아니다 아니다!" 따라서 읽는다

......

— 〈하급반 교과서〉 부분

김명수 시를 읽자니까 문득 한 일화가 떠오른다. 시인이 표현하는 이미지는 시인 내면의 혼의 상징이라고 생각하고 있던 상징주의가 시의 가장 중요한 흐름이 되고 있던 19세기 말, 그 멤버이던 발레리, 보들레르, 라포르그, 말라르메 같은 시인들은 화가 드가, 조각가 로댕 등과 더불어 '화요회'를 만들어 말라르메네 집에서 모였다. 시를 가지고 얘기하던 끝에 〈오를레앙 시의 불행〉이라는 그림으로 유명한 드가가 "사상도 감정도 이렇게 머릿속에 쌓여 있는데 시가 써지지 않는단 말야" 하고 말하자, 〈목신牧神의 오후〉의 시인 말라르메가 "시란 말로 쓰는 것이니까"라고 대답했다는 얘기는 상징주의의 특성을 설명할 때 흔히 인용되는 일화다. 상징주의자들이 시에서 얼마나 말을 중시했는가를 말해 주는 터로, 말하자면 적어도 시인에게는 삶조차도 말로 경험되고 재구성됨으로써 비로소 뜻을 갖는다는 뜻으로 확대 해석할 수 있는 대목이다.

물론 김명수 시는 "상징주의란 음악으로부터 그 부富를 탈환한다는 의도 속에 극히 간단하게 요약된다"고 폴 발레리가 정리한 상징주의 시와는 거리가 멀다. 오히려 몽롱하고 애매한 그들 시와는 정반대로 수정의 결정처럼 선명한 것이 김명수 시이다. 그럼에도 불구하고 김명수 시를 읽으면서 이 일화가 떠오른 것은 말을 갈고 닦아

시를 만든다는 점에서 서로 공통하는 부분이 있다고 느껴졌기 때문이다.

사실 요즈음 시에 대한 "맛대가리 없고 맺힌 데 없이 푹 처졌고" 하는 핀잔은 시란 말로 만드는 예술이란 뻔한 사실을 제대로 인식하지 못하는 데 따른 측면이 많다. 아무렇게나 장난질 치고, 나오는 대로 지껄이고, 저도 모르는 말을 횡설수설 늘어놓고…….

이렇게 요즘 시를 비판들 하는데, 이 비판으로부터 참으로 자유로울 수 있는 몇 안 되는 시가 바로 김명수 시라는 느낌이다.

> 달 그늘에 잠긴
> 비인 마을의 잠
> 사나이 하나가 지나갔다
> 붉게 물들어
>
> 발자국 성큼
> 성큼
> 남겨놓은 채
>
> 개는 다시 짖지 않았다
> 목이 쉬어 짖어대던
> 외로운 개
>
> 그 뒤로 누님은
> 말이 없었다

달이
커다랗게
불끈 솟은 달이

슬슬 마을을 가려주던 저녁

― 〈월식〉 전문

　여기에는 말에 의해 재현된 한 세계가 있다. 사나이가 발자국 성큼 성큼 남겨 놓은 채 지나가고, 짖던 개가 짖지 않고, 그 뒤로 누님은 말을 잃고…… 어두운 역사의 그림자가 드리워져 있는 세계이다. 일체의 군더더기를 제거함으로써 6·25와 그 뒤의 반공이 지배 이데올로기가 된 세상을 산 사람으로 하여금 행간에서 더 많은 것을 읽게 하는 효과도 거둔다. 적은 말을 가지고 많은 것을 이야기할 수 있는 것, 이것이 시라면 김명수 시는 정말 시다운 시다.

　그러나 이 시를 이런 면에서만 접근한다면 김명수 시의 맛을 제대로 볼 수 없다. 지나간 "사나이 하나가" 누님을 말이 없게 만들고 "불끈 솟은 달"조차 "슬슬 마을을 가려주"게 했지만, "발자국 성큼 / 성큼 / 남겨놓"았다는 표현에 주목해야 할 것이다. 이 시인은 그 뒤 시집 《침엽수 지대》를 내놓으면서 그 후기에서 "시가 참으로 아름다운 세상, 참다운 사람 세상의 작은 밑바탕이 되어야 한다는 믿음은 지워지지 않는다"라고 했는데, "발자국 성큼"에서도 그 "밑바탕"이 느껴지기 때문이다. 어쩌면 이 밑바탕 의식이 표현에 있어 엄정주의로 나타나면서 말을 가지고 장난질 치고 허풍 떨고 거짓말하는 만연된 시적 풍조와 일선을 긋게 한 것인지도 모른다. 이 점 정희성 시인이 같은 시집 뒤에 붙인 짧은 글에서 "눈물겹게 아름다운 시편들은 다만 말의 아름다움에 그치지 않고 질곡한 그의 품성이 각인되어 더욱 감동적이다. 혀 가진 자 저마다 말을 함부로 하여 세상 어지러운 터에, 그의 시를 읽고 나면 머릿속 마음속까지 맑아지는 기쁨을 느끼게 된다"고 한 것과 같은 뜻이 되겠다.

> 푸른 대양大洋을 항해하는 배가 아니지
> 움직임이 없고 제자리에 떠 있다
> 저기 저 부두 앞에 떠 있는 배
> 밑바닥에 묵묵히 삽날 하나 지닌 채
> 언제나 시커먼 감탕물로 더러워져
> 시뻘겋게 녹슨 갑판만 보인다
>
> 오늘도 뱃고동을 울리는 배들은 푸른 바다 향해서 떠나고 있다

  ―〈준설선浚渫船〉 전문

  설명할 것도 없이 준설선은 항해하는 화려한 배가 아니라 물속의 흙이나 돌을 파내거나 제거하는 음지의 배다. 하지만 시인은 "움직임이 없고 제자리에 떠 있"는, "밑바닥에 묵묵히 삽날 하나 지닌 채 / 언제나 시커먼 감탕물로 더러워져 / 시뻘겋게 녹슨 갑판만 보"이는 준설선에서 "참으로 아름다운 세상, 참다운 사람 세상의 작은 밑바탕"을 보았고, 그것은 곧 그의 시적 지향이 되기도 한다. 그리고 이것은 그가 시에 접근하는 겸허한 엄정주의적 자세와 결코 무관하지 않다.

김명수 시인은 1977년 《서울신문》 신춘문예로 등단했다. 시집으로 《월식》[1980], 《하급반 교과서》[1983], 《피뢰침과 심장》[1986], 《침엽수 지대》[1991], 《바다의 눈》[1995], 《아기는 성이 없고》[2000], 《가오리의 심해》[2004], 《수자리의 노래》[2006] 등을 냈다. 오늘의 작가상[1980], 신동엽창작기금[1984], 만해문학상[1992], 한국해양문학상[1997]을 받았다. 1954년 경북 안동에서 태어남.

그는 특이한 이력을 가지고 있다. 초등학교도 채 마치지 못하고 고향인 안동 임하를 떠났다. 아버지가 소위 부역을 했대서였다. 〈월식〉의 "발자국 성큼" 남겨 놓은 것은 말하자면 아버지의 변형인 셈이다. 그래도 도와주는 친지가 있어 아버지는 임시 공무원 비슷한 직업으로 충북 일대를 전전했고, 그는 제천에서 중학교를 다녔다. 그러고는 대학에 들어갈 형편이 못 되어 학비뿐 아니라 숙식비 일체가 국비로 충당되는 교통고등학교로 진학을 했다.

졸업을 하고서는 제천에서 1년 반 동안 철도원으로 일했다. 그만둔 것은 기관차 밑에 2백 미터나 끌려가는 사고가 났기 때문이다. 가까스로 생명은 구했지만, 이때부터 그는 기차가 무서워졌다고 한다. 그래도 이때 철도원 생활에서 얻은 이미지들이 오랫동안 그의 시적 동력이 되었다.

눈 쌓인 철길, 새벽 차에서 내리는 가난한 사람들, 철길에 게딱지처럼 달라붙어 있는 낡은 흙집들, 자욱한 안개, 갑자기 눈앞이 환히 트이는 새벽 바닷가, 기차를 마주해 달려드는 것 같은 파도…… 기차를 타고 가며 마주치는 이것들이 아직도 그의 머릿속을 맴돈다. 훨씬 뒤에 시로 형상화한 것이지만 〈바다의 눈〉도 이때 얻은 이미지다.

> 바다는 육지의 먼 산을 보지 않네
> 바다는 산 위의 흰 구름을 보지 않네
> 바다는 바다는, 바닷가 마을
> 10여 호 남짓한 포구 마을에
> 어린아이 등에 업은 젊은 아낙이
> 가을 햇살 아래 그물 기우고
> 그 마을 언덕바지 새 무덤 하나

들국화 피어 있는 그 무덤 보네

— 〈바다의 눈〉 전문

　잠시 놀고 있던 그는 1970년대 초 독일로 공부를 하러 가게 된다. 먼저 독일에 간호사로 가 있던 누이가 그를 부른 것이다. 누이는 늘 재주 있는 동생이 고졸로 학력을 끝낸 것을 안타깝게 생각하고 있었던 터다. 그래서 그는 프랑크푸르트에서 약 4년간 공부를 하게 되는데, 대학을 다닌 것은 2년에 지나지 않는다. 생활비를 스스로 벌지 않을 수 없는 형편이어서 도서관 사서도 하고 막일도 하는 둥 안 해본 일이 없을 정도다. 누이가 그를 도울 입장이 못 되었던 것은 8남매나 되는 그의 형제들 중(그는 차남이다) 아직 제대로 자리를 잡은 형제가 없어, 일정액을 고향에 송금해야 하는 부담이 있었기 때문이다.

　무리를 하다 보니까 몸이 결단이 났다. 마침내 병원에 입원을 하게 되고, 간호를 위해 아내까지 불러들였지만, 독일 생활을 더 이상 지탱하지 못하고 귀국한다. 그때 그의 건강이 얼마나 절망적이었는가는 비행기에서 내리는 그의 팔뚝에 링거 주사가 꽂혀 있었다는 점만으로도 미루어 짐작할 수 있다. 이렇게 해서 그의 독일 유학은 중동무이로 끝났지만, 그 뒤 20여 년간 그는 거의 독어 번역으로 생계를 영위하고 자녀들의 교육비도 번다.

　귀국 다음 해 그는 신춘문예에 당선, 시인으로서의 새 삶을 살게되지만, 그의 건강은 수상식 날 나왔다가 상장을 받기도 전에 친지의 부축을 받으며 퇴장했을 정도로 나빠져 있었다. 그 당선 시에 대하여 김창완 시인은 "맑고 투명하고 깨끗하고 슬"프다고 말한 다음 그의 시의 특징을 "그의 따뜻함, 부드러움의 심성은 마치 투명한 유리창과 같아서 그의 심성을 통하여 비쳐지는 대상이나 현실은 아주 또렷하고 분명하게 우리에게 보여진다. 그의 투명한 언어들, 가식이 없는 진실한 언어들을 통하여 우리는 현상의 아름다움과 그 아름다움과 병치되어 있는 부조리와 그 부조리와 음모를 꾸미고 있는 거짓 언어들이 속속들이 알몸의 모습으로 놓여짐을 보게 된다. 그러고 보면 그의 맑고 투명한 심성과 언어는 실로 무서우리만큼 두려워지는 것이기도 하다"(시집《하급반 교과서》발문)고 지적하고 있다. 다음은 그 당선 시 중 〈무지개〉의 부분이다.

> 아이가 걸어간다
> 혼자서
> 어여쁜 꽃신도 함께 간다
> 이 세상에서 때묻지 않은 죽음이여
> 너는 다시 무지개의 칠색으로 살아나는가
>
> ......
>
> 아가야
> 네가 남긴 환한 미소
> 내 가슴에 남겨준 영롱한 기쁨
> 그런 것 모두 한데 모아
> 오늘은 비 개이고 맑은 언덕
> 아이가 걸어간다
> 혼자서
> 하늘 나라로 하늘 나라로

무죄의 층계를 밟아 오른다

— 〈무지개〉 부분

무지개에서 "때묻지 않은 죽음"을 연상하는 시로서, 작자의 맑고 깨끗한 심성을 엿볼 수 있게 한다. 그의 시 중 많은 것이 동심적 발상의 것들인데, 이는 뒤에 《해바라기 피는 계절》, 《달님과 다람쥐》, 《엄마 닮은 엄마가 없어요》 등 여러 편의 빛나는 동화를 쓴 것과도 관계가 있다. 한편 시란 본질적으로 동심적 발상을 철학적 사고로 연결시켜 주는 통로의 언어라는 측면이 있는 터로, 〈무지개〉도 발상은 순진무구한 것이지만 그 뜻은 단순하지가 않다.

대상의 본질을 다른 구상적인 것에 비유, 풍자하거나 상징하는 방법을 사용한 알레고리 시가 많은 것도 주의해 읽을 필요가 있다. 자칫 시를 단순 도식화하고 교훈으로 떨어지게 할 함정도 없지 않은 방법이지만, 적어도 김명수 시에서는 그 알레고리가 활기차고 생동감이 넘침으로써 사람이 사는 모습을 더욱 선명하게 드러내 보이고 있다. 〈개미〉, 〈일각수─角獸〉, 〈부세賦稅〉, 〈하급반 교과서〉, 〈늑대와 개〉 등 뛰어난 작품들이 수도 없이 많지만, 〈개미〉와 〈하급반 교과서〉 두 편만을 골라 읽어 보자.

개미는 허리를 졸라맨다
개미는 몸통도 졸라맨다
개미는 심지어 모가지도 졸라맨다.
나는 네가 네 몸뚱이보다 세 배나 큰 먹이를

적은 말을 가지고 많은 것을 이야기할 수 있는 것, 이것이 시라면 김명
수 시인의 시는 정말 시다운 시다.

끌고 나르는 것을 여름 언덕에서 본 적이 있다.
그러나 나는 네가 네 식구들과 한가롭게 둘러앉아
저녁 식탁에서 저녁을 먹는 것을 본 적 없다.
너의 어두컴컴한 굴속에는 누가 사나?
햇볕도 안 쬐 허옇게 살이 찐 여왕개미가 사나?

— 〈개미〉 전문

　이 시에서 자기 "식구들과 한가롭게 둘러앉아 / 저녁 식탁에서 저녁"을 먹지도 못하는 개미는 노동자를 가리키고 "햇볕도 안 쬐 허옇게 살이 찐 여왕개미"는 자본가를 가리킨다는 것은 누가 읽어도 금세 알 수 있다. 우리 사회를 보는 눈이 지나치게 이분법적이고 도식적이라고 반감을 갖는 독자도 없지 않을 것이다. 하지만 철저하게 말을 아낌으로써 얻어진 생동감으로 해서 우리의 사회 구도를 확연하게 보여 주는 측면이 있다. 알레고리의 이점을 충분히 살린 시라고 말할 수 있을 것 같다.

아이들이 큰소리로 책을 읽는다
나는 물끄러미 그 소리를 듣고 있다
한 아이가 소리내어 책을 읽으면
딴 아이도 따라서 책을 읽는다
청아한 목소리로 꾸밈없는 목소리로
"아니다 아니다!" 하고 읽으니
"아니다 아니다!" 따라서 읽는다

......

이 봄날 쓸쓸한 우리들의 책읽기여
우리나라 아이들의 목청들이여

— 〈하급반 교과서〉 부분

이 시는 광주항쟁 1년 뒤의 작품이다. 당시 유엔군 사령관이던 위컴은 한국민의 성격을 하나가 달려가면 쪼르르 뒤따라가는, 이리 몰려가고 저리 몰려가는 들쥐떼를 닮았다고 해서 말썽이 났었다. 내심이 말을 옳게 생각하는 사람도 적지 않았다. 광주의 피가 채 마르기도 전에 새 독재자의 그늘 밑에 사람들이 구름떼처럼 모여드는 것을 보고, 불길처럼 일어났다가도 누가 눈 한번 부라리면 목을 움츠리고 좋다고 소리치면 멋도 모르고 박수치는 것이 우리 민족 아닌가 하고 자괴하는 사람이 많았다. 이 시가 꼭 이런 뜻을 담고 있다고 말하기는 어렵겠으나 하급반의 교과서 읽는 풍경을 통하여 우리들의 부끄러운 자화상을 그리고 있는 점만은 분명하다. 이와 같은 알레고리 풍의 시도 결국은 그의 "맑고 투명하고 깨끗하고 슬픈" 시정신의 결정물이라는 사실도 다시 한 번 상기할 필요가 있을 것이다.

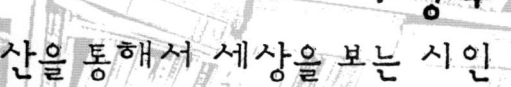

이성부
산을 통해서 세상을 보는 시인

......

벼는 가을 하늘에도
서러운 눈 씻어 맑게 다스릴 줄 알고
바람 한점에도
제 몸의 노여움을 덮는다.
저의 가슴도 더운 줄을 안다.

벼가 떠나가며 바치는
이 넓디넓은 사랑,
쓰러지고 쓰러지고 다시 일어서서 드리는
이 피 묻은 그리움,
이 넉넉한 힘......

― 〈벼〉 부분

"팔십 년대의 나는 문학의 길에서 조금쯤은 비켜나 있었다"고 이성부 시인은《이성부 문학선 — 저 바위도 입을 열어》의 머리말에서 말하고 있다. 그 까닭을 그는 산문〈산 위에 나 있는 시의 길〉에서, "1980년 5월은 잔인했었다. 나는 아무 일도 손에 잡히지 않았고, 아무런 말 한마디 내뱉을 수도 없었다. 가슴이 터질 것 같은 노여움과 서러움을 안으로 삭이느라, 밤만 되면 술을 퍼 마셨다. 나는 자꾸만 동료나 친구들로부터 떠나 외진 곳으로만 돌았다. 광주는 내가 태어나고 자라고 공부했으며, 내 문학의 열정을 키워 준 고향이었다. 그 고향이 온통 무너져 가는 것을 들으면서, 그것도 군부독재에 의한 왜곡과 훼절에 힘입어 일그러져 가는 것을 보면서, 나는 날마다 절망의 나락으로 떨어지는 나를 보았다. 모든 시라는 것, 아니 모든 말과 문자로 씌어지는 것들에 대한 불신과 혐오가 나를 가득 채웠다. 이 무렵 시와 언어와 문자를 경멸하는 시를 몇 편 썼으나, 가슴만 더욱 답답해질 뿐이었다. 나는 아예 시 쓰기를 단념하고…… 몇 년 동안은 시를 생각할 수도 없었고, 쓰지도 않았고, 다른 시인의 시를 읽지도 않았다"라고 구체적으로 밝히고, 이후 산행에 몰두했음을 고백하고 있다.

　실제로 1970년대를 산 많은 독자들이 "기다리지 않아도 오고 / 기

다림마저 잃었을 때에도 너는 온다"(〈봄〉), 또는 "부릅뜬 눈들이 어둠
을 찢어서 달려가고 / 끝내 죽을 수 없는 목소리들 뭉치어 / 하나로
외쳐 보면 / 빈 벌판에도 하늘에도 부딪쳐 메아리로 크는구나"(〈밤샘
을 하며〉) 하고 어둠과 절망 속에서도 당당하고 늠름했던 이 시인이
갑자기 시를 쓰지 않는 것을 아쉬워하고 그 까닭을 궁금해했었다. 당
시 그의 시야말로 "바로 그 시대의 어둠에 대한 보고서이며, 동시에
그 어둠을 참고 이겨 내려는 의지의 산물"(정한용, 《저 바위도 입을 열
어》 해설)로 받아들여졌던 터이다. 적어도 그의 초기 시집 《우리들의
양식》, 《백제행》 속의 시들은 흔히 민중시 속에 결여되어 있던 언어
적 긴절성과 정서적 균질감으로 해서 가장 완성도가 높은 민중시로
여겨졌다. 그 보기로 〈벼〉를 들 수 있다.

벼는 서로 어우러져 기대고 산다.
햇살 따가와질수록
깊이 익어 스스로를 아끼고
이웃들에게 저를 맡긴다.

서로가 서로의 몸을 묶어
더 튼튼해진 백성들을 보아라.
죄도 없이 죄지어서 더욱 불타는
마음들을 보아라, 벼가 춤출 때,
벼는 소리없이 떠나간다.

벼는 가을 하늘에도
서러운 눈 씻어 맑게 다스릴 줄 알고

바람 한점에도
제 몸의 노여움을 덮는다.
저의 가슴도 더운 줄을 안다.

벼가 떠나가며 바치는
이 넓디넓은 사랑,
쓰러지고 쓰러지고 다시 일어서서 드리는
이 피 묻은 그리움,
이 넉넉한 힘……

— 〈벼〉 전문

　이 시의 빛나는 대목은 서로 어우러져 기대고 살며, 서로가 서로의
몸을 묶어 더 튼튼해지고, 떠나가면서도 (세상을 위해) 넓디넓은 사랑
을 바치고, 쓰러지고 쓰러지고 다시 일어서서는 피묻은 그리움 그리
고 넉넉한 힘을 주는 벼를, 더불어 사는 민중의 힘과 의지의 메타포
로 읽은 데만 있지 않다. 더 큰 미덕은 "바랄 것도 더 잃을 것도 없는
사람들은 / 저녁마다 제 그림자만 데리고 누울 곳으로 돌아간다. /
누워서 세우는 나라를 위해 돌아간다."(〈깨끗한 나라〉)에서 볼 수 있
는 것처럼, 보다 나은 세상, 보다 아름다운 삶을 갈망하는 간절한 뜻
에 있다. 이 뜻이 받쳐 주면서 넉넉하고 힘찬 리듬이 생기는 것이다.
게다가 적절하고도 절제된 언어의 사용에 따른 긴절성과, 과잉된 감
정의 조정에서 오는 균질감은 시에 일정한 품격을 부여한다.

　시를 떠나 산행에만 몰두했던 이성부 시인은 10여 년 만에 다시 시

로 돌아온다. 그 경위를 시인은 이렇게 말한다.

"산과 관련한 시와 산문을 쓰기 시작한 것이 산에 빠진 지 10년쯤
뒤의 일이다. 1990년을 전후해서다. 산 체험을 바탕으로 한 시와 에세
이를 여기저기에 발표했다. 이 무렵은 또한 바위에 미쳐 바위를 공부
하고 훈련에 열중하던 시기이기도 하다. 시를 버리고 산에만 열중했던
내가, 그 산으로 말미암아 다시 시를 되찾게 된 셈이었다. 그러나 이
시기를 기점으로 해서 나의 시는 과거의 시와는 적지 않게 달라졌다는
생각이다. 우선 그 주제에 있어, 사회적 삶이나 서민정서의 표현이 반
드시 산이라는 매체를 통해 걸러지고 주관화되어 간다는 점이다. 산
자체를 주제로 삼는 경우에도, 자연현상으로서의 정서뿐만 아니라, 거
기에 사람의 삶을 보태고 나의 고통을 얹어 주는 것으로 되었다. 과거
의 나의 시가 힘과 부정의 미학에 쏠렸던 데 반해, 산에서는 부드러움
과 긍정의 아름다움으로 세상의 삶을 본다. 뿐만 아니라 사유와 자기
성찰의 기회가 많아짐으로써 산과 자아自我가 하나가 되는 것을 확인
하기에 이르렀다."

— 〈산 위에 나 있는 시의 길〉

산이 그에게 어떻게 세상을 보게 만들고 어떤 시를 쓰게 했는가를
알게 하는 시 몇 구절을 읽을 필요가 있을 것 같다.

이제부터가 큰 사랑 만나러 가는 길이다
더 어려운 바위 벼랑과 비바람을 맞을지라도
더 안 보이는 안개에 묻힐지라도

이성부 시인은 산을 타고 다시 시로 돌아오면서 더 강건하고 더 넉넉하고 더 너그러워졌다.

우리가 어찌 우리를 그만둘 수 있겠는가
우리 앞이 모두 길인 것을……

—〈우리 앞이 모두 길이다〉 부분

이 바위에서는 낯선 정신의 냄새가 난다
견고하면서도 또한 부드러운 외로움의 냄새다

—〈화강암 1〉 부분

예전에는 내 길 가로막는 것들을
모두 적敵으로 여겼으나
산에 오르면서부터는 가로막는 것들이
나와 한몸으로 어우르는 것을 알았다

—〈화강암 3〉 부분

외딴길이 입을 벌리고 기다린다
무서우면서도 싱싱한 길이다

—〈바위타기 2〉 부분

새로운 것은 언제나
그 자리 넘어서서야 나를 가득 채우느니

　힘 있고 싱싱하고 넉넉한 표현들이다. 작은 일에 구애받지 않는 건강한 남성성이며 너절한 것들을 훨훨 떨쳐 버린 원시적 생명력 같은 것이 느껴진다. 물론 이들 시에서 산은 단지 산이 아니고 바위 타기 또한 바위 타기만이 아닌, 바로 세상이며 삶의 알레고리로 읽힐 수도 있다. 그렇다 하더라도 이 시가 가진 강건하고 꿋꿋한 시적 정서는 조금도 훼손되지 않는 것은 말할 것도 없다.

　전통적으로 우리나라에는 산의 아름다움을 노래한 시가 많다. 가까이 정지용의 〈백록담〉, 〈장수산〉 등이 있으며, 멀리 정지상의 〈등고산에서題登高山〉며 권근의 〈금강산〉 등이 유명하다. 그러나 등산이라는 개념은 당초 없었던 것 같다.

　18세기 사람 박종이 〈백두산유록白頭山游錄〉이라는 백두산을 다녀온 기록을 남기고 있는데, 거기 보면 "백두산이 가까워질수록 추워서 풀이 살지 못해 말에 먹일 풀들이 없다고 한다. 그래서 행장도 정리하고 마초도 실었다. 입산자는 하인까지 전부해서 37명이고 말은 13필이다"라고 한 것으로 보아 등산은 말을 타고 했으며 목적은 관산觀山이었던 것 같다. 《북학의》의 박제가의 〈묘향산소기妙香山小記〉에도 "아침밥을 하고 길 안내 중을 데리고 가마를 타고 동쪽을 향해 떠났다"라든가 "대개 여럿이 말을 타고 갈 때에는 다른 사람 뒤에 따라가기를 싫어하는데 앞선 말발굽에서 먼지가 날리기 때문이다" 같은 구절이 보인다. 시를 보아도 마찬가지여서, 박제가, 유득공, 이덕무와 더불어 사가시선四家詩選을 낸 바 있는 이서구나 19세기 초의 기생 시인으로 유명한 운초도 산을 소재로 쓴 몇 편의 시가 있지만 한결같이 "오미자 알알이 / 산호처럼 붉었구나 / 그 어디서 날아왔나 / 노란빛

이성부 시인은 1961년 《현대문학》에 〈백주〉, 〈열차〉 등으로 등단했다. 현대문학상[1969], 한국문학작가상[1977], 대산문학상[2001] 등을 수상했다. 시집으로는 《이성부 시집》[1969], 《우리들의 양식》[1974], 《백제행》[1977], 《평야》[1982], 《빈 산 뒤에 두고》[1989], 《야간 산행》[1996], 《지리산》[2001], 《너를 보내고》[2001], 《작은 산이 큰 산을 가린다》[2005] 등이 있다. 1942년 광주에서 태어남.

새 한 마리"(이서구, 〈산행〉) 라거나, "밤중에 홀로 대지팽이 짚고 / 용소에 내려가 물소리를 듣누나"(운초, 〈묘향산에서〉) 하고 산의 아름다움을 노래한 시들뿐이다.

등산이라는 개념이 생겨난 근대 이후, 정지용을 비롯 산을 주제로 한 시는 있었지만, 산을 오르는 것 자체를 다룬 시는 거의 없었던 것 같다. 최남선이나 이은상은 산을 소재로 해서 많은 시조를 썼지만 역시 관산觀山이나 유산游山의 범위를 벗어나지 않았다. 본격적으로 산행시가 나타나기 시작하는 것은 산 전문지가 나오기 시작한 1980년대 말로 여겨지는데, 이 점 이성부 시도 선구에 속한다. 이들 산행시가 문학사적으로 어떻게 평가될지는 속단할 수 없는 일이지만, 언어적 긴절성과 정서적 균질감을 가지고 있는 이성부의 산행시가, 언어와 관념에 갇혀 답답하기 이를 데 없는 오늘의 우리 시에 신선한 생동감을 불어넣고 있는 것만은 틀림없다.

연작시 '전라도', '백제' 외에도 이성부 시에는 전라도, 광주, 무등산이 많이 나온다. 물론 이곳은 스스로 고백하고 있듯 "태어나고 자라고 공부했으며", "문학의 열정을 키워 준 고향"(〈산 위에 나 있는 시의 길〉)이지만, 그 이상의 뜻을 지닌다. 그의 시에서 이곳은 "중심으로부터 소외된 변두리, 권력으로부터 추방당한 유배 의식, 역사적으로 억압받은 강박관념, 늘 빼앗기고 고통받아 온 수탈 의식 등이 종합적으로 복잡하게 어울린 장소의 상징"(정한용, 앞의 책)이 되고 있는 것이다.

> 아침 노을의 아들이여 전라도여
> 그대 이마 위에 패인 흉터, 파묻힌 어둠
> 커다란 잠의, 끝남이 나를 부르고

죽이고, 다시 태어나게 한다.

— 〈전라도 2〉 부분

반도 서남쪽 사람들은
언제나 마음을 대지 위에 세우고도
그 몸은 서지 못한다.
지리산 깊은 골짜기의
농부 한 사람의 죽음으로도
세계가 자기 몸에 피 적시는 까닭이 여기 있다.

— 〈백제 1〉 부분

　버려지고 소외된 땅의 외침이요, 짓밟히고 추방당한 사람들의 항
의이다. 그러면서도 이상한 건강성을 유지하고 있는 것은 웬일일까?
이성부 시인은 산을 타고 다시 시로 돌아오면서 과거의 시와는 많이
달라졌다고 스스로 말한다. 그 말은 사실이다. 더 강건하고 더 넉넉
하고 더 너그러워졌다. 흔히 하는 말로, 심화되고 확대되었다고 말해
도 좋을 것이다. 그러나 그 저류에 흐르는 분노와 절규, 깨끗한 나라,
아름다운 세상에 대한 꺾이지 않는 꿈은 그대로인 것이 후기 시에서
도 분명히 드러나고 있으며, 어쩌면 그것이 그의 시의 강건한 남성성
과 원시적 생명력을 담보해 주는 샘물인지도 모른다.

조오현
가장 승려답지 않은 가장 승려다운 시인

나이는 뉘엿뉘엿한 해가 되었고
생각도 구부러진 등골뼈로 다 드러났으니
오늘은 젖비듬히 선 등걸을 짚어 본다

그제는 한천사 한천 스님을 찾아가서
무슨 재미로 사느냐고 물어 보았다
말로는 다할 수 없으니 운판 한 번 쳐보라, 했다

이제는 정말이지 산에 사는 날에
하루는 풀벌레로 울고 하루는 풀꽃으로 웃고
그리고 흐름을 다한 흐름이나 볼 일이다.

— 〈산에 사는 날에〉 전문

무금선원에 앉아
내가 나를 바라보니

기는 벌레 한 마리가
몸을 폈다 오그렸다가

온갖 것 다 갉아먹으며
배설하고
알을 슬기도 한다.

— 〈내가 나를 바라보니〉 전문

　　만해사상실천선양회에서 펴낸《2000 만해축전》에 특별 기고로 실려 있는 조오현 시인의 이 시를 자화상으로 읽는다 해도 크게 잘못된 독법은 아니다. 우리는 이 시에서 자신을 “온갖 것 다 갉아먹으며 / 배설하고 / 알을 슬기도” 하는 하찮은 벌레쯤으로 여기고 있는 시인의 겸허한 삶의 자세를 읽을 수 있다. 그러나 이 비유가 반드시 죄의식이나 자괴감에 따른 것은 아닐 터이다. 오히려 천지 만물에 대한 외경이 이런 표현으로 나타났다고 보는 것이 옳을 것이다.

백담사에서 2000년 8월 8일부터 11일까지 열린 제2회 만해축전을 실질적으로 이끈 조오현 시인은 승려 시인 가운데서도 널리 알려져 있는 시인은 아니다. 시집도 1970년대 말에 낸《심우도》한 권뿐이고, 그 뒤의 시작詩作 활동도 그다지 활발한 편이 못 된다.(시인은 2001년 이후 현재까지 두 권의 시집을 더 출간했다. 자세한 내용은 약력 참조) 그런데도 승려 시인을 찾을 생각으로 자문을 구한 다섯 분의 승려 시인들은 한결같이 조오현 시인을 추천했다. "승려답지 않은 큰스님, 시인답지 않은 큰 시인"이라는 것이 한결같은 추천의 이유다. 마침 만해축전의 한 프로그램으로 민족문학작가회의 강원 지회 주관으로 열리는 만해 시인학교에 나도 참여하게 되었는데, 조오현 시인을 찾기로 한 것은 축전에 앞서 출간한《2000 만해축전》에서 위의 시를 읽고서다. 짧은 행간 속에서 삶을 대하는 그의 긴장감을 맛볼 수 있었기 때문이다.

이렇게 해서 나는 신문이나 잡지에 얼굴이 실리고 이름이 오르는 것을 꺼리는 그를 억지로 끌어내게 되었지만, 막상 그는 생각보다 훨씬 소탈하고 담백한 성격의 열려 있는 스님이었다. 사람을 대하거나 얘기하는 데 형식에 전혀 구애받지 않는 듯싶었는데, 불교는 늘 권력이며 대중들로부터 매 맞아 온 종교요, 매를 맞는 그 가운데 철학이 있다는 말은 매우 설득력이 있었다. 그가 후원하는 만해사상실천선양회가 주관하는 만해상 수상자에는 기독교 등 비불교 신자가 더 많은 것도 그가 얼마나 열려 있는가를 말해 주는 대목이다.

뜻 아니하게 백담사에서 만난 김효사 시인은 그를 가리켜 "설악만큼이나 큰 스님"이라고 표현했다. 백담사에서 만해축전을 하는 것은 이곳이 바로 만해가 출가하여 승려 생활을 시작한 곳이요 명론문 〈불교유신론〉과 시집 《님의 침묵》을 쓴 곳도 이곳이라는 인연이 있어서이지만, 만해의 사상과 시를 깊이 이해하고 사랑하는 데 더하여 넓은 마음을 가진 조오현 시인이 아니었다면 가능하지 않았을 것이라고 그는 설명했다. 그가 있으니까 민족문학작가회의 강원 지회가 주관하는 축전에 여러 회원이 집필을 거부하고 있는 《조선일보》가 주최가 되어도 조금도 이상하지 않게 받아들여지기도 한다는 것이다. 둘은 한때 경상도의 작은 절에서 함께 승려 생활을 했다. 서로 성격은 판이했으나 폭이 넓은 조오현 시인이 결벽증에 가까우리만큼 불의를 보고 참지 못하는 김효사 시인을 늘 끌어안아 주었기 때문에 둘 사이는 각별할 수 있었다.

김효사 시인은 10여 년의 승려 생활 끝에 방랑벽을 극복하지 못하고 환속, 1970~80년대 기간 중에는 군사정권에 저항하고 박해받는 생활을 되풀이했다. 그러나 그는 주위로부터 환영받는 성격은 못 되었다. 과격하고 성급한 데다 타협을 몰랐기 때문이다.

김효사 시인의 사람됨을 말해 주는 유명한 일화가 있다. 전두환이 재판정에 섰을 때 그는 미당에게 전화를 했다. 당신이 한강의 기적을 이룬 위대한 지도자로 찬미한 독재자가 재판정에 섰는데 감상이 어떠냐고 물은 것이다.

그는 조오현 시인에게도 듣기 좋은 소리만 하지는 않는다. 기회만 있으면 백담사에 전두환 기념관을 존속시키는 데 대해서 항의한다. 이 항의에 조오현 시인은 "그것도 역사"라고 웃고 대답하지만, 이런 항의를 하는 껄끄러운 사람을 아무렇지도 않게 감싸 주는 것이 바로 조오현 시인이라는 것이다. 김효사 시인은 조오현 시인의 후원으로 한 1년 이 절에서 기거하면서 공부도 하고 글도 쓸 생각으로 들어왔지만, 오히려 큰소리친다. "다른 스님 밑이라면 있으라고 붙잡아도 안 있습니다. 무산 스님이 폭이 넓고 화통한 분이니까 제가 있는 거지요."

1932년생으로 여섯 살에 소 머슴으로 입산, 절간에서 잔뼈가 굵은 뒤 승려가 된 그는 한때 군사정권에 의해 비리 폭력 승려로 낙인찍혀 해외로 도피한 특이한 이력을 가지고 있다. 불교를 매 맞아 온 종교로 표현하는 그의 생각의 바탕에는 실천을 통해 얻은 철학이 있다. 그러나 그는 지금은 설악을 상징하는 세 사찰 낙산사, 신흥사, 백담사의 회주다. 무산霧山이라는 법명 외에 설악雪嶽이라는 자호를 가지고 있는 그는 승려나 신도들뿐 아니라 일반 대중들로부터도 크게 존경을 받고 있다. "나는 장관이나 도지사가 찾아오면 방에 앉아서 맞지만 면장이나 이장 또는 농협이나 우체국 직원이 찾아오면 산문 밖까지 나가 맞아요"라는 말을 들어 보면 그가 존경받는 까닭을 쉽게 알 것 같다.

그러나 그의 시는 열려 있는, 화통한 인간의 모습만을 보여 주지는 않는다. 오히려 번민과 갈등, 고뇌가 깊고 얕게 음각되고 양각되어 있는 것이 그의 시라고 말할 수도 있을 것이다.

어제, 그저께 영축산 다비장에서
오랜 도반을 한줌 재로 흩뿌리고
누군가 훌쩍이는 그 울음도 날려보냈다.

거기, 길가에 버려진 듯 누운 부도
돌에도 숨결이 있어 검버섯이 돋아났다

만해축전이 열리는 백담사. 이곳에는 또 전두환 기념관이 있으니 조오현 시인은 이를 두고 "이것도 역사"라 이른다.

한참을 들여다보다가 그대로 내려왔다.

언젠가 내 가고 나면 무엇이 남을 건가
어느 숲 눈먼 뻐꾸기 슬픔이라도 자아낼까
곰곰히 뒤돌아보니 내가 뿌린 한 줌 재뿐이네.

— 〈재 한 줌〉 전문

"훌쩍어리는 그 울음도 날려보냈다"라든가 "곰곰히 뒤돌아보니 내가 뿌린 한 줌 재뿐이네" 같은 극도의 삶의 허무감을 표현한 구절은 종교적이기보다 사람이면 죽음 앞에서 누구나 가질 수 있는 보편적인 느낌이다. 그래서 이 구절의 공감의 폭은 넓다. 그러나 이 시에서 더 빛나는 대목은 "돌에도 숨결이 있어 검버섯이 돋아났다"일 터이다. 이 표현에서는 죽음이 생명의 마지막이기보다 다른 생명으로서의 시초라는 암시가 읽히지만, 더 중요한 것은 인간으로서의 고뇌가 시의 바탕에 짙게 새겨져 있음으로 해서 마치 시가 살아서 꿈틀대는 것 같은 느낌을 주고 있다는 점이다. 시란 무엇인가, 다시 한 번 생각하게 하는 대목이다.

그의 시 가운데서 더욱 큰 감동을 주는 시는 삶과 죽음의 경계를 무너뜨려 그것을 같은 시간대 속에 짜넣은 〈무설설無說說 1〉이다.

강원도 어성전 옹장이
김영감 장렛날

상제도 복인도 없었는데요 30년 전에 죽은 그의 부인 머리 풀고 상여 잡고 곡하기를 "보이소 보이소 불집 같은 노염이라도 날 주고 가소 날 주고 가소" 했다는데요 죽은 김영감 답하기를 "내 노염은 옹기로 옹기로 다 만들었다 다 만들었다" 했다는 소문이 있었는데요

사실은
그날 상두꾼들
소리였데요.

— 〈무설설 1〉 전문

아들딸, 친척도 없는 팔자 험한 옹기장이가 죽었다. 아내는 이미 30년 전에 저세상 사람, 울어 주는 사람 하나 없는, 상주도 복인(服人, 1년이 안 되게 상복을 입는 사람)도 없는 초라한 상여가 나간다. 상두꾼들이 그 사연을 소리에 담아, "보이소 보이소 불집 같은 노염이라도 날 주고 가소" 하고 앞소리가 선창하면 "내 노염은 옹기로 옹기로 다 만들었다 다 만들었다" 하고 뒷소리가 받는다. 잘 뜯어읽어 보면 결국 이런 내용인데, 순서를 바꾸어 놓음으로써 죽음과 삶을 같은 시간대에 짜 넣는 효과를 거두고 있다. 동시에 삶의 고통이 아름다움으로 승화되는 과정도 보게 한다. "내 노염은 옹기로 옹기로 다 만들었다 다 만들었다"는 일견 예술의 본질에 대한 생각 같기도 하다. 어쩌면 시인은 옹기장이=승려=시인이라는 개념을 머리에 그려 넣고 있었는지도 모른다. 둘째 연의 시각적 이미지가 셋째 연에 와서 청각적 이미지로 바뀌는 시의 재미도 보여 준다. 그러나 이 시의 맛은 말로 완전히 설명될 수 없는 데 있다. 신비성을 가지고 있다는 소리다. 정말 좋은 시는 합리적으로 설명될 수 없는 법이라는 선인들의 말에

조오현 시인은 여섯 살에 소 머슴으로 입산, 절간에서 잔뼈가 굵은 뒤 승려가 된 그는 군사정권에 의해 비리 폭력 승려로 낙인찍혀 해외로 도피한 특이한 이력을 가지고 있다. 1959년 조계종 승려가 되었다. 불교를 매 맞아 온 종교로 표현하는 그의 생각의 바탕에는 실천을 통해 얻은 철학이 있다. 1968년 《시조문학》으로 등단. 《심우도》[1978], 《산에 사는 날에》[2001], 《아득한 성자》[2007] 등의 시조집을 냈으며 2007년 정지용문학상을 수상했다. 1932년에 태어남.

수긍이 간다.

> 나이는 뉘엿뉘엿한 해가 되었고
> 생각도 구부러진 등골뼈로 다 드러났으니
> 오늘은 젖비듬히 선 등걸을 짚어 본다
>
> 그제는 한천사 한천 스님을 찾아가서
> 무슨 재미로 사느냐고 물어 보았다
> 말로는 다할 수 없으니 운판 한 번 쳐보라, 했다
>
> 이제는 정말이지 산에 사는 날에
> 하루는 풀벌레로 울고 하루는 풀꽃으로 웃고
> 그리고 흐름을 다한 흐름이나 볼 일이다.

— 〈산에 사는 날에〉 전문

"무슨 재미로 사느냐"라는 질문이 문득 이백의 칠언절구 〈산중문답山中問答〉을 떠오르게 한다. 〈산중문답〉에서는 왜 푸른 산에 사느냐고 물으면 "대답없이 웃겠다笑而不答"고 말하는데 이 시에서는 "운판한 번 쳐보라"고 대답한다. 〈산중문답〉이 "복사꽃 흐르는 저 물에 아득히 떠나가니 / 별천지 따로 있어 인간세상 아니라네桃花流水杳然去 / 別有天地非人間"하고 이상향의 제시로 맺은 데 대하여 이 시는 "하루는 풀벌레로 울고 하루는 풀꽃으로 웃고 / 그리고 흐름을 다한 흐름이나 볼 일이다"하고 허망한 인간사로 맺은 점도 주목할 대목이다. 〈산중문답〉을 두고 명나라 사람 이동양이 시의 뜻을 정의하여 "시의 귀함은 그 뜻에 있다. 뜻의 귀함은 담백하면서도 심오한 데 있지, 농후하면서도 천박한 데 있지 않다. 농후하면서도 천박한 뜻은 알기 쉽지만 담백하면서도 심오한 뜻은 알기 어렵다. 예컨대 이백의 칠언절구 〈산중문답〉이 바로 그 뜻이 담백하면서도 심오하기로 유명한 작품이다. 특히 '복사꽃 흐르는 저 물에 아득히 떠나가니 / 별천지 따로 있어 인간세상 아니라네'라고 읊은 명구의 오묘한 뜻은 유식자들은 알기 쉽겠지만 범부 속인들은 알기 어려울 것이다"라고 한 말은 부분적, 혹은 비판적으로 이 시에도 해당하겠지만, 우리 시 전체에 대해서 매우 유용한 비판이 될 수도 있을 듯싶어 인용해 본다.

마지막으로 그의 시로서는 짜임새가 덜하지만 그의 사람됨을 알기에 합당한 한 편의 시를 더 읽어 보기로 하자.

아무리 어두운 세상을 만나 억눌려 산다 해도
쓸모 없을 때는 버림을 받을지라도
나 또한 긴 역사의 궤도를 받친
한 토막 침목인 것을, 연대인 것을

영원한 고향으로 끝내 남아 있어야 할
태백산 기슭에서 썩어가는 그루터기여
사는 날 지축이 흔들리는 진동도 있는 것을

보아라, 살기 위하여 다만 살기 위하여
얼마만큼 진실했던 뼈들이 부러졌는가를
얼마나 많은 사람들이 파묻혀 사는가를

조오현 시인의 시는 열려 있는, 화통한 인간의 모습만을 보여 주지 않는다. 오히려 번민과 갈등, 고뇌가 깊고 얕게 음각되고 양각되어 있다.

비록 그게 군림에 의한 노역일지라도
자칫 붕괴할 것만 같은 내려앉은 이 지반을
끝끝내 받쳐온 이 있어
하늘이 있는 것을, 역사가 있는 것을.

―〈침목枕木〉 전문

조향미
작은 것에서 큰 아름다움을 보는

못나고 흠집 난 사과만 두세 광주리 담아 놓고
그 사과만큼이나 못난 아낙네는 난전에 앉아 있다
지나가던 못난 지게꾼은 잠시 머뭇거리다
주머니 속에서 꼬깃꼬깃한 천 원 짜리 한 장 꺼낸다
파는 장사치도 팔리는 사과도 사는 손님도
모두 똑같이 못나서 실은 아무도 못나지 않았다

— 〈못난 사과〉 전문

정영상 시인은 전교조 활동을 하다가 해직되어 있던 중 1993년 단양에서 심장마비로 세상을 떠났다. 그 직전 나는 자주 단양엘 갈 일이 있어 종종 정영상 시인과 어울렸는데, 술자리에서 그가 비장한 얼굴로 외는 시가 도종환 시인의 〈낙동강〉이었다.

> 굽이굽이 칠백리 봄의 낙동강을 따라간다
> 사랑의 힘으로 혁명가가 되어가는 여인이 있었지
> 형평운동을 하며 참사람이 되어야겠다고 했었지
> 시를 쓰는 아내와 네 살짜리 아들을 두고 너는 갔지
>
> ― 도종환, 〈낙동강〉 부분

　　포석 조명희의 소설 〈낙동강〉의 몇 구절을 빌려 쓴 이 시가 그 몇 해 전에 부산에서 전교조 운동을 하다가 위암으로 쓰러진, 역시 시를 쓰는 신용길 시인을 두고 쓴 시라는 설명도 그는 잊지 않았다. "시를 쓰는 아내"라는 대목도 강조를 했는데, "나이 들수록 / 슬픔도 자라는가 / 올해 내 슬픔은 서른 여덟 살 먹었다 / 내 싸움과 술버릇과 동갑이다 / 앞으로 중독이 되어 / 불치의 병이 될 / 내 슬픔이여."(정영

상, 〈불치의 병〉)에서 볼 수 있듯, 불같이 격하고 급한 성격과는 대조
적으로 탐미적이고 결벽증이 심한 그는, 운동이라는 측면에서는 신
용길 시인을 존경하지만 시인으로서는 그의 아내를 더 좋아한다는
말도 했었다. 적어도 시에서는 운동성보다 미적 완성도를 더 높이 친
다는 소리였다. "그의 아내"의 시를 들려주었던가는 기억에 없지만,
바로 신용길 시인의 아내인 조향미 시인의 《길보다 멀리 기다림으로
뻗어 있네》를 읽으면서 나는 도종환 시인이나 정영상 시인이 왜 그렇
게 "시를 쓰는 아내"라는 대목에 액센트를 두었는가를 알 수 있었다.
"성직이다 전문직이다 / 배부른 자들의 궤변에 속아 / 선생 좋다는
방학도 반납하고 / 일직 숙직을 하며 채점을 하는 / 우리는 과연 누
구인가"(신용길, 〈교사는 노동자다〉)라고 외친 참교육 운동가 남편으로
부터 오는 이미지와는 달리 그녀는 모든 삶과 생각을 몇 마디 말로
수렴하는, 말로 경험하고 말로 재현하는 생래적 시인이었기 때문이
다. 가령,

　　　　가슴 수북이 가랑잎 쌓이고
　　　　며칠내 뿌리는 찬비
　　　　나 이제 봄날의 그리움도
　　　　가을날의 쓰라림도 잊고
　　　　묵묵히 썩어가리
　　　　묻어 둔 씨앗 몇 개의 화두話頭
　　　　푹푹 썩어서 거름이나 되리
　　　　별빛 또록한 밤하늘의 배경처럼
　　　　깊이 깊이 어두워지리

― 〈겨울 골짜기〉 전문

가랑잎, 찬비, 밤하늘의 별빛, 깊은 어둠의 이미지들을 통하여 사
람이 원초적으로 가지고 있는 깊은 슬픔과 아픔, 쓸쓸함과 외로움을
부각시키는 데 크게 성공하고 있었다. 나는 이 시를 읽으면서 엉뚱하
게도 실연으로 평생을 독신으로 살다 간 19세기 미국의 시인 에밀리
디킨슨의 〈예감〉이란 시를 떠올렸다.

예감은 잔디 위에 드리운 저 긴 그림자
해가 지고 있다는 표시
두려워 떨고 있는 풀잎에의 알림
어둠이 막 지나려 하고 있다는

― 에밀리 디킨슨, 〈예감〉 전문

〈문〉도 크게 감동을 주었던 시다.

밤 깊어
길은 벌써 끊어졌는데
차마 닫아 걸지 못하고
그대에게 열어 둔
외진 마음의 문 한 쪽

헛된 기약 하나
까마득한 별빛처럼 걸어둔 채

삼경 지나도록
등불 끄지 못하고

홀로 바람에 덜컹대고 있는
저 스산한 마음의 문 한 쪽

—〈문〉 전문

밤은 깊어 길은 끊어졌지만 돌아오지 못할 그대를 기다리는 마음을 버릴 수가 없다. 그것을 "삼경 지나도록 / 등불 끄지 못하고" "홀로 바람에 덜컹대고 있는 / 저 스산한 마음의 문 한 쪽"에 비유하고 있다. 시의 성공은 곧 비유를 잘했느냐의 여부에 달려 있다고 말한 시인도 있었지만, 이 비유들은 아주 적절하여 시인의 개인사를 모르는 사람도 다 이루지 못한 사랑의 아픔에 깊이 빠져들게 만든다. 또 이 시는 영국의 시인 존 키츠가 말한 것처럼 "나무의 발아처럼 자연"스럽게 우리 기억 속의 실타래 한 끝을 잡는 역할을 한다. 마치 이 아픔이 우리가 직접 겪은 것 같은 느낌을 갖게 한다는 소리다.

두 번째 시집 《새의 마음》에는 〈겨울 골짜기〉나 〈문〉의 세계가 더 깊어지고 확대되었음을 보여 주는 시가 여러 편이다. 우선 〈가을 해후〉를 들 수 있을 것이다.

그대 가는구나
지친 울음 마침내 가라앉고
고요한 봇물 비친

조향미 시인은 1961년에 태어났다. 시집으로는 《길보다 멀리 기다림은 뻗어있네》
1994, 《새의 마음》2000, 《그 나무가 나에게 팔을 벌렸다》2006 등이 있다.

산그림자 은은히 깊다
못둑 들꽃에 잠시 앉았다
떠나는 잠자리
하르르 저 결고운 햇살 속으로
그대 아주 가는구나

— 〈가을 해후〉 전문

"그대 가는구나"로 시작되지만 이 시를 헤어짐의 슬픔이나 아픔을 노래한 시로 읽어서는 안 될 것이다. 오히려 제목 '가을 해후'가 시사하듯 헤어짐에서 만남의 의미를 찾으려는 의도가 있는 것으로 읽을 수 있을 터이다. 말하자면 이 시에는 "못둑 들꽃에 잠시 앉았다 / 떠나는 잠자리"처럼 "그대 아주 가"기 때문에 "그대"와 새롭게 만난다는 뉘앙스가 있다. 만해가 〈님의 침묵〉에서 "님은 갔지만은 나는 님을 보내지 아니하였습니다"라고 한 구절이 생각나는 대목이다. 그러나 이 시가 빛나는 것은 그것 때문만이 아니다. "고요한 봇물 비친" "은은히 깊"은 산 그림자, "못둑 들꽃에 잠시 앉았다 / 떠나는 잠자리" "결고운 햇살" 등의 수채화처럼 맑고 고운 색채에 주목할 필요가 있을 것이다.

그리고 이 고운 색채의 수채화가 보여 주는 것은 슬픔 속에서도 바로 인간이니까 발견할 수 있는 아름다운 삶의 결이다.

두근두근 상기된 하늘
바다는 마침내
둥글고 빛나는 알 하나를 낳았네

저 광대무변 깊은 우주

태초 이래 어김없는 새벽마다

이 붉은 알은 태어나고 태어나

삼라만상 찬란히 부화하였구나!

　　　　—〈일출〉 전문

　해에서 알을, 일출에서 삼라만상의 부화를, 우주에서 어머니의 모습을 보는 이 시는 일출처럼 찬연하고 밝다. 이 밝음 지향은 두 번째 시집 곳곳에서 감지되는데, 첫 시집의 시 〈겨울 골짜기〉의 "깊이 깊이 어두워지리"나 〈문〉의 "저 스산한 마음의 문 한 쪽"도 실은 이와 같은 지향의 한 과정이었을 것이라고 생각한대도 크게 어긋나는 것은 아닐 터이다.

　그렇다면 이 시집에서 가장 빼어난 시 한 편인 추사 김정희의 〈세한도〉를 연상시키는, 춥고 어두운 분위기의 〈동안거冬安居〉도 같은 맥락에서 읽어 무방할 것이다.

새 한 마리 날지 않는 차가운 하늘

길은 모두 눈 속에 묻혔고

마을의 마지막 등불도 꺼져

다시 깊고 깊은 겨울이다

바람에 덜컹대는 사립문을 닫아 걸고

한밤내 물결치는 대숲 소리 들으며

가슴 속 무딘 칼 한 자루

푸른 댓잎처럼 벼려

버히리라 저 운수행각 지나온 길
구름처럼 풀어버리지 못한
세간의 꿈도 헛된 인연도
그리고 언 땅처럼 침묵하리라

— 〈동안거〉 전문

　그러나 이 시인의 시정신의 근본은 남들이 거들떠도 보지 않는 작은 것, 하찮은 것에서 큰 아름다움, 진짜 아름다움을 찾는 데 있지 않나 여겨진다. 어떤 마음가짐으로 시를 쓰는가를 단적으로 보여 주는 시가 〈들꽃 같은 시〉다.

그런 꽃도 있었나
모르고 지나치는 사람이 더 많지만
혹 고요한 눈길 가진 사람은
야트막한 뒷산 양지바른 풀밭을 천천히 걷다가
가만히 흔들리는 작은 꽃들을 만나게 되지
비바람 땡볕 속에서도 오히려 산들산들
무심한 발길에 밟히고 쓰러져도
훌훌 날아가는 씨앗을 품고
어디서고 피어나는 노란 민들레
저 풀밭의 초롱한 눈으로 빛나는 하얀 별꽃
허리 굽혀 바라보면 눈물겨운 작은 세계

참, 그런 눈길 고요한 사람의 마을에는

들꽃처럼 숨결 낮은 시들도
철마다 알게 모르게 지고 핀다네

　　　―〈들꽃 같은 시〉 전문

　"고요한 눈길"을 가지고 "야트막한 뒷산 양지바른 풀밭을 천천히
걷다가" "허리 굽혀" "눈물겨운 작은 세계"를 찾아내는 것, 이것이
바로 이 시인의 시작詩作이라 할 수 있을 터로, 곧 이 시인이 이상으
로 생각하는 세계이기도 할 것이다.

못나고 흠집 난 사과만 두세 광주리 담아 놓고
그 사과만큼이나 못난 아낙네는 난전에 앉아 있다
지나가던 못난 지게꾼은 잠시 머뭇거리다
주머니 속에서 꼬깃꼬깃한 천 원 짜리 한 장 꺼낸다
파는 장사치도 팔리는 사과도 사는 손님도
모두 똑같이 못나서 실은 아무도 못나지 않았다

　　　―〈못난 사과〉 전문

　시에서 세련된 말의 재미나 고도의 정신세계의 흐름을 찾으려는
독자들은 발상이 너무 범상하고 작법이 단순 소박해서 불만스러워할
는지도 모를 시다. 긴장감이 떨어진다고 말하는 사람도 있을 것이다.
그러나 그냥 지나칠 수도 있는 평범하디 평범한 거리의 사과 장수 아
낙네에게서 이런 아름다움을 발견하는 것은 아무나 할 수 있는 일이
아니다. 사과 장수 아낙네만큼이나 몸을 낮추어야 비로소 가능한 일

조향미 시인의 시정신의 근본은 남들이 거들떠도 보지 않는 작은 것, 하찮은 것에서 큰 아름다움, 진짜 아름다움을 찾는 데 있다.

인데, "삶이란 게 한곳에 머물 수 없어 여기저기 옮기다 보면 한동안은 여기에 없는 거기의 것만 생각나지. 그러다 또 새로 둘러보면 거기서 못 보던 게 여기에선 보인다"라고 진술하고 있는 〈위치〉는 이 시인의 삶의 태도를 가장 잘 보여 주는 재미있는 시다.

이 시인의 시는 이제 더 이상 어둡지만은 않다. 어두운 골짜기를 지났다는 느낌이다. 밝음을 지향하는 의식도 있고 의도도 보이는데 이것이 어둠의 골짜기를 다 지났다는 데 연유하는 것만은 아닌 것 같다. 남들은 거들떠도 보지 않는 눈물겨운 작은 세계를 허리 굽혀 바라보고(〈들꽃 같은 시〉), 못난 것들의 아름다움을 찾아내고(〈못난 사과〉), 거기에서 못 보던 것을 여기에서 보는(〈위치〉) 삶과 오히려 무관하지 않을 것이다. 시인이 《녹색평론》 독자 모임을 이끌고 전교조며 국어교사모임 등 여러 모임에서 적극적으로 일하는 행위도 시적 바탕이 되고 있다고 말할 수 있을 것이다.

> 햇볕이 넘실넘실
> 사방 팔방 날아온
> 오만 가지 풀씨
> 멋대로 자란 풀밭
> 아무도 돌보지 않은 공터
> 큰 나무 한 그루 없어
> 오히려 싱그런 풀꽃들이
> 자유로이 풍요로이
> 열린 하늘 아래 넘실넘실
>
> ― 〈양지밭〉 전문

이 시는 시인이 요절한 교육 운동가의 아내라는 이미지와는 사뭇 거리가 있다. 또한 세속의 잣대로 재는 옳은 소리와도 또 다르다. 다만 밝고 환할 뿐이다. 그녀의 시가 빛나기 시작했다는 증좌다.

서정춘
균열이 심한 물사발 혹은 마디 굵은 대 같은

여러 새가 울었단다
여러 산을 넘었단다
저승까지 갔다가 돌아왔단다

—〈단풍놀이〉 전문

서정춘 시인과는 인연이 깊다. 1970년대 초 나는 갈 데가 없어 세계문학전집을 새로 내는 한 출판사에서 아르바이트를 하고 있었다. 번역이 다 끝나고 교정 단계에 있는 전집의 마지막 마무리로 번역이 잘못된 부분을 손질하고 안 된 부분을 새로 하는 일 등이 내가 하는 일이었다. 일이 급해지자 아예 몇이 여관을 잡고 먹고 자면서 일을 했는데, 그때 회사와 인쇄소와 우리 사이를 오가며 일을 보아 준 이가 서정춘 시인이었다. 나는 그가 시인인 것을 알지 못했다. 허름한 점퍼때기를 걸치고 구부정하니 몸을 구부린 채 술값이 모자란다면 회사로 달려가 술값을 조달해 오고, 교정지가 필요하다면 인쇄소에 가서 교정지를 빼 오는 그를 회사에서 잔심부름이나 하는 말단 직원 쯤으로 알았다. 사실은 그도 나와 같이 회사 일이 바빠서 임시로 고용된 처지였는데, 일이 다 끝나고 임시 고용인들을 해산하는 자리에서 그는 사장이 "서정춘은 계속 우리하고 일하지"라고 말해 재고용되었다.

  두 달여 함께 일했지만 나는 그때처럼 그가 얼굴을 활짝 펴고 웃는 것을 처음 보았다. 사장이 우리가 그에 대해서 잘 모른다고 알았는지, 서정춘이 그 전 해에 《신아일보》 신춘문예에 시가 당선된 시인이기도 하다고 덧붙임으로써, 그 자리는 그가 우리에게 처음으로 공식

소개되는 자리이기도 했던 것 같다.

헤어지기 직전 그는 나를 대폿집으로 끌고 들어갔다. 이것이 제대로 된 첫 취직이라는 것, 고향이 전남 순천으로 몹시 가난하게 살았다는 것, 어릴 때부터 하도 굶어 지금도 언제 또다시 굶을지 모른다는, 말하자면 기아에 대한 공포에서 헤어나지 못하고 있다는 것, 대개 이런 얘기들을 그는 했던 것 같다. 그 무렵 발표하기 시작한 내 시를 좋아한다는 말도 했다. 그 자리가 아마 내가 그로부터 술을 얻어마신 첫 자리였을 것이다.

우리 인연은 그것으로 끝나지 않았다. 두어 달 뒤부터 내가 그 출판사에서 편집을 맡게 된 것이다. 그 무렵 나는 막《창작과비평》에 〈눈길〉, 〈파장〉 같은 시를 발표하고 있었는데, 그는 "형님하고 같이 일하게 되다니 기쁘요" 하면서 "두고 보시요잉, 형님 시가 앞으로 대단히 높이 평가될 테니까" 하고 듣기 좋은 예언을 해서 기분이 좋아진 나는 종종 그를 술집으로 데리고 들어갔다. 그는 제작을 담당하고 있었는데 밤이고 낮이고 구별 없이 일에 매달렸다. 술을 마시다가도 인쇄소에 전화를 해 보고는 "안 되겠어요, 내가 가 봐야지" 하고 달려 나가곤 했다. 그렇다고 회사에서 제대로 대우를 받는 처지도 못되었다. 나나 다른 직원에 비해서도 대우가 터무니없음을 우리가 분개하면 그도 같이 분개하다가도 "사장이 나만 철석같이 믿고 있는데 제작에 차질이라도 나면 큰일"이라면서 매일처럼 출근은 제일 일찍 하고 퇴근은 제일 늦게 했다. 결국 그는 이런 성실성, 정직성, 부지런함으로 해서 내가 5년 만에 그만둔 이 출판사에서 30여 년을 근무, 정년으로 퇴직을 했다. 영세 규모를 벗어나기 힘든 출판계에서는 아주 드문 경우이다.

서정춘 시인 얘기를 하면서 나는 첫 시집《농무》와의 인연을 빼놓을 수가 없다. 서정춘 시인이 아니었던들《농무》는 세상에 나오지 못했을 것이다. 내가 자비 출판으로라도 시집을 내야 하는가 고민할 때, 내야 한다고 격려하고 윽박지른 것이 바로 그였다. 자비 출판이라고 하지만 그가 제 돈 들여 뛰어다니면서 제작비를 깎고 또 깎았기 때문에 실제로 내가 낸 돈은 얼마 되지 않았다. 시집이 나왔을 때도 그는 제 시집 나온 것만큼이나 반가워했다. "누가 아요, 형님 시집 때문에 내 이름이 문학사에 오를는지." 그는 왜 시를 쓰지 않느냐고 내가 나무라면 직접 좋은 시를 쓰는 일도 중요하지만 좋은 시를 찾아주는 일도 중요하다는 뜻의 말을 하곤 했다.

그와 함께 5년을 있는 동안 시 애기도 많이 했던 것 같다. 대개의 아침이 전날 그가 읽은 시 애기로부터 시작되곤 했다. 그의 시에 대한 안목은 대단해서 그때 나는 두어 신문에 시 월평을 쓰면서 그의 말을 크게 참고했다. 하지만 나는 그 5년 동안 번듯한 문예지에서 그의 이름을 본 일이 거의 없다. 그렇다고 시에 게으른 것 같지도 않아, 나는 종종 그에게 왜 시를 쓰지 않느냐고 추궁하고는 했는데 그의 대답은 한결같았다. "공부가 덜 돼서요." 시는 쓰면서 공부하고 공부하면서 쓰는 것이 아니겠느냐고 하면 그는 한 유명 시인을 예로 들면서 대답했다. "그렇게 설사하듯 시를 쓰는 거라면 나도 못 쓸 것 없지요. 그 양반의 시 천 편이 함형수의 〈해바라기의 비명〉 한 편을 못 당할 걸 아는데 어떻게 함부로 시를 쓴다요. 천천히 쓰지요. 좋은 시 다섯 편만 남길라요."

벌어먹는 데가 달라진 뒤에도 오다가다 마주치는 일이 많았다. 그때마다 그는 빼놓지 않고 "형님, 그 시 좋습디다" 또는 "그 시는 좀 떨어집디다요" 하고 한마디 했다. "자넨 언제 시집 내는 거야, 시인들이 모두 미친 듯이 시를 써 대니까 덜 쓰는 것도 좋지만, 구두쇠도 지나치면 돈에 녹이 슨다구" 하면서도 나는 언젠가는 그가 좋은 시 몇 편 들고 나오리라는 것을 믿어 의심치 않았다. 한데 1995년 깊은 겨울 그로부터 전화가 왔다. 시집을 내 준다는 데가 있어 낼 생각인데 해설을 써 줄 수 없겠느냐는 것이었다. 나는 반가워 단박에 허락을 하고 그가 만나자는 곳에 나가 시집 원고를 받았지만, 그 순간 실망했다. 시가 겨우 34편이었기 때문이다. 30년 동안 쓴 시가 겨우 34편이라니 이건 시에 대해서 인색해도 너무 인색한 것이 아닌가. 내 이런 핀잔에 그는 "나가 무슨 할 말이 있겠소" 하고 머리만 긁었다. 그러나 그 자리에서 시 몇 편을 읽는 순간 내 실망은 기쁨으로 변했다. 시에 인색을 떨고 구두쇠 노릇을 한 결과가 시에 다 나타나 있다고 느껴졌기 때문이다. 주옥 같은 시, 이런 말이 비로소 실감되었는데, 그 자리에서 읽는 시 한 편 한 편이 다 주옥처럼 빛나고 있었다.

시력 30여 년에 시집이 한 권. 그것도 34편의 작은 시집! 과연 시에 대해서 인색하기 짝이 없는 구두쇠다. 게다가 몇 편을 빼면 모두 단시다. 말에도 어지간히 인색했다는 소리다. 그러나 시집을 꼼꼼히 읽어 보면 인색하게 군 보람이 있다는 느낌이다. 촌철살인이라는 말이 있지만, 에피그램적인 요소를 가지고 있지 않으면서도 몇 마디로 사람의 폐부를 찌르는 것이 그의 시들이다.

여러 새가 울었단다
여러 산을 넘었단다
저승까지 갔다가 돌아왔단다

— 〈단풍놀이〉 전문

서정춘 시인의 시는 대부분 짧은 시다. 촌철살인이라는 말이 있지만 풍자적인 요소를 가지고 있지 않으면서도 몇 마디로 사람의 폐부를 찌르는 것이 그의 시들이다.

말하자면 이 시는 붉고 노란 단풍을 즐기면서 자신이 살아온 길을 회상하는 시다. 이 시에는 아픈 과거에 대한 한 맺힌 울음이 있고 용케도 살아왔다는 안도의 한숨이 있고, 불확실한 미래에 대한 불안이 있다. 그가 어떤 환경에서 자랐고 어떤 성장기를 보냈는가를 더 명료하게 알게 하는 시는 첫머리에 실린 '1959년 겨울'이라는 부제가 붙은 〈30년 전〉이다.

어리고, 배고픈 자식이 고향을 떴다

── 아가, 애비 말 잊지 마라
가서 배불리 먹고사는 곳
그곳이 고향이란다

─ 〈30년 전〉 전문

자식을 배불리 먹일 능력이 없는 "애비"는 "배불리 먹고사는" 것을 가장 값있는 일로 생각했을 것이다. 그래서 자식을 떠나보내며 배불리 먹고사는 곳 그곳이 고향이지 고향이 따로 있는 것이 아니라고 말한다.

시인이 늘 말하던 기아 공포라는 말이 이해되는 대목이다. 그의 말에 따르건대 그는 유년 시절, 소년 시절을 굶주림 속에서 살았으며, 한때는 오로지 밥을 먹기 위해서 순천 바닥을 양아치로 떠돌았다고 한다. "제 얼굴이 험상궂지요잉. 이게 다 그때 하도 고생을 해서 그렇당께." 언젠가 그가 술에 취해서 하던 말이다. 하지만 그의 시는 험상궂기는커녕 그지없이 아름답다.

나는 이슬방울만 보면 돋보기까지 갖고 싶어진다

나는 이슬방울만 보면 돋보기만한 이슬방울이고

이슬방울 속의 살점이고 싶다

나보다 어리디어린 이슬방울에게

나의 살점을 보태 버리고 싶다

보태 버릴수록 차고 달디단 나의 살점이

투명한 돋보기 속의 샘물이고 싶다

나는 샘물이 보일 때까지 돋보기로

이슬방울을 들어 올리기도 하고 들어 내리기도 하면서

나는 이슬방울만 보면 타래박까지 갖고 싶어진다

— 〈초로草露〉 전문

시인은 어린이의 순진함과 마술사의 솜씨를 동시에 지녀야 한다는 말은 시를 얘기할 때 흔히들 하는 소리지만, 이 시를 읽으니 정말 이 말이 실감난다. 어린이의 순진무구함과 장인의 빼어난 말솜씨가 없이는 이런 시는 쓸 수 없을 것이다.

나는 시집의 해설에서 "돋보기를 통한 이슬방울과의 교감, 이슬방울로의 귀의, 샘물로의 승화 연결 등이 보탤 데도 깎을 데도 없는, 극도로 아낀 말을 통해 그려진 시다. 돋보기가 타래박으로 바뀌는 대목도 재미있다. 이 시를 읽으면서 단단한 돌을 끌로 쪼는 시인의 모습을 연상하는 것은 비단 나 하나만이 아니리라. 그러나 이 시의 더 큰 미덕은 절대순수를 지향하는 그 맑고 깨끗한 시심에서 찾을 수 있을 것이다. 어리디어린 이슬방울에게 나의 살점을 보태 버리고 싶다는 생각은 삿됨이 없어서 비로소 가능한 것이다. 돋보기로 이슬방울을

서정춘 시인은 1968년 《신아일보》 신춘문예로 등단했다. 《죽편》[1996],
《봄, 파르티잔》[2001], 《귀》[2005] 등의 시집을 냈다. 1941년 전남 순천에서
태어남.

들어 올리기도 하고 들어 내리기도 한다는 감각적 표현도 주의를 요한다. 이 감각적 표현이야말로 그의 시의 활력의 동력이 되고 있기 때문이다"라고 쓴 일이 있다. 결국 발상의 순진함, 감각적 표현이 그의 시를 살아 있는 것이 되게 한다는 얘기겠는데, 이런 요소는 다른 시에서도 쉽게 찾아진다.

여기서부터,── 멀다
칸칸마다 밤이 깊은
푸른 기차를 타고
대꽃이 피는 마을까지
백년이 걸린다

―〈죽편竹篇 1―여행〉 전문

밤 기차 ― 대 ― 고향, 연상의 끈을 따라가 보면 이렇게 되겠는데, 깊은 밤 칸칸마다 푸른 불을 밝히고 달리는 기차를 보면서 마디가 굵은 대나무를 연상하고 그 대나무에서 대꽃이 피는 마을을 연상하는 것이 이 시의 대강이다. 대꽃이 피는 마을은 고향일 수도 있지만 너무 먼 데 있는 이상향일 수도 있다. "여기서부터" 하고 쉼표를 찍어 한 박자 쉰 다음 하이픈을 그음으로써 "대꽃이 피는 마을"이 얼마나 먼가를 효과적으로 표현하고 있다. 어쩌면 시인은 이 시를 통해 먼 고향에 대한 그리움보다 현실과 이상 사이의 깊은 괴리를 말하고 싶었는지도 모른다.

내 오십 사발의 물사발에

날이 갈수록 균열이 심하다

쩍쩍 줄금이 난 데를 불안한 듯
가느다란 실핏줄이 종횡무진 짜고 있다

아직 물 한 방울 새지 않는다
물사발의 균열이 모질게도 아름답다

— 〈균열〉 전문

"내 오십 사발의 물사발"은 바로 이 시가 자신의 모습을 그리고 있
음을 말해 준다. 그 물사발이 "날이 갈수록 균열이 심"해지는 것은
생활과 세월 탓, 이런 감정은 보편적이어서 호소력이 있다. 그 균열
사이를 "불안한 듯 / 가느다란 실핏줄이 종횡무진 짜고 있다"도 실감
나는 표현이다.

하지만 이 시의 가장 아름다운 곳은 마지막 연의 "아직 물 한 방울
새지 않는다"의 역설과 "물사발의 균열이 모질게도 아름답다"의 반
어. 앞 구절에서 '언젠가는 새겠지만 아직은' 하는 오기 같은 것이
느껴진다면 뒷 구절에서는 '균열도 또한 아름답지 않으냐'는 체념
같은 것이 느껴진다. 또 이 마지막 연은 꼿꼿하게 늙은 대나무를 연
상시키는 대목도 있다.

서정춘 시인은 함형수의 〈해바라기의 비명〉 같은 시 다섯 편만 남
길 수 있다면 족하다는 뜻의 말을 한 바 있지만, 그보다 훨씬 더 많은
수의 시를 우리 시문학사에 보태게 되었다.

내가 이 글을 쓴 다음다음 해 서정춘 시인은 《봄, 파르티잔》이라는

시집 한 권을 더 냈다. 시인의 말에서 그는 당나라 고승 황벽 선사의 시 "한번 추위가 뼛속까지 스미지 않고는 / 어찌 진한 매화의 향기를 얻으리"를 인용해 놓고는 "이것이 칸딘스키의 화두며 그것이 나에게로 다시 내던져진 터다"라고 말하고 있다. 시에 대한 그의 결벽성이 어데 연유하는지 짐작하게 하는 발언이다. 결국 그는 한마디 절창이 있을 수 있다면 뼛속까지 스미는 추위도 견딜 가치가 있다고 생각하는 탐미주의자인 것이다. 다음은 표제 시 〈봄, 파르티잔〉의 전문이다.

꽃 그려 새 울려 놓고
지리산 골짜기로 떠났다는
소식

　　　　—〈봄, 파르티잔〉 전문

지리산이 나온다고 해서 이 시를 사회 역사적 관심의 시로 읽는다면 잘못이다. 도시를 떠나 지리산으로 들어간 봄과 이 세상을 버리고 산으로 들어간 파르티잔을 지리산을 고리로 연결, 아름다운 이미지를 만들어 내고 있다고 읽는 것이 옳을 것이다. 그가 여기서 추구하는 것은 "매화의 향기"와 같은 진한 아름다움이다.

하늘이 조용한 절 집을 굽어보시다가 댓돌 위의 고무신 한 켤레가 구름 아래 구름보다 희지고 있는 것을 머쓱하게 엿보시었다.

　　　　—〈경내境內〉 전문

조용한 절 집 댓돌 위의 흰 고무신과 하늘의 구름과의 대비, 아마
도 독자들은 이 짧은 시에서 눈이 부시어 볼 수 없는 고무신과 구름
을 동시에 머릿속에 보게 되리라.

서정춘 시인은 한마디 절창을 위해서 모든 것을 버리는 시인이다.
그 버리는 것 속에는 생활까지도 포함될 수 있을 것이다. 누가 뭐래
도 그가 그의 길을 갈 때, 우리 시의 폭은 좀 더 넓어지리라.

이 해 인
진실하고 소박한 믿음의 시인

아침마다
나를 깨우는 부지런한 새들

가끔은 편지 대신
이슬 묻은 깃털 한 개
나의 창가에 두고 가는 새들

단순함, 투명함, 간결함으로
나의 삶을 떠받쳐 준
고마운 새들

새는 늘 떠날 준비를 하고
나는 늘 남아서
다시 사랑을 시작하고……

― 〈새〉 전문

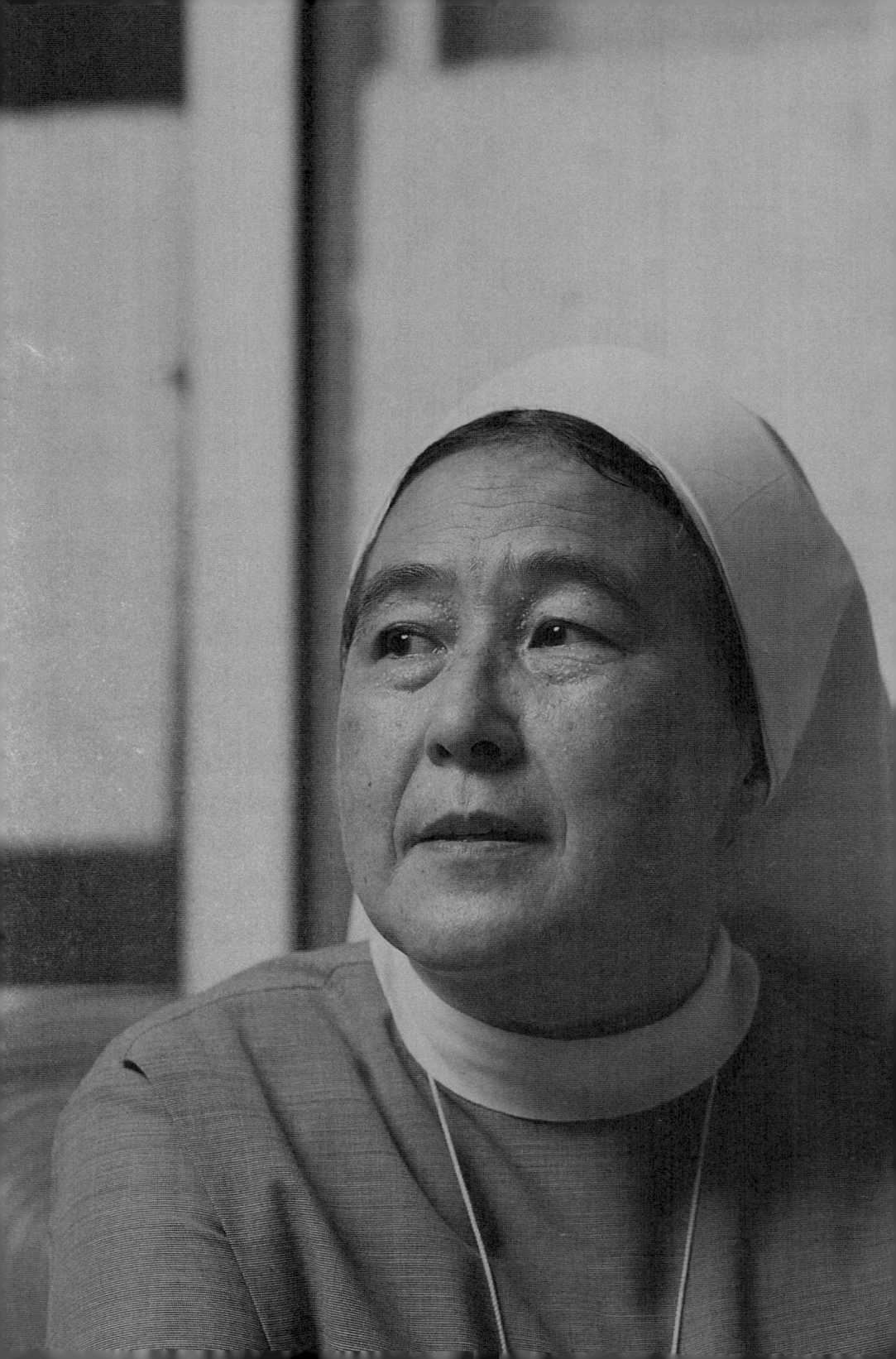

다시 시작한 '시인을 찾아서' 연재가 거의 끝나 갈 무렵이었다. 어떤 술자리에서 이 연재가 화제가 되었는데 동석했던 구중서 교수가 수녀 시인 이해인 얘기를 꺼냈다. 비록 문단과는 떨어져 시를 쓰고 있지만, 시집 서너 권에 50만의 독자를 가지고 있는 이 수녀 시인에 주목할 필요가 있다는 것이었다. 그는 이해인 시가 한국시가 추구해야 할 최고의 가치일 수는 없으며, 그 지나칠 정도로 단순하고 소박한 시어들이 현대시가 지향하는 인식과 사고에 걸맞는가라는 의심은 가지고 있다고 단서를 달기는 했다. 그러나 오늘의 우리 시의 가장 큰 문제가 독자와의 통로가 전적으로 폐쇄돼 있다는 데 있다고 생각할 때, 맹목적으로 독자에게 영합하는 천박한 정서가 아니면서도 쉽게 또 깊게 독자와 소통하는 이해인의 시법은 무시되어서는 안 될 것이라고 강조했다. '시인을 찾아서'에서 그녀를 소외시키지 말라는 이 메시지를 나는 그가 독실한 가톨릭 신자인 탓으로 돌리고 잊고 있었다.

한데 얼마 뒤 내가 대학에서 가르치는 학생 중 하나가 이해인을 주제로 한 리포트를 제출했다. 그 리포트에서 그는 〈민들레의 영토〉, 〈해바라기 연가〉 등을 감상, 해설하고 그가 그녀의 시를 좋아하는 까닭을, 내가 시선집 《불은 언제나 되살아난다》에서 인용한 청나라의 비평가 기윤이 두보의 〈춘망春望〉을 시문학사상 가장 뛰어난 작품이라고 격찬하면서 한 "시가 소박하면서도 진실하여 꾸며진 흔적이란 전혀 찾아볼 수가 없이 극히 자연스럽다"를 재인용하여 설명했다. 말하자면 이해인 수녀의 시의 미덕은 소박하고 진실하고 꾸민 흔적이 없으며 자연스러운 데 있다는 소리였다. 내가 기윤의 이 말을 인용한 것은 이것이 오늘의 우리 시를 평가하는 한 기준이 될 수 있음을 암시하기 위함이었으니, 그 학생은 내가 제시한 기준을 가지고 이해인 수녀의 시를 재단한 셈이었다. 이것이 계기가 되어 이해인 시를 가지고 공부도 하게 되었는데, 일단 〈장미의 기도〉가 중심 공부거리가 되었다.

피게 하소서
주여

당신이 주신 땅에
가시덤불 헤치며
피 흘리는 당신을
닮게 하소서

태양과 바람
흙과 빗줄기에
고마움 새롭히며
피어나게 하소서

내 뾰족한 가시들이 남에게

큰 아픔이 되지 않게 하시며
나를 위한 고뇌 속에
성숙하는 기쁨을
알게 하소서

주여
당신 한 분
믿고
사랑하게 하소서
오직 당신만을 위해
마음 가다듬는
슬기를
깨우치게 하소서

진정
살아 있는 동안은
피흘리게 하소서
죽어서 다시 피는
목숨이게 하소서

— 〈장미의 기도〉 전문

기윤의 말 그대로 소박하고 진실하고 꾸민 데가 없이 자연스러운
시다. 일단 대단한 미덕이다. 하지만 기윤이 오늘 살아 있어 이 시를
읽었다면 두보의 〈춘망〉에 보냈던 찬사를 똑같이 이 시한테도 보냈

이해인 시인의 시에는 투명하고 간결한 새의 이미지와 풀꽃의 이미지가 있다.

을까. 아마 그렇지는 않았을 것이다. 물론 이 시의 호소는 간절하고 표현은 더없이 순결하여 그 울림이 크다. 그 점에서 이 시와 두보의 〈춘망〉과는 상통하는 점이 있다. 하지만 〈춘망〉에는 갈등과 고뇌의 복잡한 과정이 음각되어 있는 반면 이 시에는 그것이 없다.

여기서 '시란 무엇인가'라는 물음이 다시 제시되었으며, 나는 위의 시와 함께 1950~60년대에 활동한 시인 송욱의 〈장미〉를 읽게 했다.

장미밭이다
붉은 꽃잎 바로 옆에
푸른 잎이 우거져
가시도 햇살 받고
서슬이 푸르렀다

벌거숭이 그대로
춤을 추리라
눈물에 씻기운
발을 뻗고서
붉은 해가 지도록
춤을 추리라

장미밭이다
핏방울 지면
꽃잎이 먹고
푸른 잎을 두르고
기진하면은

가시마다 살이 묻은

꽃이 피리라

　　　— 송욱, 〈장미〉 전문

　이 시는 〈장미의 기도〉처럼 금방 이해되지가 않는다. 무슨 얘기를 하고 있는지 잘 모르겠다는 말이 모두의 솔직한 고백이었다. 그렇다고 해서 "나쁜 시"로 단칼에 쳐 버릴 수는 없다고들 말했다. 명확히 잡히지는 않지만 강렬하고 치열한 빛과 진하고 탁한 그늘이 있다는 것이었다. 이글이글 타는 뜨거움이 있고, 세상의 온갖 거짓을 다 벗어 버린 알몸이 있다는 것이다.

　시란 경우에 따라서는 뜻으로가 아니라 느낌으로도 읽는다는 사실을 이 시는 새삼스럽게 일깨운다는 데 의견이 모아졌고, 결국 기윤의 말도 시를 평가하는 중요한 기준은 될 수 있겠으나 절대적인 것일 수는 없다는 점, 아니 시를 평가하는 절대적인 기준이란 아예 있을 수 없다는 점도 다시 확인되었다.

　그럼에도 불구하고 대부분 〈장미〉보다 "우리는 자신에겐 너그러우면서 다른 사람에게는 너무나 가혹합니다. 장미의 입을 빌어 그래서는 안 된다는 것을 표현해 보았습니다"(〈나의 삶과 기도의 시〉,《사이버 시대 젊은이가 시를 꿈꾼다면》)라고 스스로 고백한 바 있는 〈장미의 기도〉를 보다 선호, 시에서 메시지의 중요성이 쉽게 소멸되지 않을 것임을 암시하기도 했다.

　우리 시에서 이해인 수녀가 갖는 무게가 과소평가되고 있다는 데 거의 의견이 일치했는데, 이해인 수녀를 찾아가기까지는 이런 과정이 있었다.

부산의 광안리 해수욕장에서 멀지 않은 곳에 있는 베네딕도 수녀원으로 이해인 수녀를 찾아간 날은 비가 내렸다. 미리 약속이 되어 있었으므로 우리는 곧바로 수녀가 일하는 옛날 유치원 자리의 '해인 글방'으로 안내되었는데, 수녀는 내가 예상했던 것보다 훨씬 소탈한 성격이어서 아주 오래전부터 알고 있었던 사이처럼 반갑게 맞이했고, 망설이거나 꺼리지 않고 묻는 말에 쉽게쉽게 대답하고 촬영에도 매우 협조적이었다. 분주하게 방 안을 오가며 자료도 찾고 시집도 내놓는 그녀의 얼굴에서는 상대를 편안하게 해 주는 미소가 떠나지 않는다. 소녀 적에는 꽤 예뻤을 얼굴이다. 해인 글방은 1997년 유치원 자리에 그녀의 제안이 채택되어 연 곳으로 문서 선교가 주 업무로서, 수녀는 여기서 문자 그대로 글이며 편지를 통해 선교를 하고, 상담실을 열어 신도들의 상담에 응하고, 성경 공부도 지도하며 역사전시실도 관리한다.

말 짬짬이 나더러도 가톨릭에 들어오라고 권하기를 잊지 않는 걸 보니, 어쩌면 그녀로서는 시 쓰기 자체가 하느님의 사랑을 세상에 널리 퍼뜨리기인지도 모르겠다. "내 시가 민들레 홀씨처럼 날아가 이웃과 만나고 이웃과 이웃을 만나게 하면 나로서는 더 바랄 게 없지요."

그러나 수녀로서 시 쓰기란 그리 쉽지만은 않았던 것 같다. 시 쓰기란 본질적으로 세속으로부터 자유로울 수 없는 까닭이다. 특히 첫 시집, 둘째 시집, 셋째 시집이 30만 부가 넘게 팔리는 베스트셀러가 되면서 여러 어려움이 뒤따랐다. 수녀 시인에게 쏠리는 호기심도 겹쳐져 그녀에 대한 기사가 잡지에 나가지 않는 달이 없었으며, 심지어 그녀가 하지도 않은 가짜 인터뷰 기사가 실리기까지 했다. 한 여성지는 수습기자를 뽑으면서 1970년대 대학가의 우상이었던 한 가수와 그녀를 어떠한 방법으로든 취재해 오는 것을 문제로 제출하기까지

했다. 기자 지망생들은 당시 그녀가 몸담고 있던 성분도병원(현 부산 성모병원) 앞에서 진을 치고는 드나드는 수녀들을 잡고 질문을 던지고 카메라의 플래시를 터뜨리는 바람에 그녀는 물론 동료 수녀들도 큰 불편을 겪었다.(김승희, 〈이해인 이변〉)

그녀가 수녀가 된 것은 언니인 이인숙 수녀의 영향이 컸지만, 그녀가 수녀이기 이전에는 꿈 많은 문학소녀였다. 이종 가운데는 문학평론을 하는 현역 평론가도 있는 것을 보면 그녀에게는 문학의 피가 흐르고 있었는지도 모르겠다. 여고 시절에는 신라 문화제의 전국 고교 백일장에서 장원을 하기도 했으니, "아득한 하늘 너머 / 천년 그리운 님의 얼굴이 있어 / 천년을 묵묵히 기다려야 하는가"로 시작되는 〈산맥〉이 바로 그 장원 작품이다. 그녀가 수녀여서 덕을 보는 시인이라는 일부 그릇된 평가에 불만인 듯한 표현을 그녀의 말에서 더러 발견하는 것은, 그녀 나름으로 문학에 대하여 가지고 있는 자신감 탓일 터이다. 이쯤에서 이해인 수녀의 시 한 편을 읽는 것이 좋을 것 같다.

아침마다
나를 깨우는 부지런한 새들

가끔은 편지 대신
이슬 묻은 깃털 한 개
나의 창가에 두고 가는 새들
단순함, 투명함, 간결함으로
나의 삶을 떠받쳐 준
고마운 새들
새는 늘 떠날 준비를 하고

나는 늘 남아서
다시 사랑을 시작하고……

— 〈새〉 전문

단순함, 투명함, 간결함으로 나의 삶을 떠받쳐 준 고마운 새들……
물론 이 시는 이와 같은 새에 대한 사랑의 마음으로 가득한 시다. 마
지막 구절에서 새에 대한 사랑은 새를 창조하신 하느님에 대한 사랑
으로 변주되는데, 이 점 이해인 수녀의 시를 한마디로 "하느님에 대
한 인간적인 사랑의 노래"라고 정의한 다음 "이해인 수녀의 시가 하
나님에 대한 절절한 사랑을 노래하고 있는데 그 발상은 사뭇 인간적
인 형태로 되어 있다. 이 때문에 그녀의 시는 상투적이고 관념적이라
거나 호교적護敎的인 종교시가 아니고, 신선한 인간의 육성으로 들리
게 되는 것이며, 이 점이 그녀의 시를 많은 사람들이 읽게 하는 요인
이 되고 있기도 하다"(《이해인 수녀의 시》)라고 설명한 구중서 교수의
말을 다시 떠올릴 필요가 있을 것 같다. 이어 그는 〈해바라기 연가〉
의 부분을 인용한 다음 "이해인 수녀의 이 사랑이 곧 뜨거운 신앙의
표현 방법이 된다. 그리고 사랑이 깊을수록 기쁨과 함께 고독과 목마
름도 따른다. 또는 해바라기 나팔꽃 바닷가의 빈 배 나무 산, 삼라만
상에서도 사랑과 의미를 발견한다. 이 의미들이 풍성한 동산에 결국
독자들이 많이 모여드는 것이라고 보게 된다"고 했는데, 이 말은 위
의 시를 이해하는 데도 크게 도움이 될 만하다. 새에게서 사랑과 의
미를 발견하고 이 사랑이 곧 뜨거운 신앙의 표현임은 이 시에서도 쉽
게 볼 수 있으니까 말이다. 하지만 상투적으로 하느님에 대한 감사만
을 내용으로 했다면 이 시의 감동은 반감되었을 것이다. 마지막 구절

의 아쉬움과 목마름이 있음으로써 하느님에 대한 절절한 사랑은 인간적인 것이 되며 시의 울림도 그만큼 커진다.

　또 주요한 것은 이해인 수녀의 모든 시에 단순하고 투명하고 간결한 새의 이미지가 있다는 점이다. "꼭 필요한 만큼만 먹고 / 필요한 만큼만 둥지를 틀며 / 욕심을 부리지 않는 새처럼 / 당신의 하늘을 날게 해 주십시오"(〈가난한 새의 기도〉)처럼 바로 새를 주제로 한 시는 말할 것도 없고, 가령 다음과 같은 새와 직접 관련이 없는 시도 이상하게 새의 이미지가 강하다.

　　　우리 함께
　　　기차를 타요.

　　　도시락 대신
　　　사랑 하나 싸들고

　　　나란히 앉아
　　　창 밖을 바라보며

　　　서로의 마음과 마음을
　　　이어서 길어지는
　　　또 하나의 기차가 되어
　　　먼 길을 가요

　　　─〈기차를 타요〉 전문

이해인 시인은 1970년 《소년》에 동시로 등단했다. 시집으로 《민들레의 영토》[1976], 《내 혼에 불을 놓아》[1979], 《오늘은 내가 반달로 떠도》[1979], 《시간의 얼굴》[1989], 《외딴 마을의 빈 집이 되고 싶다》[1999], 《다른 옷은 입을 수가 없네》[1999], 《작은 위로》[2002], 《꽃은 흩어지고 그리움은 모이고》[2004] 등이 있다. 새싹문학상[1981], 여성동아대상[1985], 부산여성문학상[1998], 천상병시문학상[2007] 수상. 1945년 강원도 양구에서 태어남. 부산 성 베네딕도회 수녀로 봉직 중.

세 편의 시로 이루어진 〈새들에게 쓰는 편지〉 가운데 '새에게'를 읽어 보면 그의 이런 시적 성격은 더 뚜렷이 나타난다.

몸과 마음의
무게를 덜어내고 싶을 때마다
오래도록
너를 그리워한다

살아서도
죽어서도
가벼워야 자유롭고
힘이 있음을 알고 있는 새야

먼데서도 가끔은
나를 눈여겨보는 새야
나에게 너의 비밀을
한 가지만 알려주겠니?

모든 이를 뜨겁게 사랑하면서도
끈끈하게 매이지 않는 서늘한 슬기를
멀고 낯선 곳이라도 겁내지 않고
떠날 수 있는 담백한 용기를
가르쳐주겠니?

— 〈새들에게 쓰는 편지〉 부분

하지만 풀꽃의 이미지도 그녀의 시에서 간과해서는 안 될 것이다. 초기 시집 《민들레의 영토》부터 "당신의 맑은 눈물 / 내 땅에 떨어지면 / 바람에 날려보낼 / 기쁨의 꽃씨"(〈민들레의 영토〉) 하고 꽃씨 또는 풀꽃의 이미지를 가지고 있다거나 혹은 풀, 꽃, 열매 등을 소재로 한 시가 유난히 많대서만은 아니다. 그녀의 빼어난 기도시 중의 한 편인 〈풀꽃의 노래〉를 읽어 보면 풀꽃의 이미지가 그녀의 시에서 얼마나 중요한 역할을 하는가를 알기 어렵지 않을 것이다.

나는 늘
떠나면서 살지

굳이
이름을 불러주지 않아도 좋아
바람이 날 데려가는 곳이라면
어디서나 새롭게 태어날 수 있어

하고 싶은 모든 말들
아껴둘 때마다
씨앗으로 영그는 소리를 듣지

― 〈풀꽃의 노래〉 부분

대담이 끝나자 이해인 수녀는 우리를 흩뿌리는 빗속에서 더욱 윤기가 나는 키 큰 나무들로 가득한 동산으로 안내했다. 나무 사이사이 작은 밭이 있어 파며 감자 따위가 심겨 있었는데, 그것을 가리키며 수녀는 말했다. "이 아름다운 나무들 사이에서, 흙을 밟고, 채소를 심는 일, 이것이 다 시지 뭐예요. 시와 기도와 생활이 어디 따로 있겠어요, 다 같이 있는 거지." 그렇다, 이 말이야 말로 누구의 어떤 말보다도 이해인 시의 본질을 꿰뚫는 말이었다.

그날 밤 지리산 아래 작은 산마을까지 나와서 잤다. 새벽에 일어나 창문을 여니 지리산 바람이 가슴으로 밀려든다. 문득 "창문을 열면 / 언제라도 들어와 / 무더기로 쏟아내는 / 네 초록빛 웃음에 취해 / 나도 바람이 될까"라는 〈바람에게〉의 한 구절이 떠오른다.

정호승
눈물과 사랑과 순결의 시인

눈물이 나면 기차를 타고 선암사로 가라
선암사 해우소로 가서 실컷 울어라
해우소에 쭈그리고 앉아 울고 있으면
죽은 소나무 뿌리가 기어다니고
목어가 푸른 하늘을 날아다닌다
풀잎들이 손수건을 꺼내 눈물을 닦아주고
새들이 가슴 속으로 날아와 종소리를 울린다
눈물이 나면 걸어서라도 선암사로 가라
선암사 해우소 앞
등 굽은 소나무에 기대어 통곡하라

— 〈선암사〉 전문

정호승 시인의 시에는 유난히 눈물이 많다. 첫 시집《슬픔이 기쁨에게》만 보아도 제목부터가 그렇지만, 시들도 〈슬픔으로 가는 길〉, 〈슬픔을 위하여〉, 〈슬픔은 누구인가〉, 〈슬픔 많은 이 세상도〉 등 맨슬픔 타령이다. 물론 이 슬픔의 스펙트럼은 "내 진실로 슬픔을 사랑하는 사람으로 / 슬픔으로 가는 저녁 들길에 섰다"(〈슬픔으로 가는 길〉), "우리가 슬픔을 사랑하기까지는 / 슬픔이 우리들을 완성하기까지는 / 슬픔으로 가는 새벽길을 걸으며 기도하라"(〈슬픔을 위하여〉) 또는 "나는 이제 너에게도 슬픔을 주겠다 / 사랑보다 소중한 슬픔을 주겠다"(〈슬픔이 기쁨에게〉) 등에서 볼 수 있듯 한두 마디로 정의할 만큼 간단하지는 않지만, 시를 만들어 내는 그 저변에 눈물이 깔려 있다는 점만은 단정해서 말할 수 있을 것 같다. 초기의 가장 뛰어난 시라고는 말할 수 없으나 그의 시적 원형을 알기에 좋은 시가 〈가두 낭송을 위한 시 1〉이 아닌가 싶다.

　　　　풀잎 위에 앉아서 소년이 운다.
　　　　낙엽 위 동전 줍던 가을은 가고
　　　　멧새 한 마리 하늘 밖으로 사라지는데
　　　　서울의 풀잎 위에 소년이 운다.

지난 가을 어머니를 생각하는지
풀잎 끝 잠자리를 기다리는지
단 하루의 미래를 사는 사람 곁에서
소년의 울음 소리가 서울을 울린다.
서울에는 지금 바람이 불어
인간을 가장 슬프게 하는 바람이 불어
길이란 모든 길은 사라지는데
풀잎 위에 앉아서 소년이 운다.

— 〈가두 낭송을 위한 시 1〉 전문

"지난 가을 어머니"는 지나간 좋았던 시절을 이야기하는 것이고, "풀잎 끝 잠자리"는 미래에 대한 희망을 상징하는 것인가? 또 "단 하루의 미래를 사는 사람"은 무엇에 대한 표상인가, 이 시에 모호한 대목이 없지 않지만, 서울에는 지금 인간을 가장 슬프게 하는 바람이 불고 길이란 길은 모두 사라지는데 소년은 풀잎 위에 앉아서 울고 있다는 주제만은 분명하다. 이 "소년"의 자리에 시인을 대입해서 읽는 일은 결코 틀린 읽기가 아니리라. 시인의 이 자세가 일정 부분 최근의 시에까지 관통하고 있음을 시집 《눈물이 나면 기차를 타라》는 말해 준다. 그 한 구절에서 표제를 따왔을 〈선암사〉를 읽어 보자.

눈물이 나면 기차를 타고 선암사로 가라
선암사 해우소로 가서 실컷 울어라
해우소에 쭈그리고 앉아 울고 있으면
죽은 소나무 뿌리가 기어다니고

목어가 푸른 하늘을 날아다닌다

풀잎들이 손수건을 꺼내 눈물을 닦아주고

새들이 가슴 속으로 날아와 종소리를 울린다

눈물이 나면 걸어서라도 선암사로 가라

선암사 해우소 앞

등 굽은 소나무에 기대어 통곡하라

— 〈선암사〉 전문

　이 시에서 왜 눈물이 났는가에 대해서는 설명도 암시도 없다. 다만 사랑의 실패 혹은 인간사에 대한 실망이 눈물의 근원이라고 생각하는 것은 시를 읽는 데 방해가 되지 않을 것이다. 중요한 것은 좌절감 혹은 실망감의 해법을 눈물에서 찾고 있다는 점이다. 눈물의 결과로 "죽은 소나무 뿌리가 기어다니고 / 목어가 푸른 하늘을 날아다"니는 것을 보며, "풀잎들이 손수건을 꺼내 눈물을 닦아주고 / 새들이 가슴 속으로 날아와 종소리를 울"리는 것을 듣는 것이다. 물론 이 눈물의 해법은 현실적이라고 하기 어렵다. 눈물을 흘린 대상은 그냥 있는데 작중 화자는 도망쳐서 다른 것에서 보상을 받고 있으니까 말이다.

　이쯤에서 이 시와 20년 이상의 시간 차이를 가진 〈가두 낭송을 위한 시 1〉을 대조해 읽는 것도 재미있을 것 같다. 〈가두 낭송을 위한 시 1〉에 눈물의 대상이 명시되어 있는 데 반하여 〈선암사〉에는 그것이 명시되어 있지 않고 거꾸로 〈가두 낭송을 위한 시 1〉에 눈물의 해법이 나와 있지 않은 대신 〈선암사〉에는 그 해법이 나와 있다. 눈물이 그의 시에 일관되고 있기는 하나 그 눈물이 결코 같은 눈물이 아님을 알게 하는 대목이다. 다시 다음의 두 편을 대조해 읽어 보자.

사람들이 잠든 새벽 거리에
가슴에 칼을 품은 눈사람 하나
그친 눈을 맞으며 서 있습니다.
품은 칼을 꺼내어 눈에 대고 갈면서
먼 별빛 하나 불러와 칼날에다 새기고
다시 칼을 품으며 울었습니다.
용기 잃은 사람들의 길을 위하여
모든 인간의 추억을 흔들며 울었습니다.

눈사람이 흘린 눈물을 보았습니까?
자신의 눈물로 온몸을 녹이며
인간의 희망을 만드는 눈사람을 보았습니까?
그친 눈을 맞으며 사람들을 찾아가다
가장 먼저 일어난 새벽 어느 인간에게
강간당한 눈사람을 보았습니까?

사람들이 오가는 눈부신 아침 거리
웬일인지 눈사람 하나 쓰러져 있습니다.
햇살에 드러난 눈사람의 칼을
사람들은 모두 다 피해서 가고
새벽 별빛 찾아나선 어느 한 소년만이
칼을 집어 품에 넣고 걸어갑니다.
어디선가 눈사람의 봄은 오는데
쓰러진 눈사람의 길 떠납니다.

이른 아침에
먼지를 볼 수 있게 해주셔서 감사합니다
이제는 내가
먼지에 불과하다는 것을 알게 해주셔서 감사합니다
그래도 먼지가 된 나를
하루 종일
찬란하게 비춰주셔서 감사합니다

— 〈햇살에게〉 전문

앞의 시는 《슬픔이 기쁨에게》에 실려 있는 시요, 뒤의 시는 《눈물이 나면 기차를 타라》에 실려 있는 시로, 두 시의 제작 연대에는 20년이 넘는 시차가 있다. 두 시가 다 같이 눈물을 그 바탕으로 하고 있지만(뒤의 시의 어디에 눈물이 있느냐고 말하는 사람이 있을는지 모르나 시에 깔려 있는 눈물을 보지 못한다면 제대로 읽은 것이 못 된다), 그 성격은 전혀 판이하다. 예컨대 앞의 시의 눈물이 사회적 성격이 강하다면 뒤의 것은 개인적인 성격이 강하고, 앞의 것이 원과 한의 눈물이라면 뒤의 것은 감사의 눈물이다. 그러나 두 눈물이 다 같이 선한 마음에서 비롯되고 있다는 사실은 주의 깊게 읽어야 할 것이다. 선한 마음이 아름다움, 순결함, 참됨 따위가 결여된 현실과 마주치면서 눈물을 흘린 것이 초기 시라면 현실에서 눈을 돌려 자연 또는 관념 속에서 아름다움, 순결함, 참됨 따위를 찾으며 고마움의 눈물을 흘린 것이 최근의 시라고 말할 수 있을 것이다.

정호승 시인을 만나 본 사람이면 시는 곧 그 사람이라는 격언에 쉽게 동의할 것이다. 자그마한 체구에 선량하기 그지없어 보이는 용모와 눈빛, 그 어느 한구석에도 거짓이나 꾸밈이 들어갈 자리가 있어 보이지 않는다. 시는 만들어지는 것이지 태어나는 것이 아니라는 것이 현대시의 추세이지만, 그를 보면 그의 시는 만들어진 것이 아니라 태어난 것이라는 느낌을 갖게 한다. 또 20세기 이후 시는 대체로 노래하는 대신 생각하고 추구하고 탐구하는 경향을 띠게 되는 것이 사실이지만, 그가 노래하는 시인이 되고 있는 것도 운명적이라는 생각이 든다.

자서自敍에 따르면 그는 대구에서 소년 시절을 보내지만(태어나기는 경북 안동) 한때 고향 하면 "어머니가 계신 서울 상도동 언덕빼기 지저분한 골목"(《내 시의 고향 동네》)을 떠올렸다. "어떻게 공무중에 짬을 내어 어머니가 사시는 상도동 단칸방에서 딱 하룻밤을 자고 귀대한 이후로는 늘 어머니가 계시는 상도동이 고향처럼 느껴졌다. 내 무반에서 어쩌다가 고향 이야기라도 나오면 대구가 생각나는 게 아니라 어디가 어디인지 잘 모르는 서울이 막연히 떠올랐다. 군대생활을 하는 병사들은 늘 고향을 그리워하고 고향에 가고 싶어 하게 마련인데, 그럴 때마다 나는 어머니가 계시는 상도동 그 단칸방을 그리워했다"고 그는 같은 글에서 말하고 있다. 이 고백은 다른 비슷한 시골 출신 시인한테 식상할 정도로 흔한 고향 타령이 이 시인에게 적은 이유에 대한 설명이 된다. 하지만 성장기의 체험이 그의 시에 아무런 흔적도 남기지 않았을까? 그렇지는 않다.

나는 이 신천동에서 자연과 인간을 배우고 가난을 배웠다. 신천동은 나에게 시를 쓸 수 있는 자양분을 공급해 준 유일한 곳이다. 나는 이 신천동에서 계성중학교 1학년 때까지는 퍽 평탄한 날들을 보냈다. 이때까지만 해도 아버지는 은행에 잘 다니시는 평범한 가장이었다. 동네 사람들은 우리 집을 "은행집"이라 불렀고, 아들 둘 딸 둘을 둔 어머니를 복많은 "은행댁"이라 불렀다. 어머니는 새벽 기도를 빠지지 않을 정도로 열심히 교회를 다녔으며, 나는 어머니를 따라 자연스럽게 예수라는 한 인물을 일찍 만나게 되었다. 내가 〈서울의 예수〉 등 기독교적 세계관을 바탕으로 시를 쓸 수 있었던 것은 이 무렵 어머니의 영향이 크다.

— 〈내 시의 고향 동네〉

신앙심이 돈독한 주부가 주인이 되는 소시민의 가정이라는 배경 또한 그의 시의 바탕이 눈물이 되는 데 일정한 영향을 미쳤을 것이다. 그 가정이 지향하는 것은 착한 것, 참된 것, 순결한 것이었을 터이니까 말이다. 그 뒤 아버지의 사업 실패로 집안은 풍파를 겪게 되는데, 그에 따른 어머니의 가난한 상도동 생활은 그의 "눈물"이 사회성을 띠는 데 한몫을 했을 것이다. 그러나 타고난 또는 자라면서 만들어진 그의 선함은 치열하고 철저한 인식을 요구하는 사회성을 견디지 못했고, 마침내 그의 "눈물"은 그가 현실 사회에서 찾지 못했던 것을 자연이나 관념 속에서 찾으면서 고마움의 눈물로 변한 것은 아닐까.

《사랑하다가 죽어 버려라》라는 자극적인 제호의 시집 해설 〈사랑의 시학〉에서 하응백은 "정호승은 사랑의 시인이다. 정호승에게 사랑이라는 문제는 첫 시집 《슬픔이 기쁨에게》에서부터 다섯 번째 시집 《사랑하다가 죽어 버려라》에 이르기까지 지속적인 관심의 대상이 된다"고 지적하고 있지만, 아예 정호승 시 전체를 사랑의 시로 읽는 것도 결코 틀린 시 읽기는 아닐 것이다. 앞에 인용한 시에서도 알 수 있듯 그의 전기 시들에서는 눈물의 원인이 무엇인지 분명히 드러나 있지만 후기 시들에는 그것이 나타나 있지 않은데, 그것을 사랑의 실패에서 찾는다면 어떨까 싶다. 그만큼 그의 시, 특히 7년 만에 낸 다섯 번째 시집 《사랑하다가 죽어 버려라》에는 사랑의 실패를 암시하는 시들이 많다.

> 나는 죽으면 첫눈 오는 날
> 겨울 하늘을 날다 지친 새들 앞에서
> 영혼결혼식을 올리고 싶었다
> 하객들로 새들을 모셔놓고
> 어머니가 새들에게 모이를 주고 있을 때
> 진정으로 사랑하는 한 여자와
> 영혼결혼식을 올리고 싶었다
>
> ─〈첫눈 오는 날〉부분

> 헤어질 때 다시 만날 것을 생각한 것은 잘못이었다
> 미움이 끝난 뒤에도 다시 나를 미워한 것은 잘못이었다
> 눈은 그쳤다가 눈물 버섯처럼 또 내리고
> 나는 또다시 눈 내리는 기차역 부근을 서성거린다
>
> ─〈첫눈〉부분

정호승 시인은 1973년 《대한일보》 신춘문예에 〈첨성대〉로 등단하였다. 시집으로 《슬픔이 기쁨에게》[1979], 《서울의 예수》[1982], 《새벽 편지》[1987], 《별들은 따뜻하다》[1990], 《사랑하다가 죽어버려라》[1997], 《외로우니까 사람이다》[1998], 《눈물이 나면 기차를 타라》[1999], 《이 짧은 시간 동안》[2004], 《새벽편지》[2007] 등이 있다. 소월시문학상[1989], 동서문학상[1997], 정지용문학상[2000] 수상. 1950년 경남 하동에서 태어남.

헤어지느니 차라리 그대 옆에 남아 무덤이 되고 싶던 날들은 가고
다시 병나발을 불자 비안개가 몰려온다
안개 속에서 포크레인이 서울역을 끌고 어디로 간다
동백꽃 그림자가 눈에 밟힌다

—〈흐르는 서울역〉 부분

봄은 오는데 먼 산에 아파트 창틈으로
고놈의 버들개지 봄눈처럼 또 오는데
나는 이혼하고 병들어 술 한 잔도 못 먹는데
죽음이 없으면 삶이 없구나
사람은 살아 있을 때 사랑해야 하는구나
사랑이 희생인 줄 모르는구나

—〈수의壽衣를 만드시는 어머니〉 부분

이런 사랑의 좌절과 실패를 거쳐 그는 마침내 다음과 같은 순결한
사랑에 도달한다.

문득
보고 싶어서
전화했어요
성산포 앞바다는 잘 있는지
그때처럼
수평선 위로

당신하고

걷고 싶었어요

—〈문득〉전문

밥그릇을 들고 길을 걷는다

목이 말라 손가락으로 강물 위에

사랑한다라고 쓰고 물을 마신다

갑자기 먹구름이 몰리고

몇날 며칠 장대비가 때린다

도도히 황톳물이 흐른다

제비꽃이 아파 고개를 숙인다

비가 그친 뒤

강둑 위에서 제비꽃이 고개를 들고

강물을 내려다본다

젊은 송장 하나가 떠내려오다가

사랑한다

내 글씨에 걸려 떠내려가지 못한다

—〈사랑한다〉전문

그러나 눈물과 사랑보다 우리가 정호승 시인에게서 더욱 보지 못하고 지나가서는 안 되는 것은 순결성이다. 눈처럼 깨끗하고 이슬처럼 맑다는 비유가 그의 시에는 아주 적당할 것 같다. 그러고 보니 그의 시에서 초기 시는 제쳐 놓고도(첫 시집의 발문에서 박해석은 그를

"눈사람을 기다리는 시인"이라고 표현했다) 〈자국눈〉, 〈첫눈이 가장 먼저 내리는 곳〉, 〈밤눈〉, 〈봄눈〉, 〈첫눈〉, 〈첫눈 오는 날〉 등 유난히 눈을 소재로 한 시가 많다. 그의 순결성을 말해 주는 대목이다. 또 순결의 시인이라고 말해지는 윤동주를 주제로 두 편이나 시를 썼다는 사실도 이와 무관하지 않을 것이다.

시의 발상이 티없이 맑고 깨끗한 것도 이 연장선상의 미덕일 터로, "내 한평생 버리고 싶지 않은 소원이 있다면 / 나무들의 결혼식에 초대받아 낭랑하게 / 축시 한번 낭송해 보는 일이다 // …… 그리하여 내 죽기 전에 다시 한 가지 소원이 있다면 / 은은히 산사의 종소리가 울리는 봄날 새벽 / 눈이 맑은 큰스님을 모시고 / 나무들과 결혼 한번 해보는 일이다"(〈나무들의 결혼식〉 같은 발상이 그 아니면 과연 누구에게서 가능했겠는가).

그는 최근 여든이 넘은 부친을 모시고 가끔 외식을 즐긴다. 옛날 먹던 그 맛있는 자장면을 다시 먹는 것이 부친의 작은 소망이지만, 그는 아직까지 부친이 만족스러워하는 자장면 집으로 모시지를 못했다. 그것이 지금 그가 가장 안타까워하는 일이다.

김용택
섬진강의 나무와 풀 같은 시인

콩타작을 하였다
콩들이 마당으로 콩콩 뛰어나와
또르르또르르 굴러간다
콩 잡아라 콩 잡아라
굴러가는 저 콩 잡아라
콩 잡으러 가는데
어, 어, 저 콩 좀 봐라
쥐구멍으로 쏙 들어가네

콩, 너는 죽었다

— 〈콩, 너는 죽었다〉 전문

아침밥 먹고

또 밥 먹는다

문 열고 마루에 나가

숟가락 들고 서서

눈 위에 눈이 오는 눈을 보다가

방에 들어와

또

밥 먹는다

— 〈눈 오는 집의 하루〉 전문

　이 시를 처음 읽던 때의 기쁨을 나는 아직도 간직하고 있다. 새 천
년이 어떻고 영상 시대며 사이버 세계가 어떻고 해서 유난히 시끄럽
던 시절이다. 나도 은근히 불안하고 초조해 있었다. 다들 미지의 세
계로 떠나고 나만 고도에 남는 꿈을 종종 꾸고는 했었다. "그래 맞
아." 나는 이 시를 읽으면서 무릎을 쳤다. "삶의 즐거움이란 자전거
에 앉아 달리고 달리는 데만 있는 게 아냐." 나는 하던 일을 팽개치고
교외로 가는 버스를 탔다. 그날은 눈 대신 비가 내렸다. 양수리 호숫

가의 찻집에 들어가 앉아 여러 시간 동안 강물 위에 눈 대신 빗줄기가 떨어지는 것을 구경했다.

물론 이 시는 요즘 젊은 시인들이 좋아하는 생태주의니 페미니즘이니 하는 문제의식 따위와는 거리가 멀다. 입만 벌리면 이미지의 대립이 어떻고 시적 긴장감이 어떠니 하는 사람들에게도 핀잔을 맞기 알맞은 시다. 그러나 상상해 보자. 뒤는 산 앞은 강인데, 밖에는 함박눈이 쏟아지고 또 쏟아지고…… 찾아올 사람이 어데 있으며 전화 올 데가 어데 있으랴. 이런 날 글을 쓴다는 것도 부질없는 일, 할 일이라고는 눈 위에 눈이 오는 것을 구경하며 밥을 먹는 일밖에. 얼큰한 찌개 따위 필요 없고, 밥도 맨밥이 제격이리라. 저 눈 오는 것이 다 이야기고 그림인데 텔레비전을 보아 무엇하랴…… 더없이 한가롭고 평화롭고 편안한 정경이다. 그러나 내가 이 시에서 느낀 것은 이것만이 아니다. 가령 피할 수도 거부할 수도 없다는 생각으로 우리가 좇아가고 있는 세계화며 신자유주의 아래의 오늘의 삶이 정말 행복한가라는 질문을 이 시에서 들은 것이다. 한마디로 느림 또는 게으름의 아름다움을 이 시는 보여 주고 있다.

> 하루 종일 산만 보다 왔습니다
> 하루 종일 물만 보다 왔습니다
> 환하게 열리는 산
> 환하게 열리는 물
> 하루 종일 물만 보고 왔습니다
> 하루 종일 산만 보다가 왔습니다
>
> ─〈하루〉 전문

이 시에서 "하루"가 시간적인 하루만을 이야기하지 않는다는 사실은 더 설명할 필요가 없으리라.

김용택 시인을 섬진강과 떼어서 생각하는 사람은 없다. 우선《섬진강》이 그의 첫 시집이며, '섬진강'을 주제로 여러 편의 연작시를 썼을 뿐더러 그의 시 대부분이 섬진강을 시의 샘물로 하고 있어서다. 더 중요한 것은 그가 한 번도 섬진강을 떠나서 산 일이 없다는 점이다. 산문집《인생》에서 시인 스스로 "나는 평생 동안 강을 보며 살았다. 강물을 따라 왔던 것들은 눈부셨고, 강물을 따라 가 버린 것들도 눈부셨다. 아침 강물은 얼마나 반짝이고 저문 물은 얼마나 바빴던고. 그러면서 세월은 깊어지고 내 인생의 머리 위에도 어느덧 서리가 내렸다"고 고백하고 있는데, 그는 지금도 바로 그 섬진강가의 덕치초등학교에 근무하고 있다. 지난 학기까지는 마암분교에 있었지만 그곳 역시 섬진강가다. 덕치초등학교는 일곱 학급에 전교생이 40명, 그 자신 이 학교 출신으로 그가 졸업할 때만 해도 3백 명이 넘는 큰 학교였다고 한다. 그는 천담분교 등에 잠시잠시 옮겨 가 있은 일이 있기는 하나 이 학교에서만 교사로 21년, 학생으로 6년을 다닌 것까지 치면 30년이 가까운 세월 이 학교와 함께한 셈이다.

그가 담임하고 있는 2학년 학생 일곱 명 중 제자의 자녀들이 다섯이고 그들이 다 동창들의 손주들이니, 그와 이 학교와의 인연은 평생을 두고 이어진 것이나 다름없다. 여기서 그가 나서 자란 진메長山까지는 십 리에 이르는 아름다운 강길, 순창중과 농고까지를 합쳐 거의 30년 가까이 그는 이 길을 걸어다녔다. 교사가 되고도 빨리 다니기가 싫어 그는 일부러 자전거를 타지 않고 걸어다녔다. 철 따라 비가 오고 바람이 불고, 잎이 돋고 꽃이 피고, 낙엽이 지고 눈이 오던 이 길이야말로 그의 시의 마르지 않는 보물 창고이다. 그가 처음 부임해 오던 해(물론 첫 부임지도 이 학교였다) 교정에 심은 나무들이 이제 모두 아름드리 나무가 되어 넓은 그늘을 드리우고 있다.

우리나라에서 농촌 태생으로 농촌에서 생활하면서 글을 쓴 시인은 그를 빼놓으면 없을 것이다. 먹고살 수가 없으니까, 글을 쓸 환경이 안 되니까 모두들 서울로, 아니면 적어도 도시로 빠져나오는 것이 대체적인 예다. 그는 먹고살 직장이 태어난 농촌에 있고 글을 쓸 환경이 되었으니, 어쩌면 매우 행복한 시인이다. 하지만 그를 어리석은 시인으로 생각할 사람도 없지 않을 것이다. 시골에 직장을 가지고 있다가도 글을 쓰기 시작하면 으레 서울이나 도시로 진출하는 것이 상례이다. 글을 쓴다는 것은 도시로 진출하는 데 유리한 조건이 되며, 거꾸로 도시로 나와야 글을 발표할 기회가 더 많이 확보되기 때문이다. 모르긴 몰라도 그도 주위로부터 "너같이 유명한 사람이 왜 시골서 썩냐, 서울 가면 얼마든지 좋은 자리가 있을 텐데" 하는 귀띔을 수 없이 들었으리라. 그러나 그는 그냥 섬진강에 머물러 있다. 마치 나무나 풀처럼 말이다. 이것은 그러려고 해서 되는 일이 아닐 터, 그를 만나 보면 그는 어차피 섬진강을 떠나서는 살 수 없는 사람이라는 생각이 든다. 산문집 《인생》에 붙인 김훈의 〈내 친구 용택이〉에서 두 대목을 인용해 보자.

용택이가 이 새댁을 데리고 신혼여행을 갔다. 호텔방에서 전등을 끄고 일을 치르려는데, 용택이 재주로는 전등을 끌 수가 없었다. 호텔방 전등은 침대 옆 탁자 밑에 붙은 여러 개의 스위치를 눌러서 끄게 되어 있는데, 용택이 촌놈 눈에 이 스위치가 보일 리가 없었다. 벽에 붙은 스위치를 아무리 내려도 전등은 꺼지지 않았다. 산골 출신인 새댁도

호텔방이라고는 평생 처음 들어와 보니 어쩔 도리가 없었다. 그래서 용택이는 의자를 밟고 올라서서 전등갓을 풀고 전등을 돌려 빼서 전등을 껐다. 그랬더니 새댁이 신랑의 이 놀라운 임기응변의 솜씨를 칭찬했다는 것이다……

"먼 놈의 호텔인지 지랄인지 그리 불편하다냐! 아, 전구가 뜨겁기는 빌어먹게 뜨겁드만. 손가락이 홀랑 벗겨졌어야!"

용택이네 학교에서는 담임 선생인 용택이도 시를 쓰고 아이들도 동시를 쓰는데, 내가 보기에는 그 실력이 막상막하인 것 같다. 교실 뒷벽에 〈우리들 차지〉라는 칠판이 걸려 있다. 언젠가 박완서 선생님이 이 학교에 놀러 오셨다가 〈우리들 차지〉에 붙은 글을 죽 읽어보시고는 그중 한 편을 골라 가리키시면서 "이건 참 잘 썼다. 이 아이는 좋은 시인이 될 것 같다. 잘 길러라"라고 말씀하셨다.

그랬더니 담임 선생인 용택이는 뒤통수를 긁으면서

"박 선생님, 그건 제가 쓴 겁니다"라고 말했다.

용택이는 이 기막힌 이야기를 나한테 해 주면서, 그래도 자기가 아이들보다 시를 잘 써서 박완서 선생님한테 칭찬받은 일을 기뻐했다. 용택이는 정말로 이걸 자랑이라고 나한테 자랑한 것이다.

"야, 정말이라니깐. 박완서 선생님이 내 시가 좋다고 했어야!"

어쩌면 '우리들 차지'에 붙어 있다가 박완서 선생한테 칭찬을 받은 시 가운데는 다음의 시도 들어 있지 않았을까.

콩타작을 하였다
콩들이 마당으로 콩콩 뛰어나와

섬진강가 집에서 어머니와 함께. 김용택 시인은 1982년 창비 21인 신작 시집 《꺼지지 않는 햇불로》에 〈섬진강 1〉 등을 발표하면서 작품 활동을 시작했다. 시집으로 《섬진강》1985, 《맑은 날》1986, 《꽃산 가는 길》1987, 《누이야 날이 저문다》1988, 《그리운 꽃 편지》1989, 《그대 거침 없는 사랑》1993, 《강 같은 세월》1995, 《그 여자네 집》1998, 《나무》2002, 《연애시집》2002, 《그대 거침없는 사랑》2003, 《그래서 당신》2006 등이 있다. 김수영문학상1986, 소월시문학상1997 수상. 1948년 전북 임실에서 태어남.

또르르또르르 굴러간다
콩 잡아라 콩 잡아라
굴러가는 저 콩 잡아라
콩 잡으러 가는데
어, 어, 저 콩 좀 봐라
쥐구멍으로 쏙 들어가네

콩, 너는 죽었다

― 〈콩, 너는 죽었다〉 전문

이 빛나는 동시는 처음에는 장난기가 뚝뚝 떨어지는 한 소년의 모습을 보여 주다가 이윽고 그 소년을 이 시인으로 바꾸어 놓는다. 그만큼 그는 삿된 것, 거짓된 것이 없는 사람이다. 시를 한마디로 말하면 삿된 것이 없는 생각이라고 공자는 《논어》에서 《시경》의 시 3백 편을 요약한 바 있지만, 이 정의에 가장 들어맞는 사람이 바로 김용택 시인이라고 생각하면 틀림이 없다. 그런 사람한테서 그런 생각이 나오고 그런 생각에서 그런 시가 나오는 것이다. 이 삿됨이 없음은 실생활에서 그를 크게 손해 보게도 만든다. 그는 거짓말을 못 하는 사람이다. 흔히 하는 듣기 좋은 소리도 결코 하지 못하는 사람이다. 예컨대 별 볼일 없는 시를 칭찬한 글이 신문이나 잡지에 실린 것을 보면 그는 본인 앞에서도 꺼리지 않고 말한다. "어, 이 재미없는 시를 되게 칭찬해 놨네." 그러는 그를 좋아할 당사자가 있을 턱이 없다. 또 그는 텔레비전 등 대중매체에도 자주 등장하는데 그 변이 걸작이다. "난 사람들하고 얘기하는 게 참 좋아요. 텔레비에 나가 사람들하

고 떠들고 얘기하면 참 재미있잖아요." 그 아니면 아무도 못 할 소리
이다.

〈그 여자 — 시인의 첫사랑〉이라는 산문에 보면 다음과 같은 대목
이 나온다.

그 여자는 운동회 날이면 학교에 왔다.

나는 선생이었고 스물셋이었다. 그 여자는 늘 느지막하게 학교에 동
무들과 나타났다. 코스모스가 핀 운동장가에 그 여자는 동무들과 어깨
를 마주대고 오불오불 꽃처럼 모여 있었다. 마치 꽃무리 같았다. 그 여
자는 부락 대항 경기에도, 졸업생 경기에도 나오지 않았다. 그 여자는
늘 나를 훔쳐보면서도 나에게 눈길을 주지 않았다. 운동회가 끝나가고
산그늘이 운동장을 덮고 마지막으로 아이들 소고놀이가 끝나면 그 여
자는 또 동무들과 집에 갔다. 운동장가의 코스모스 속에서 그 여자는
웃고 있었다. 운동회가 다 끝나고 해가 진 뒤 나는 그 여자네 동네를
지나 집에 간다. 그 여자가 어디선가 나를 보고 있는 모습이 보이거나,
내가 그 여자네 집 앞을 지날 때 얼른 그 여자가 지나가면 우린 그날
밤에 꼭 만났다. 늘 그랬다. 그렇게 만나는 날이 가면서 겨울이 왔다.

〈그 여자네 집〉이라는 아름다운 시가 이것을 사실 그대로 쓴 것은
아닐 터이다. 사실이 시인의 머릿속에서 해체되었다가 재구성되었으
리라고 추측해도 무방할 것이다. 하지만 이 사실이 시의 씨앗이 되고
있는 것만은 틀림없는 일로, 이 역시 섬진강가에서 이루어진 아름다
운 이야기라는 점에 주목할 필요가 있다. 말하자면 "가을이면 은행나
무 은행잎이 노랗게 물드는 집 / 해가 저무는 날 먼데서도 내 눈에 가
장 먼저 뜨이는 집 / 생각하면 그리웁고 / 바라보면 정다웠던 집 / 어

디 갔다가 늦게 집에 가는 밤이면 / 불빛이, 따뜻한 불빛이 검은 산속에서 깜박깜박 살아 있는 집 / 그 불빛 아래 수를 놓으며 앉아 있을 / 그 여자의 까만 머릿결과 어깨를 생각만 해도 / 손길이 따뜻해오는 집"(〈그 여자네 집〉)도 섬진강이 그 배경에 깔림으로써 아름다움이 배가되고 있다는 얘기이다.

이 시는 박완서 선생이 같은 제목의 소설로 쓰고 다시 그 소설이 고교 교과서에 실림으로써 더욱 유명해졌는데, 박완서 선생의 소설은 첫머리에 시 전편을 인용한 다음 이렇게 펼쳐지고 있다.

내가 《녹색평론》에서 그 시를 처음 읽고 깜짝 놀란 것은, 이건 바로 우리 고향 마을과 곱단이와 만득이 이야기다 싶었기 때문이다. 지금은 칠순이 훨씬 넘은 장만득 씨는 아직도 문학청년 기질을 가지고 있다. 불과 몇 년 전까지만 해도 신춘문예 철만 되면 가슴이 울렁거린다고 했다. 가슴만 울렁거린 게 아니라 응모도 해 봤으리라고 나는 넘겨짚고 있다. 그 울렁거림이 얼마나 참을 수 없는 울렁거림이라는 걸 알고 있기 때문이다. 만일 그 시가 김용택이라는 유명한 시인의 시가 아니라 처음 들어 보는 시인의 시였다면 나는 장만득 씨가 가명으로 등단을 했으리란 걸 의심치 않았을 것이다. 나는 그 시를 읽고 또 읽었다. 처음에 희미했던 영상이 마치 약물에 담근 인화지처럼 점점 선명해졌다. 숨어 있던 수줍은 아름다움까지 낱낱이 드러나자 나는 마침내 그리움과 슬픔으로 저린 마음을 주체할 수가 없어서 혼자서 느릿느릿 포도주 한 병을 비웠다.

〈그 여자네 집〉은 이렇게 끝나고 있다.

그 여자가 꽃 같은 열아홉살까지 살던 집

우리 동네 바로 윗동네 가운데 고샅 첫집

내가 밖에서 집으로 갈 때

차에서 내리면 제일 먼저 눈길이 가는 집

그 집 앞을 다 지나도록 그 여자 모습이 보이지 않으면

저절로 발걸음이 느려지는 그 여자네 집

지금은 아, 지금은 이 세상에 없는 집

내 마음속에 지어진 집

눈감으면 살구꽃이 바람에 하얗게 날리는 집

눈 내리고, 아, 눈이, 살구나무 실가지 사이로

목화송이 같은 눈이 사흘이나

내리던 집

그 여자네 집

언제나 그 어느 때나 내 마음이 먼저

가

있던 집

그

여자네

집

생각하면, 생각하면 생. 각. 을. 하. 면……

— 〈그 여자네 집〉 부분

* 김용택 시인은 2008년 전북 임실의 덕치초등학교에서 정년퇴직했다. 현재 김용택 시인이 태어나 살고 있는 전북 임실군 장암리 일대에는 마을 전체를 '문학 테마 마을'로 만드는 농촌마을종합개발 사업이 진행되고 있는데, 시인은 이 사업에 중요한 자문역을 맡고 있다. 또한 시인은 어린이들에게 글짓기와 그림을 가르치고, 생태체험을 하는 '가끔 열리는 학교'를 구상 중에 있다.

안도현
작고 하찮은 것들에 대한 애착의 시인

연탄재 함부로 발로 차지 마라
너는
누구에게 한 번이라도 뜨거운 사람이었느냐

— 〈너에게 묻는다〉 전문

1989년 다른 전교조 교사들과 함께 해직되었던 안도현 시인은 1994년 봄에 교단으로 복귀한다. 그 사정을 시인은 이렇게 말하고 있다.

　1994년 3월, 오랜 해직교사 생활이 끝나고 나는 시골에 있는 한 작은 고등학교로 발령을 받았다. 산서고등학교. 난생 처음 들어보는 이름이었다. ……실제로 발령장을 들고 더듬더듬 찾아간 그곳은 말 그대로 산토끼와 발맞추기 딱 안성맞춤인 곳이었다. 게다가 산서에는 그 흔한 하숙집도 하나 없어서 나는 결국 자취를 하기로 마음을 먹었다. 면사무소 앞에 있는 우리 반 학생 집 아래채에다 한 달에 3만원을 내는 방을 하나 얻었다. 슬레이트 지붕 아래로 고개를 숙이고 들어가면 연탄 아궁이가 딸린 부엌이 나오고, 방문을 열면 라면 상자만 한 창이 달린 방이 하나 있었다. 봄이 오기 전이었는데, 연탄불은 왜 그렇게 자주 숨을 놓아 버리는지…… 거기서 일 년 가까이 마당에 있는 수도꼭지 앞에 쪼그려 앉아 쌀을 씻고, 걸레를 빨았다. 그리고 시를 썼다. 시집 《그리운 여우》에 들어가 있는 대부분의 시는 그 집의, 그 방에 엎드려 쓴 것들이다.

— 〈자연과 내통하는 것〉,《사람》

그리고 그 시집 《그리운 여우》의 후기에서는 다시 이렇게 말하고 있다.

그런데 언제부터인가 나는 혼자서 아, 하고 울지 않았다. 시는 외로 워 보였다. 아마 시가 나를 끌고 다니기 시작한 게 그 무렵이었을 것이 다. 나는 굳이 참견하지 않았다. 팔목에 힘을 빼고, 목소리를 낮추고, 발자국 소리를 죽이고 발 닿는 대로 걸었다.

사실 내가 안도현 시를 진짜로 좋아하기 시작한 것은 《그리운 여 우》 때부터가 아니었나 싶다. 특히 그 시집 속의 "작고 하찮은 것들 에 대한 애착"의 시들이 좋았다.

그 이전 가령 《서울로 가는 전봉준》,《모닥불》,《외롭고 높고 쓸쓸 한》의 시들이 싫었다는 얘기는 아니다. 또 그 시집들 속에도 그런 정 서의 시는 적지 않았다. 하지만 무언가 너무 모범생의 시 같았다. 뛰 어난 시적 재능을 가지고 시대적 요청에, 또는 독자들의 기대에 충실 한 시를 쓰고 있구나라고 생각했다. 그래서 그의 시가 나무랄 데는 없으나 진정한 감동과는 조금 거리가 있다는 느낌을 늘 가져 왔다. 가령 시가 너무 옳은 소리만 할 때, 또 그 표현이 빼어나게 능숙할 때 사람들은 찬탄하지만 감동하지는 않는다. 조국은 통일돼야 하고 노 동자는 착취당해서는 안 되며 어떠한 사람의 인권도 보장돼야 되고 교육의 주체는 아이들이 돼야 한다는 말은 하나도 그른 데가 없지만, 여기에만 충실할 때 무슨 재미있는 시가 되랴. 이것이 옳은 것을 알 면서도 거기에만 충실하게 살 수 없는 인간의 갈등과 오뇌 같은 것을 읽을 수 없다면 마치 성경이나 불경을 대하는 것처럼 삭막하지 않을까. 이 대목, 이 글을 쓰고 있는 나부터 자유롭지 못한 것은 말할 것도 없다. 발랄한 재기로 포장되어 있는 경우 이 부분 상당히 완화되겠지만, 일부 안도현 시에서도 이런 느낌을 떨쳐 버리기가 어려웠던 터다.

물론 《그리운 여우》 이전의 시가 다 그렇다는 말은 아니다. 그 이전의 시집에도 마찬가지이지만 특히 《외롭고 높고 쓸쓸한》 속에는 《그리운 여우》의 시들이 평지돌출로 나타난 것이 아님을 말해 주는 시가 한두 편이 아니다. 요즘 청소년들이 가장 많이 애송하는 시 중의 한 편인 〈너에게 묻는다〉는 그가 교단으로 복귀하기 직전에 낸 시집 《외롭고 높고 쓸쓸한》의 모두에 실려 있다.

연탄재 함부로 발로 차지 마라
너는
누구에게 한 번이라도 뜨거운 사람이었느냐

― 〈너에게 묻는다〉 전문

어느 비문학 전공의 대학에 특강을 갔다가 이 시가 학생들 사이에서 단연 최고의 인기라는 것을 알고 시인에게 이 시에 대해서 물어본 일이 있다. "청소년 방송극에 나와서 그래요"라고 그는 대수롭지 않게 대답했지만, 이 시는 그럴 소지를 가지고 있다. 독자인 청소년은 툭하면 비리 어쩌고 사회적 지탄의 대상이 되는 자신들의 모습을 이제는 다 타고 버려진 연탄재에서 발견했을 것이고, 작자는 사회정의와 자신의 오뇌를 거기서 찾아낸 운 좋은 일치였을 것이다.

백석의 시가 연상되는 역시 《외롭고 높고 쓸쓸한》 속의 〈그 밥집〉
과 《모닥불》 속의 〈비 그친 뒤〉를 비교해 읽는 것도 재미있을 것이다.
무언가 메시지를 전달하고자 하는 작위가 엿보이지 않는 것은 아니
지만, 이 시들에서 "작고 하찮은 것들에 대한 애착"이란 공통분모를
찾아내기란 어려운 일이 아니다.

　　뜨끈뜨끈한 김이 피어오르는 중앙시장 그 밥집
　　어물전 아줌마도 수선집 아저씨도 먹고 가는 그 밥집
　　누구 하나 밥 한 톨 안 남기고 반찬 투정 한번 부리지 않는 그 밥집
　　그 밥집 밥 먹고 난 뒤에는 노는 사람 단 한 사람도 없을 그 밥집

　　　— 〈그 밥집〉 전문

　　담장 밑 텃밭 상추 푸른 냄새가
　　3층 교실까지 올라온다
　　딱정벌레같이 엎드려 사는 슬라브지붕집 빨랫줄에
　　누군가 눈부시게 기저귀를 내다 넌다
　　저 아기도 자라면 가방 들고 딸랑딸랑 이리로 걸어올 것이다

　　　— 〈비 그친 뒤〉 전문

　여담이지만 나는 몇 해 전 '그 밥집'을 가 본 일이 있다. 문학 강연
차 전주에 간 일이 있었는데, 일박한 우리 일행을 여관으로 찾아온
안도현 시인은 군이 우리가 원하는 전주 콩나물 해장국집을 마다하
고 중앙시장의 그 허름한 밥집으로 안내했던 것이다. "어물전 아줌

마"며 "수선집 아저씨"와 어깨를 맞대고 해장국에 밥을 말며 좋아하던 시인의 모습에서도 나는 그의 "작고 하찮은 것들에 대한 애착"을 확인할 수 있었다.

안도현 시인은 장수의 산서고등학교에서 3년을 보낸다. 그리고 퇴직을 하여 전업 작가의 길을 걷는데, 추측컨대 산서 생활 3년이 오늘의 안도현이 되게 하는 가장 중요한 밑거름이 되었을 것이다. 앞에 인용한 〈자연과 내통하는 것〉(《사람》)에서 "교실 안은 지겨웠으나, 교실 바깥은 희한한 것 천지였다. 봄에는 아이들과 어울려 호박을 심었다. 여름내 쉬는 시간에는 물을 주었고, 애호박이 먹기 좋게 매달렸을 때는 날을 잡아 호박전을 부쳤다. 개나리도 심고 해바라기도 심었다. 틈이 날 때마다 산길을 걸었다"를 다시 읽어 볼 것도 없이, 여기서 비로소 자연의 리듬을 익히고 시의 리듬을 깨우쳤으리라. 사실 시의 리듬이란 별것이 아니다. 서구어나 한문처럼 말의 고저장단이 분명하지 않은 만큼 운율이 중시될 수 없는 터요, 따라서 우리 시의 리듬이란 자연스러움이고, 그 자연스러움은 자연과의 호흡의 일치에서 오는 것이리라.

이런 시가 있다.

산서에서 오수까지 어른 군내버스비는
400원입니다

운전사가 모르겠지, 하고
백원짜리 동전 세 개하고

십원짜리 동전 일곱 개만 회수권함에다 차르륵
슬쩍, 넣은 쭈그렁 할머니가 있습니다

그걸 알고 귀때기 새파랗게 젊은 운전사가
있는 욕 없는 욕 다 모아
할머니를 향해 쏟아붓기 시작합니다
무슨 큰일 난 것 같습니다
30원 때문에

미리 타고 있는 손님들 시선에도 아랑곳없이
운전사의 훈계 준엄합니다 그러면,
전에는 370원이었다고
할머니의 응수도 만만찮습니다
그건 육이오 때 요금이야 할망구야, 하면

육이오 때 나기나 했냐, 소리 치고
오수에 도착할 때까지
훈계하면, 응수하고
훈계하면, 응수하고

됐습니다
오수까지 다 왔으니
운전사도, 할머니도, 나도, 다 왔으니
모두 열심히 살았으니!

안도현 시인은 1981년 《대구매일신문》 신춘문예로 등단하였다. 시와시학 젊은 시인상[1996], 소월시문학상[1998], 노작문학상[2001], 이수문학상[2005], 윤동주문학상[2007], 백석문학상[2009] 수상. 시집으로 《서울로 가는 전봉준》[1985], 《모닥불》[1989], 《그대에게 가고 싶다》[1991], 《외롭고 높고 쓸쓸한》[1994], 《그리운 여우》[1997], 《바닷가 우체국》[1999], 《아무것도 아닌 것에 대하여》[2001], 《너에게 가려고 강을 만들었다》[2004], 《간절하게 참 철없이》[2008] 등이 있다. 1961년 경북 예천에서 태어남.

─〈열심히 산다는 것〉 전문

　시골서 항용 볼 수 있는 풍속도다. 이 시가 단순한 풍속도 이상의 것이 될 수 있는 것은 시에 깔려 있는 하찮은 것들에 대한 깊은 애정 탓이다. 또 이 시는 세상이란 것이 하찮은 것들로 이루어져 있고 하찮은 것들에 의해서 이끌려 가고 있다는 사실도 암시한다. 이 시에서 운율 따위를 따질 수는 없다. 그러나 이 시를 리듬이 없는 시라고 말하는 사람은 없을 것이다. 시의 흐름이 극히 자연스럽고, 그것은 자연과의 일치된 호흡에 연유하는 것으로, 바로 시의 리듬이니까 말이다.

산서면사무소 앞
아름드리 은행나무 두 그루가
어느날,
크게 몸을 흔들자
은행 알들이 우두두두 쏟아져내렸다
그게 너무 보기 좋아서
모두들 한참씩 바라보았다

─〈은행나무〉 전문

　억지로 만든 데가 한 군데도 없다. 자연스럽다는 얘기다. 웬만한 사람 같으면 "그게 보기 너무 좋아서 / 모두들 한참씩 바라보았다" 대신 인생 운운하는 구절을 넣고 싶었을 터이지만, 그런 유혹도 잘 견뎌서, 비로소 실감나는 표현이 되고 있다. 기실 이 시의 재미는 은행나무가 몸을 흔드니까 은행 알들이 쏟아져 내린다는 앞 대목에보

다도 그것을 바라보며 웃는다는 뒤의 두 줄에 있다는 점을 아는 것도
시를 읽는 묘미이다.

시집 후기의 "시가 나를 끌고 다"녔다는 말이 무슨 뜻인지도 알 것
도 같다.

구린내 곰곰 나는 돼지 내장
도회지에서는 하이타이를 풀어 씻는다는데
산서농협 앞 삼화집에서는
밀가루로 싹싹 씻는다
내가 국어를 가르치는 정미네 집
뜨끈한 순댓국 한 그릇 먹을 때의
깊은 신뢰

— 〈순댓국 한 그릇〉 전문

산서 장날 어물전 조기들이
상자 속에 반듯하게 누워 있다
부안산, 이라 붙어 있다
부안이면 여기서 300리도 넘는 곳
나는 조기를 싣고 왔을 트럭을 생각하고
조기가 흘러왔을 길을 짚어본다

부안 죽산 동진 김제 용지 이서 전주 관촌 임실 오수 지사 산서

— 〈길 따라〉 전문

이 시들을 보면 이 시인이 얼마나 쉽게 시를 쓰는가를 알 수 있다. 그러나 오해해서는 안 된다. 쉽게 쓴다는 것은 아무렇게나 쓴다는 것과는 전혀 뜻이 다르다. 오히려 어렵게 쓰는 시보다 더 어려운 과정을 거쳐 태어나는 것이 쉬운 시일 수도 있다. 다만 쉽게 쓴다는 느낌은 독자로 하여금 그의 시에 쉽게 접근하게 하고, 이것은 시인의 작고 하찮은 것들에 대한 깊은 천착과 무관하지 않을 것이다. 작고 하찮은 것들에 대한 그의 관심은 이어져,《그리운 여우》이후 나온 시집《바닷가 우체국》에는〈아주 작고 하찮은 것이〉라는 제목의 시조차 보인다.

> 아주 작고 하찮은 것이
> 내 몸에 들어올 때가 있네
>
> 도꼬마리의 까실까실한 씨앗이라든가
> 내 겨드랑이에 슬쩍 닿는 민석이의 손가락이라든가
> 잊을 만하면 한 번씩 찾아와서 나를 갈아엎는
> 치통이라든가
> 귀틀집 처마 끝에서 떨어지는 낙숫물 소리라든가
> 수업 끝난 오후의 자장면 냄새 같은 거
>
> ─〈아주 작고 하찮은 것이〉부분

하지만 나는 안도현 시를 읽는 독자들에게 "우리나라 모닥불 근처에는 / 사람이 있다 // 살아서 / 모여 있다 / 등짝은 외롭고 캄캄해도 / 그 가슴이 화끈거리는"(〈벽시 5〉,《모닥불》)과 같은 시들을 빼놓지 않고 읽기를 권한다.

《바닷가 우체국》에도 그 변형으로 읽어도 좋을 시가 있다.

장꾼들이

점심때 좌판 옆에
둘러앉아 밥을 먹으니
그 주변이 둥그렇고
따뜻합니다

— 〈장날〉 전문

안도현 시인은 경북 예천의 면 소재지 한 가겟집 장남으로 나서 자랐으나, 슈퍼마켓 등이 들어오면서 집안이 몰락, 경기도 여주로 이사하는 바람에 대구에서 자취를 하면서 고등학교를 다녔다. 대학은 전북 이리의 원광 대학. 장학금을 위한 진학이 이제 그를 전라도 사람이 되게 하였다. 한때는 전교조 관계로 해직 교사였다가 다시 복직, 그 후 사직하여 이병천 등 제2의 고향 선배들에게 "도현이가 산서, 그 아름다운 이름의 고장과 그보다 더 아름다운 아이들로부터 떨어져 나와서도 우리에게 이런 시편들을 계속해서 보여 줄 수 있을는지" 걱정을 끼치기도 했지만, 지금은 전주 시내의 아파트에 살면서 차로 30여 분 거리의 산골에 농가를 사서 집필실로 사용, 산서에서와 같은 분위기 속에서 글을 쓰고 있다. 1백여 평의 마당에는 잔디를 심고, 울타리 대신 돌담으로 집을 둘렀으며, 돌담 안으로는 산딸나무, 앵두나무, 살구나무, 감나무를 심었다. 자전거가 소도구로 놓여 있기도 하다. 《연어》, 《사진첩》, 《관계》 등 어른을 위한 동화는 그의 시 영역의 확대로 읽어도 좋을 것이다.

*안도현 시인은 2010년 현재 우석대 문예창작학과에서 후학 양성에 힘을 기울이고 있다.